UN PAYS DE NEIGE
ET DE CENDRES

PETRA RAUTIAINEN

UN PAYS DE NEIGE ET DE CENDRES

Traduit du finnois
par Sébastien Cagnoli

EDITIONS DU SEUIL
57, rue Gaston-Tessier, Paris XIXe

Ce roman est publié avec l'aide de FILI – Finnish Literature Exhange

Titre original : *Tuhkaan piirretty maa*

Édition originale : Otava, Helsinki, 2020

ISBN 978-2-02-148465-6

www.seuil.com

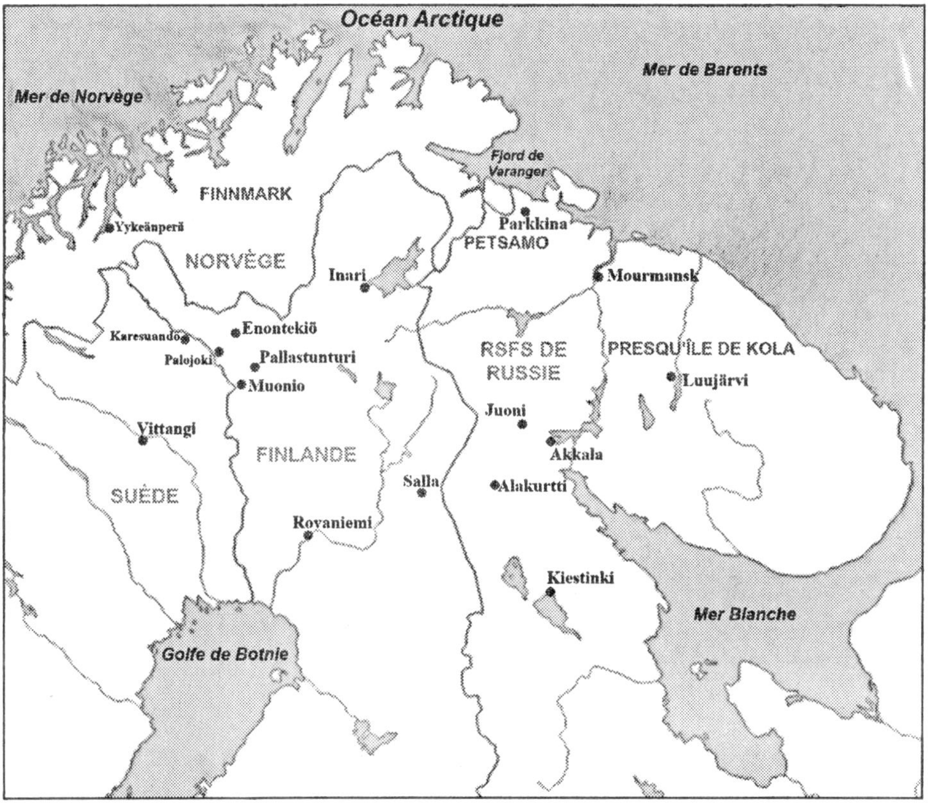
Océan Arctique
Mer de Barents
Mer de Norvège
Fjord de Varanger
FINNMARK
Yykeänperä
Parkkina
PETSAMO
NORVÈGE
Inari
Mourmansk
Karesuando
Enontekiö
Palojoki
Pallastunturi
Muonio
RSFS DE RUSSIE
PRESQU'ÎLE DE KOLA
Luujärvi
Juoni
Vittangi
FINLANDE
Akkala
Salla
Alakurtti
SUÈDE
Rovaniemi
Kiestinki
Mer Blanche
Golfe de Botnie

I

INARI

Février 1944

Je suis arrivé hier à Inari : au centre pénitentiaire suivant, après celui de Hyljelahti. Ce camp ne figure pas sur les cartes finlandaises. Il est situé à une vingtaine de kilomètres à l'est-nord-est du centre-bourg. Le lac est proche. La voie qui mène ici n'a de route que le nom, et deux grands arbres obstruent la vue dans cette direction. À leur niveau, des panneaux signalent qu'il est interdit de passer sous peine de mort. Ils sont écrits en allemand et en same d'Inari. En same parce que, si quelqu'un passait par là, ce serait probablement un nomade traversant la toundra. À supposer qu'ils sachent lire, ces gens-là.

Hänninen est venu à ma rencontre. Je me suis présenté : « Väinö Remes, autorité militaire, interprète. » Sans rien dire, il m'a examiné de la tête aux pieds. Je dois avoir l'air jeune. Nous avons roulé sur un sentier pédestre dans une voiture allemande. Arrivés devant le portail, nous sommes sortis du véhicule. Le gardien n'a pas réagi tout de suite ; mais en voyant l'officier, il a changé d'expression, le boche. J'ai lu la peur dans ses yeux. Il avait une tête de mort sur le col. Hänninen lui a dit quelque chose et lui a proposé une cigarette. Le garde n'y a pas touché. Je ne sais pas s'il comprenait le finnois.

Hänninen m'a expliqué ce que je savais déjà. Comme partout ailleurs, les prisonniers sont répartis entre différentes tentes. Dans celle de gauche, il y a des Ukrainiens ; dans la suivante, d'autres Soviétiques ; ensuite, des Serbes. J'ai vu une quatrième tente. Mais il n'en a pas parlé. Je ne sais pas à quoi elle sert.

Il n'y a pas de Juifs. Les Juifs – avérés ou soupçonnés – sont expédiés au camp pénitentiaire de Hyljelahti. D'ailleurs, les détenus sont relativement peu nombreux ici, mais ils affluent à un rythme continu. Hänninen m'a parlé de tout un navire de prisonniers arrivé l'autre nuit depuis Dantzig ; dans le lot, il y avait des Polonais et des Roumains. Dès le matin, ils sont partis construire une route vers le nord. À part ça, dans les environs, il y a deux ou trois autres camps, dont un est réservé aux Allemands coupables de trahison à la patrie ou à la race. Les traîtres à la race, ce sont les pires. Tous les dimanches, ils sont emmenés à la prison communale d'Inari pour être exécutés.

Impossible de décrire ce camp sans en mentionner la pestilence. Malgré la fraîcheur de l'hiver, un souffle macabre règne partout. La puanteur m'a frappé au visage dès que Hänninen a soulevé le rabat d'une tente. Là-dessous, au milieu d'un bric-à-brac crasseux, une drôle d'installation était érigée. Je ne sais pas pourquoi, j'ai d'abord imaginé que c'était un point de collecte pour recycler les boîtes de conserve usagées. On fabrique toutes sortes de choses avec la ferraille. Mais en fait, cet assemblage faisait office de cheminée. Les hommes dormaient côte à côte, les uns attachés à des fers, les autres entre eux. Il n'y avait même pas de feu dans le foyer, malgré le froid glacial. L'odeur dégagée par les prisonniers était si atroce que j'ai été pris d'une méchante quinte de toux.

Hänninen a dit qu'on s'y habitue. Il avait des yeux somnolents, blasés. Je sais d'où ça vient, ce regard. Je lui ai demandé pourquoi les prisonniers n'avaient pas de feu dans la cheminée. Pour toute réponse, il a déclaré qu'un prisonnier avait introduit du bois de chauffage sous la tente, la veille, sans autorisation préalable.

Nous avons continué la visite jusqu'à une bâtisse en sapin située à côté d'une tourbière, avec des murs bruts et deux fenêtres. Il y faisait chaud. À l'intérieur, Hänninen a enregistré mon arrivée dans un calepin. J'ai signé en bas de la page sans lire ce qu'il avait écrit, et lui non plus n'a pas regardé ce que j'y inscrivais. Tout cela ne lui inspirait plus qu'une grande lassitude.

Hänninen a insisté : je devrai toujours me conformer aux ordres, et je suis subordonné aux Allemands ici, non seulement en qualité d'interprète mais aussi de gardien. Il m'a rapporté l'exemple d'un certain Lars quelque chose, qui avait eu le malheur de s'enfoncer un peu trop dans sa guérite : du coup, on ne pouvait pas le voir de loin. Le commandant Felde – qui va être mon supérieur – rentrait alors au camp après avoir rencontré le gouverneur de province Hillilä et le colonel Willamo. Soûl. Il a abattu le gardien sans autre formalité. Hänninen a tout vu : il était là, avec le commandant. Il paraît qu'il a encore le col ensanglanté par la cervelle de l'Allemand. Tout en parlant, il a pris un petit objet sur l'étagère du haut et l'a glissé dans sa poche de poitrine avant d'empoigner sa valise.

Dehors, il m'a tendu les armes et accessoires. Un fusil et un pistolet. C'est la première fois que j'en porte. Dans mes missions précédentes, je n'en avais pas la permission, ni le désir. Le ceinturon pèse étonnamment lourd. Nous avons marché sans rien dire vers la guérite du gardien que j'étais censé relever. Avant de prendre congé, Hänninen a sorti de sa poche un flacon brun muni d'une étiquette vierge. Il a fait tomber deux gouttes sur sa langue, a avalé et s'est raclé la gorge. Il m'a regardé attentivement, on aurait dit qu'il allait me demander si j'avais froid. J'ai resserré instinctivement mon épais manteau, sous lequel j'avais enfilé un pardessus supplémentaire, et j'ai remué les orteils dans mes bottes imperméabilisées à l'huile.

Hänninen a jeté un coup d'œil à sa montre de gousset, puis il l'a remontée en se tournant vers le ciel. « D'ailleurs, il y a un prisonnier finnois, ici », il a soupiré, et je n'ai pas eu le temps de poser de question qu'il me souhaitait déjà bonne chance et franchissait le portail à pied, montait dans une voiture noire et claquait la portière. Les feux arrière ont rougeoyé tandis que le gardien allemand quittait son poste, se mettait au garde-à-vous et se retirait dans sa baraque pour y passer la nuit. J'ai pris la relève.

Il devait être 3 h 15 lorsqu'une étoile solitaire est tombée du ciel. Mais je n'osais plus faire un vœu.

Que pourrait-on souhaiter ici ?

C'est un pays perdu.

ENONTEKIÖ, 1947

Il était 22 h 55 lorsque Inkeri gara la voiture face à une maison peinte à l'ocre rouge. Derrière la bâtisse, le soleil descendu au niveau des crêtes de la toundra projetait des ombres sur un lac chatoyant. Comme il n'y avait qu'un vague sentier en guise de voie d'accès, elle dut couper le moteur assez loin de l'entrée. Elle observa la maison à travers le pare-brise, sans distinguer grand-chose sous la couche de poussière. Elle tenait la photographie sur la base de laquelle elle avait acheté cette maison et s'efforçait de la comparer à ce qu'elle avait maintenant devant les yeux. Elle se mordit la lèvre et reposa l'image. Son regard se fixa sur la boule de poils suspendue au rétroviseur, scintillante, d'un blanc doré. Inkeri la caressa de l'index.

– Nous y voilà, chuchota-t-elle avec un sourire mélancolique.

Elle enleva ses lunettes de soleil aux verres ronds et noirs. Elle avait mal. Ses yeux piquaient. Elle aurait préféré être ailleurs.

Le trajet était long depuis Helsinki. Non seulement il y en avait pour plusieurs jours de route, mais Inkeri avait dû faire de nombreux arrêts pour reprendre son souffle. Les voies étaient en piteux état, pour ne pas dire mortellement dangereuses. Des véhicules fonçaient de tous côtés : les conducteurs prenaient le volant même quand ils n'auraient pas dû. Mais le plus gros désagrément venait d'un détail qu'on aurait pu croire minime : le sable. En Afrique, Inkeri en avait vu beaucoup. Elle avait affronté la sécheresse et les vents violents. Elle avait connu de prodigieuses tempêtes de sable, dont une, au début de 1932, avait été fatale à plusieurs employés de leur plantation. Inkeri avait appris que le sable était dangereux. Elle savait que les grains les plus infimes pouvaient pénétrer par les narines et les oreilles. Ils asséchaient les yeux ; dans le pire des cas, on risquait de garder une sensation de poussière dans l'œil pour le restant de ses jours. Inkeri connaissait bien cela. Mais elle n'aurait pas cru retrouver ce phénomène ici. De tous côtés, elle était assaillie par d'invisibles poussières qui provoquaient d'épouvantables quintes de toux. Même les oranges importées de Suède étaient devenues complètement grises, après quelques heures en Laponie. Sur le moment, elle n'avait pas songé que ces poussières étaient peut-être des cendres.

Inkeri se frotta les yeux et se focalisa sur la maison. Curieusement, une auge à cochons était accolée au mur, pleine d'inflorescences aux couleurs variées. Ça alors ! Pendant le trajet, elle n'avait pas aperçu la moindre fleur. Pas même un pissenlit. Elle donna un coup d'essuie-glace pour tenter d'y voir plus clair, sans succès. D'une main, elle ouvrit la portière ; de l'autre, elle prit l'appareil photo sur le siège.

Tout était calme.

Les petits pétales des violettes, géraniums et autres remuaient dans le vent. Les fleurs étaient si belles qu'Inkeri oublia l'endroit où elle se trouvait et la raison de sa présence, mais elle sentit ensuite une odeur de kérosène brûlé. Elle reposa l'appareil photo sur le siège pour prendre une cigarette dans la poche de son chemisier et une flasque dans la boîte à gants. Descendue de voiture, elle prit une gorgée et fuma. Un oiseau chantait. Un coucou mâle. Sa voix portait loin sur ce paysage clair et lisse comme un miroir. Dans une heure, il serait minuit.

– Qu'est-c'tu fais là à te laisser bouffer par les moustiques ?

Inkeri sursauta en entendant cette voix éraillée derrière elle.

– Pardon, j'voulais pas t'faire peur.

Le bonhomme ricana et Inkeri pivota sur ses talons. Elle se trouva face à un septuagénaire : elle avait regardé son âge dans le contrat de vente. En rajustant son chemisier, elle constata que la tenue de voyage qu'elle s'était fait faire en Suède dégageait une âcre odeur de transpiration.

– Bonjour. Je suis Inkeri. Inkeri Lindqvist.

Elle tendit la main.

– Ah. Alors t'es la m'dame Lindqvist. La nouvelle proprio.

L'homme lui serra la main. Il était coiffé d'un bonnet lapon de couleur bleue pointant dans quatre directions, comme ceux qu'elle avait vus sur les cartes postales pour touristes.

– Moi j'suis Piera. J'venais juste chercher de l'eau.

Il fit un geste en arrière ; Inkeri aperçut un puits, devant une vieille étable et un petit coin. À côté de la margelle, un arbre couleur rouille lui inspira un haussement de sourcils interrogatif. Le type suivit son regard puis lui refit face.

– À c'que dit la légende, il pousserait sur une nappe d'eau souterraine, cet arbre, c'est pour ça qu'il est tout rabougri. La maison aussi, elle doit être à moitié sur la zone. Du coup, faudrait dormir sur une plaque en cuivre, si on croit à ces choses-là.

– Je ne crois pas à ces choses-là, rétorqua Inkeri en levant le menton.

– Bien. Moi non plus, déclara gaiement Piera avant de lorgner la flasque avec curiosité. C'est de l'eau-de-vie, pour de vrai ?

– Oui. C'est de l'eau-de-vie, répondit Inkeri en regardant alternativement le bonhomme et la flasque. Tu aimes ça ?

– Je serais pas contre une 'tite goutte, dit Piera en tendant la main. C'est qu'on n'a pas vu de produits authentiques depuis des années, par ici. Bon. Comment il s'est passé, ce voyage ? Pas trop de cadavres sur la route ?

Inkeri prit une gorgée et toussa. Elle hocha la tête. En chemin, sur les bas-côtés, des croix étaient érigées pour les défunts, aussi bien humains qu'animaux. Entre Rovaniemi et Muonio, elle avait vu au moins trois cadavres au bord de la voie, ainsi que plusieurs carcasses de rennes, l'une à moitié dévorée, les autres presque totalement. Il y en avait de tous côtés. Des mines et des morts.

Inkeri entendit la porte de la maison. Sortant de la pénombre, un homme apparemment jeune s'arrêta en haut des marches. Une main dans la poche de son pantalon, il les observa en silence. Inkeri regarda Piera. Il avait soulevé le seau et continuait son chemin. À ce moment-là, elle remarqua qu'il avait trois doigts en moins à la main gauche. Le reste du membre avait l'air calciné. Il vit qu'elle l'observait.

– Frappé par la foudre, lança-t-il avec un clin d'œil.

Inkeri le fixa un moment tandis qu'il mettait sa pipe en bouche, puis elle se tourna vers le jeune homme.

– Et toi, tu es Olavi ? Olavi Heiskanen ?

– J'allais me coucher, mais j'ai entendu des voix, grogna-t-il en venant lui serrer la main.

– Ah. Je suis ta nouvelle propriétaire. Si j'ai bien compris, tu souhaites rester locataire, bien que je vienne habiter là aussi ?

– Oui madame. Si cela vous convient.

Ils se regardèrent un instant. Olavi sortit une cigarette de sa poche, la mit entre ses lèvres et l'alluma avec un briquet argenté. Inkeri ne répondit pas.

– On a une pénurie de logements. C'est encore un vaste chantier. La guerre a tout détruit. Personne ne trouve de place. Les quakers débarqués d'Amérique, ils campent dans des tentes depuis cet été. Piera va s'installer chez son fils, à une vingtaine de kilomètres, là-bas derrière. Ils ont bâti une maison.

– Oui. J'suis juste là pour cette nuit, moi, j'donne un coup de main sur le chantier de l'église, expliqua Piera en souriant derrière sa pipe.

Mettant sa main en visière contre le soleil de minuit, Inkeri examina les deux hommes. Elle toisa le plus jeune de la tête aux pieds.

– Bien, c'est d'accord. Le loyer sera celui que tu payais à Piera. Mais je ne souhaite pas d'autres résidents dans la maison. Je tiens à ma tranquillité. Et si nous rencontrons des problèmes de cohabitation, nous les résoudrons en discutant. Entendu ?

Olavi baissa les yeux et Inkeri crut apercevoir un sourire. Puis il acquiesça.

– Oui.

Inkeri ouvrit encore la bouche avec un coup d'œil en direction de l'auge, mais elle se ravisa et alluma une nouvelle cigarette. En supposant que quelque chose avait pu pousser autrefois dans ce pays de bouleaux nains, il n'en restait aucune trace. La terre avait été excavée, détruite et incendiée. Les rares arbres non abattus pendant la guerre avaient brûlé après. Des troncs morts sautaient aux yeux, par-ci par-là, en bord de route. Leurs branches pointues jaillissaient dans diverses directions, fantomatiques, hérissées, d'un noir de charbon. On aurait dit des épées ou des baïonnettes. Au milieu de tout cela s'élevaient les cheminées lapones, vestiges de maisons en ruine. Elles aussi sortaient de terre avec des formes singulières, caricaturales. Inkeri avait entendu dire que les Lapons n'avaient pas l'habitude des poêles finnois, ce qui expliquait la régularité de leurs itinéraires qui repassaient toujours par leurs anciens foyers. Comme un pèlerinage.

– Puis-je demander ce que vous venez faire ici, madame ? demanda Olavi.

– Je suis employée par la rédaction d'un journal pour effectuer des reportages sur la reconstruction en Laponie. Ce sera bientôt un endroit moderne, ici. L'État investit abondamment dans la région. J'ai l'intention de me rendre dans la toundra dès cette semaine, si les conditions le permettent.

– La toundra ? demanda Piera.

– Oui. Je vais avoir besoin d'un guide. Pour me montrer les petits villages lapons qui existent encore là-bas. Tu serais d'accord ?

Piera haussa les sourcils.

– Des reportages sur la modernisation de la Laponie, et sur la disparition de la culture lapone, hein… releva Olavi, la clope au bec. C'est pour ça que la rédaction vous a payé une maison entière, carrément ?

S'ensuivit un silence gêné, pendant lequel Piera piétina l'herbe avec ses bottes à bout recourbé.

– Et toi, Olavi ? Tu es d'ici ?

– Moi ? s'exclama Olavi en dévisageant Inkeri avec un sourire amusé. Non. Je ne suis pas d'ici.

– Il est de chez les Finnois, lui, rit Piera. Ovllá est arrivé à la fin de la guerre de Continuation, et il est resté là.

– Je construis l'église, l'interrompit rapidement Olavi.

– Ah, c'est le chantier que j'ai vu en passant ? À un kilomètre d'ici ? J'avais du mal à me faire une idée précise, mais je me suis dit que ça devait être une église.

– Oui.

– Et il y avait des ouvriers, d'ailleurs. Au beau milieu de la nuit !

Inkeri repensa à la butte fumante. Un feu couvait sur le terrain. Peut-être les ouvriers construisaient-ils des charbonnières ? Elle avait remarqué qu'ils avaient des loques aux pieds. Et tout à coup, à l'improviste, Kaarlo entra dans sa conscience. C'était une pensée aussi soudaine qu'une averse ou un éclair, comme toujours. Une pensée qui éclatait dans un ciel vide, beau, insouciant. Et qui transfigurait tout.

Inkeri regarda autour d'elle. C'était donc là qu'on l'avait vu pour la dernière fois avant sa disparition. Elle déglutit et tâcha de penser à autre chose. Les hommes lui suggérèrent d'entrer. Elle esquissa un sourire forcé.

– Bien sûr. Vous m'aidez à porter les bagages ? parvint-elle à articuler.

Ils prirent ses trois valises, et elle porta son appareil photo.

En franchissant le seuil, Inkeri ne put s'empêcher de repenser aux ouvriers sur le chantier de l'église. Des hommes équipés de loques mouillées en écorce de bouleau pour pouvoir marcher dans le feu. Elle se sentait exactement dans la même situation.

INARI

Février 1944

Les interprètes ne disposent pas de baraques indépendantes, contrairement à ce que j'avais connu précédemment : nous en partageons une avec les autres gardiens et avec les soldats. Dans les camps précédents, j'avais un minimum d'intimité, je pouvais rédiger mon journal, lire ou bavarder avec qui je voulais, jouer aux échecs ou aux dames. Ici, le repas est à la même heure pour tout le monde.

De plus, les conditions nocturnes étant insupportables, j'ai du mal à trouver le sommeil. Ils sont nombreux à dégager une odeur épouvantable ! Les sommiers grincent au moindre mouvement. J'ai la nausée rien qu'en pensant à la saleté qui règne ici. Il n'y a pas de poux, heureusement, mais je me rase tous les matins par précaution et je veille à garder les cheveux courts. Le boche du lit voisin dit qu'il fait fondre de la cire de bougie pour s'arracher les poils. Tous, sans exception. Je ne sais pas si c'est vrai, et je préfère ne pas savoir.

On m'a remis un nouveau cahier d'interrogatoire, à couverture bleue. Chaque fois que je commence un entretien, je place le cahier quadrillé sur la table, un peu à ma droite, et, à côté, deux crayons et une gomme. Je ne sais pas pourquoi, mais on interroge toujours des femmes, ces derniers temps. Peut-être pour en envoyer dans les cuisines et les infirmeries, voire auprès du médecin communal. Après les entretiens, je gomme tout ce que les consignes qualifient de « non essentiel ». Parfois, le plus simple est de brûler les pages.

Aujourd'hui, c'était une dure journée. J'ai fait dix heures d'entretiens d'affilée, avec une seule pause, le temps de griller une cigarette.

Février 1944

Aujourd'hui, Felde s'est présenté à moi. C'est donc lui qui commande, et je travaille sous ses ordres. Les pieds sur la table, il a examiné mes papiers. J'ai donné mon nom et décliné mes titres. À ma grande surprise, il parle finnois. Il l'aura peut-être appris chez une putain du village. Ce n'est pas ça qui manque. Les gamines, âgées parfois d'à peine douze ou treize ans, viennent des villes du sud avec le train de lait pour s'offrir à tout le monde, et elles ne repartent jamais. Elles restent au nord de la frontière, titubant dans les rues sous l'effet de l'alcool ou des médicaments ; celles qui ne succombent pas aux violences finissent dans des camps de travail aux quatre coins de la Finlande. Et elles y meurent.

Le commandant Felde est sûrement un de ces hommes qui s'offrent une putain ou deux à l'occasion. Mes titres l'ont fait rigoler avec un mépris désagréable. « Autorité militaire, hein ? » On avait inventé cela en cinq minutes, quand nous était parvenu l'ordre d'envoyer des interprètes et policiers finnois pour servir la patrie dans les camps de l'Allemagne nazie. Le libellé n'a pas été précisé ou changé depuis. Peut-être parce que nous n'avons pas d'existence officielle. Felde m'a demandé ce que j'avais fait ; en particulier, il m'a posé beaucoup de questions sur mes activités dans l'unité d'extermination *Einsatzkommando Finnland* et au *Stalag* 309.

– Vous croyez donc à la Grande-Finlande et à la race finnoise ?

– Oui, mon commandant ! Il est important que les tribus finnoises soient dépouillées de tout élément ennemi et qu'on puisse éduquer les individus pour en faire d'honnêtes citoyens de la Grande-Finlande ! j'ai crié, l'écume aux lèvres et droit dans mes bottes.

Felde me regardait par en dessous avec une certaine lassitude. J'ai bien vu qu'il se méfiait. À présent, c'est une évidence. On ne peut faire confiance à personne. Ni ici, ni ailleurs. Surtout pas ailleurs.

Le commandant m'a exposé ma mission, le règlement et les usages en vigueur dans ce camp. Il a souligné que je travaille principalement pour la Gestapo, non pour la police de l'État finlandais : si jamais je suis amené à contacter la Valpo, je lui ferai impérativement lire les messages au préalable.

– Je ne veux pas d'espion finlandais par ici, a-t-il dit lentement, sans me quitter des yeux.

Il m'a rappelé que tous les gardiens sont censés se surveiller les uns les autres. Il paraît qu'il y a du relâchement vis-à-vis des prisonniers. La discipline et la morale se perdent.

– À l'heure actuelle, tout ce que veulent les hommes, c'est rentrer chez eux, dit-il. Retourner en Allemagne, auprès de leurs familles et de leurs femmes.

Si je remarque quelque chose de suspect, je devrai l'en informer aussitôt.

J'ai eu l'idée de l'interroger au sujet du Finnois présent dans le camp. Il a hoché la tête avec une certaine joie. Il m'a parlé de lui. C'est un homme qui étudie la théologie. Membre de la Société académique de Carélie. J'ai froncé les sourcils, intrigué qu'il parle d'un prisonnier sur ce ton flatteur. Je lui ai demandé ce qu'il entendait par là.

– Eh bien, l'autre gardien, dit-il. Le gardien finnois.

Étonné, j'ai demandé si nous étions donc deux gardiens finnois. Oui.

L'autre s'appelle Olavi Heiskanen.

ENONTEKIÖ, 1947

Dans le séjour, assise à la table peinte en vert, Inkeri fumait avec une pince une cigarette roulée dans du papier journal. Ça sentait l'été partout sauf sur elle. Son enquête dans la toundra lui avait laissé un relent tenace de mousse et de tente. La pellicule et l'encre lui avaient sali les mains, et les taches avaient du mal à partir. Les poils sous ses bras couvaient une odeur désagréable et son chemisier était toujours jaune de sueur après la marche, et ce malgré deux ou trois lavages dans le sauna, une cahute toute tordue où elle n'aurait jamais imaginé mettre les pieds dans sa vie antérieure.

Inkeri avait décidé d'aménager sa chambre noire dans un espace adjacent au vestibule, probablement un ancien garde-manger. Ce n'était pas idéal, mais cela ferait l'affaire. C'était visiblement la seule pièce à pouvoir remplir cette fonction. Il n'y avait pas de fenêtre ; en revanche, la lumière pénétrait par les fentes dans les murs, il allait falloir y remédier. Elle était toute impatiente : l'odeur des produits chimiques lui manquait, de même que la fraîcheur de l'eau de rinçage entre les doigts. La mesure et le choix des papiers, puis l'apparition progressive de l'image. L'image. Cette chose inconcevable, belle et miraculeuse. Après toutes ces années, Inkeri était toujours subjuguée.

Elle regarda à côté. Assis sur le canapé – qui n'avait plus changé de place depuis que le chauffeur de la compagnie de bus Eskelisen Linjat l'avait posé dans le séjour –, Olavi mangeait de la brioche. Il sirotait du café et feuilletait un vieux journal, plongé dans ses pensées. Tous deux étaient silencieux. Inkeri était concentrée sur sa pince. Elle allait devoir se procurer des filtres et du papier décent. Ce n'était plus de son âge. Elle avait besoin de matériel, non seulement pour fumer, mais aussi pour construire la chambre noire. Tout était en pagaille sur la table : l'agrandisseur, divers papiers empilés, des boîtes destinées à servir de cuves, ainsi que quelques petits récipients en écorce, des pinces à linge, des pincettes et des lunettes protectrices. Des appareils photographiques.

– Ça en fait, des affaires, intervint Olavi qui avait remarqué son air songeur. Au moins, tu vas te sentir chez toi.

– Tu n'as rien apporté, toi, en venant ici ?

Il répondit par un haussement d'épaules négatif. Inkeri fumait avec application, étonnée.

– Rien ?

– J'arrivais de la guerre. J'avais un jeu de vêtements et une montre. Des cigarettes.

– Et ça, c'est quoi ? demanda-t-elle en montrant un classeur posé sur une petite étagère.

– On dirait un classeur de timbres.

– Je sais bien ! répliqua Inkeri, qui le feuilletait de temps à autre depuis son emménagement. Ce n'est pas à toi ?

– Non. C'est pas à moi. C'est à Piera.

– À Piera ? releva Inkeri en fronçant les sourcils.

– Oui.

– Mais il y a plein de timbres magnifiques, là-dedans. D'ailleurs, certains ont de la valeur. Des exemplaires anciens, du Canada, d'Alaska. Où il a pu trouver cela, Piera ?

Ce vieux bonhomme n'avait franchement pas une tête de philatéliste. Elle l'avait entraîné tant bien que mal dans la toundra pour avoir un guide, et il avait fini par lui accorder une interview. Elle n'avait pas spécialement apprécié l'excursion. La compagnie était pesante et le froid pénétrant. On avait beau être en plein été, une partie de la toundra boisée ne bourgeonnait toujours pas. Les fleurs persévérantes étaient minuscules, au ras du sol.

– Bon, en tout cas… reprit Inkeri avant de s'éclaircir la voix. Tu es prêt ? On y va ?

Olavi acquiesça.

Inkeri ramassa ses affaires sur la table et souleva l'appareil photo Contax. Comme elle voulait faire un reportage sur la pose de la première pierre de l'église, elle se demandait quel matériel serait le plus adapté. En cette journée. Par cette lumière.

– Au fait ! s'écria-t-elle soudain.

Elle ouvrit la porte du placard sous l'évier et sortit une bouteille transparente qu'elle agita devant Olavi d'un geste aguicheur.

– C'est de l'eau-de-vie ou de l'éther ?

– De l'eau-de-vie, oui, répondit Inkeri avec une grimace.

Olavi s'illumina aussitôt.

Ils ne tardèrent pas à voir le fond de leurs verres. Ils claquèrent la langue et regardèrent le plancher. Inkeri ne pensait à rien de spécial.

– Allons-y, lança-t-elle finalement sans regarder Olavi.

– Allons-y.

Il coiffa son bonnet et emporta un objet enveloppé d'un mouchoir. Elle chaussa ses lunettes de soleil avant d'ouvrir la porte. Le chantier était à un kilomètre. Ils marchèrent sans échanger un mot. La lumière jaillissait de-ci de-là entre les nuages. Olavi aperçut Piera de loin, et Inkeri le suivit jusqu'à lui. Il n'était pas difficile à repérer. Il portait des vêtements colorés. Sur son dos, les bandes brodées traditionnelles étincelaient au soleil et les ornements argentés de la ceinture étaient resplendissants. Autrement, il portait le même pantalon brun qu'au cours de leur virée dans la toundra, en patte de renne tannée. Il l'avait conduite par des itinéraires ancestraux et amenée dans le campement d'été de sa famille, comme elle le souhaitait. Moins de dix personnes vivaient là-bas. Les tentes étaient clairsemées. Les femmes battaient les foins pour rembourrer les bottes, les hommes pêchaient. Les enfants jouaient. L'odeur de fumée semblait une réminiscence des anciens temps. Elle avait commencé à rédiger son reportage ; il n'était pas encore prêt, mais elle espérait aboutir à un grand article de deux doubles pages, un peu plus tard, en automne.

– … on joue au triage des rennes et au lancer de lasso… entendit Inkeri.

C'était une fillette coiffée d'un bonnet rouge bigarré qui parlait à Piera. Elle tenait un drôle de morceau de bois.

– Et ça, c'est quoi ? l'interrompit Inkeri.

La gamine sourit à pleines dents. Elle avait un petit trou entre les incisives.

– Une *áldu*, dit-elle. Un renne femelle. Je suis Bigga-Marja.

– Un renne femelle ?

– Ben oui ! Tu n'en as jamais vu ? Et ça ? demanda-t-elle ensuite en lorgnant avec curiosité l'appareil d'Inkeri.

– C'est un appareil photographique. Tu n'en as jamais vu ? Je fais des reportages. Je suis journaliste.

Inkeri enleva ses lunettes de soleil. Aussitôt, elle ferma les yeux un instant.

– Peut-être que je pourrais t'interviewer ?

La fillette accueillit d'abord la proposition d'un air méfiant, mais elle finit par esquisser un hochement de tête approbateur. Elle se mit à répondre aux questions, avec réflexion et enthousiasme. D'une écriture rapide et brouillonne, Inkeri nota dans son carnet que Bigga considérait la nouvelle église comme une bonne chose, car le bâtiment provisoire était misérable.

– Enfin, pas aussi misérable que les écoles et les foyers, marmonna la fillette en baissant les yeux, puis elle se cacha derrière Piera.

Son sourire timide laissait dépasser les incisives sur la lèvre inférieure.

Inkeri releva la tête.

– Les foyers ?

– Oui. Je vis dans un foyer, expliqua Bigga en se tournant vers l'école adjacente aux internats.

Ils regardèrent tous dans cette direction pendant un moment. Puis Inkeri se retourna vers la fillette. Elle avait de longs cheveux blonds, et des yeux foncés dans des orbites profondes. Une boule argentée pendait à sa ceinture.

– Comment se fait-il que tu connaisses si bien le finnois ?

Au cours de son enquête de terrain, Inkeri n'avait pas rencontré une seule personne capable de parler finnois, du moins avec elle.

– C'est évident ! J'ai déjà onze ans, moi ! déclara Bigga en levant le menton.

– Bigga-Marja a été évacuée pendant la guerre, comme tant d'autres, s'immisça Piera. Sa mère est morte de la tuberculose, là-bas. Son père, mon fils, il est tombé au combat. Bigga était du côté suédois, à Vittangi, mais ils apprenaient un peu tout. Y compris le finnois.

Le ton de Piera indiquait que la discussion s'arrêtait là.

– Ça alors.

Inkeri referma son carnet et rangea son crayon. Elle souleva son appareil pour demander si elle pouvait prendre des photographies ; sa demande étant accueillie par un hochement de tête favorable, elle se mit à l'œuvre.

– Ce n'est pas une tenue lapone typique, ça, si ? demanda-t-elle.

Elle regarda d'abord la robe de Bigga-Marja puis, intéressée, le costume de Piera, couvert jusqu'au chapeau de draps colorés et de bandes brodées étincelantes.

– Tu as une tenue lapone, toi aussi ? Ça plairait aux lecteurs.

– Elle ne me va pas.

– Non ? releva Piera. Ça serait pas plutôt que tu veux pas la porter ?

Il parlait avec l'indolence caractéristique des Lapons. Par ailleurs, Inkeri avait observé les divers idiomes et accents qui se mélangeaient sur le chantier. Il y avait l'anglais des quakers venus de divers États d'Amérique ; il y avait des langues sames dont elle n'avait jamais imaginé la diversité ; il y avait du norvégien, du suédois ; et puis le finnois et ses dialectes des quatre coins du pays.

Piera et Bigga prirent la pose ensemble, un peu à contrecœur. Inkeri cadra, régla l'ouverture et appuya sur le déclencheur. Le flash était trop fort, mais malheureusement nécessaire.

– J'aurais dû enlever le bonnet, marmonna Bigga.

Inkeri les remercia, hocha la tête et se retira.

Plus loin, autour de la première pierre, tous les autres écoutaient les discours avec attention. Tous sauf Inkeri. Dans ces moments-là, elle pouvait circuler dans la foule en toute discrétion. C'était une curieuse sensation. Comme si les gens étaient figés sur place, comme si elle n'existait pas.

En avançant, elle se trouva bientôt dans les profondeurs de la marée humaine. Décidément, tout le monde était venu. Les gens de Norvège et de Suède se distinguaient par leur costume, un *gákti* différent. D'autres broderies ornaient leur encolure, leur chapeau était cousu selon un modèle qu'elle n'avait jamais vu et ils le portaient autrement de ce qui se faisait du côté finlandais. De même, les pompons sur la tête avaient leur propre style. Bijoux et agrafes, pendentifs et boucles d'oreilles cliquetaient au moindre pas.

Inkeri s'absorba dans la prise de vues. Photographier, c'était tout pour elle. Lorsqu'elle regardait le monde à travers la lentille, elle se sentait chaque fois au même endroit. Indépendamment du coin où elle pouvait bien se trouver, en train de photographier un duc ou un travailleur de plantation. En son for intérieur, elle était toujours au même point. Rien de plus n'avait d'importance. Elle s'était éprise de photographie dès son enfance, la première fois qu'elle avait touché le vieil appareil en bois de ses parents, et en tournant les pages du gros album à serrure où l'on conservait les photos de famille. Des portraits pris dans l'atelier ; des photos prises sur le vif, autour du café, dans le jardin des Sinebrychoff. Des pièces hautes sous plafond aux fenêtres lumineuses et aux plantes vertes qui frôlaient le plafond. Elle avait vu des gens, des pièces, des scènes qui lui donnaient envie d'en savoir plus. Et d'en parler.

Lorsque la jeune Inkeri avait obtenu un contrat d'apprentissage dans un atelier, elle avait enfin osé caresser le rêve de véritablement gagner sa vie, éventuellement, avec cette activité. Elle avait adhéré à l'Union des photographes de Finlande.

Hélas, malgré un début prometteur, elle avait découvert au fil des années que les débouchés n'étaient pas très variés pour les femmes photographes. Elle aurait été cantonnée à l'atelier. À tirer des portraits, mettre en scène des compositions en intérieur ; or c'était tout ce qu'elle ne voulait pas.

Le soleil tailla une brèche dans les nuages. Aussitôt, Inkeri ressentit un élancement à la tête. Sans s'en rendre compte, elle s'était éloignée de la foule. Maintenant que le soleil brillait, elle allait devoir réviser le temps de pose. Tandis qu'elle approchait l'appareil et faisait la mise au point, elle aperçut Olavi, dans le flou, debout au bord des fondations. Elle écarta l'appareil pour jeter un coup d'œil autour d'elle, puis elle le remit devant son visage. En réglant l'objectif, elle vit qu'Olavi déployait le mouchoir enveloppant l'objet qu'il avait apporté.

L'objet scintilla dans sa main.

Il le posa dans le trou, visiblement dans l'intention de l'y ensevelir pour l'éternité, puis il retourna se fondre dans la foule. Inkeri attendit un peu avant d'aller vers la fosse à son tour. Elle se faufila jusqu'à l'endroit où elle venait de voir son locataire. Elle avait deviné juste. C'était une photographie. Soulevant le cadre à hauteur des yeux, elle blêmit. Au bout d'un moment, elle sortit une cigarette de sa poche de poitrine et, pensive, se mit à fumer.

Dans la savane, Inkeri avait appris que les moments où les animaux étaient tranquilles se présentaient rarement. Au commencement de la saison des pluies, après une longue et funeste canicule, lorsqu'ils pouvaient enfin aller s'abreuver, le miracle se produisait. Lions, flamants, geais bleus, singes et buffles buvaient côte à côte au même cours d'eau. Ensemble. Les oiseaux se posaient sur les lions, sur les girafes et sur les rhinocéros. Ils chantaient, en toute insouciance.

Inkeri regarda autour d'elle. Deux mois plus tôt, elle avait appris l'existence d'un camp de prisonniers, par là, pendant la guerre. Elle jeta un nouveau coup d'œil à la photographie. Elle écrasa sa cigarette, toujours aux aguets, et cacha rapidement le cadre sous son bras. Si les moments de tranquillité étaient rares dans la savane, ils l'étaient encore plus dans le reste du monde.

INARI

Février 1944

Aujourd'hui, j'ai vu Olavi Heiskanen pour la première fois : il revenait des travaux routiers avec un petit groupe de prisonniers. La plupart des détenus sont encore employés dans les camps ou sur divers chantiers de toute la province, voire derrière l'ancienne frontière. Olavi Heiskanen est venu se présenter en long et en large. C'est un homme jovial, jeune, à peu près de mon âge. Cheveux brun clair, pas de barbe. De grands yeux bleus. Le prisonnier – ou assistant – finnois dont j'avais entendu parler l'accompagnait. Entre-temps, on m'a dit qu'ils se déplacent toujours ensemble, ces deux-là. Si l'un bosse quelque part, l'autre est dans les parages. Le prisonnier finnois est quelconque, peut-être un peu courbé ; c'est un type mince, barbu, dans les quarante ou cinquante ans. Il ne m'adresse pas la parole, et je ne cherche pas à le faire parler.

Heiskanen dit qu'on l'appelle familièrement Kalle, ce prisonnier. En revanche, je n'ai pas réussi à élucider le véritable motif de sa présence. Peut-être a-t-il fait la guerre civile parmi les communistes et ceux qui se sont échappés en Russie soviétique, après quoi il se sera fait passer pour un Finlandais. Va savoir. Tout ce que j'ai pu apprendre, c'est qu'il réside dans une tente destinée aux prisonniers de confiance.

Il y a quelque chose qui cloche, avec ce Kalle. Il circule à peu près librement ; tout à l'heure, il fredonnait une chanson de guerre qu'on entend souvent sur la station de radio Laplandsender, et il est allé à l'étable pour s'occuper des animaux sans demander la permission. Personne n'a réagi. Même Felde, qui passait par là, n'a rien trouvé à redire.

En outre, au souper, j'ai vu qu'il avait une pomme de terre de plus dans son assiette.

Février 1944

Heiskanen m'aide avec les tâches d'interprétariat et de mesures. Quand de nouveaux prisonniers arrivent, nous vérifions leurs origines et déterminons leur race, séparons les éléments indésirables à éliminer le moment venu, et sélectionnons les individus à interroger.

Kalle connaît beaucoup de langues, notamment le polonais, l'anglais et le français, ainsi que quelques autres peu communes : des langues africaines de la famille bantoue. Nous faisons appel à lui en cas de besoin, ce qui est rapide et pratique. Parfois, désœuvré, il joue avec un chat. En tout cas, il est fort utile. Grâce à lui, nous recueillons des renseignements importants sur les nationalités qui nous arrivent. De plus, il donne un coup de main pour les mesures. Lorsque le médecin est ici avec son assistante, les mesures sont de son ressort ; le reste du temps, elles nous incombent aussi. Je n'avais encore jamais fait ce travail, c'est répugnant. On a beau laver et astiquer les prisonniers russes, leur odeur est épouvantable. Nous mesurons la largeur de la tête et vérifions l'état des organes génitaux, en particulier la présence du prépuce. Heiskanen et moi notons les données importantes dans le livret militaire.

J'ai demandé à Heiskanen pourquoi Kalle est arrivé dans ce camp allemand plutôt que dans un camp finlandais comme celui de Nastola. Ou même à Parkkina, où l'on éduque tous ces Finno-Ougriens – divers Ingriens et autres finno-ploucs –, mais aussi les communistes, pour en faire de bons citoyens, la main-d'œuvre requise pour coloniser la future Grande-Finlande. Kalle est instruit, c'est évident, et il a gardé un air aristocratique, avec une diction claire et de bonnes manières.

– Pourquoi on est ici, pour quel avenir, je te le demande… m'a répondu Heiskanen, amusé.

J'ai alors répété ce que j'avais lu autrefois en page 7 de la revue de la Société académique de Carélie, bien entendu. Cette page, je l'avais collée sur le mur du petit coin. Heiskanen n'a rien ajouté ; depuis, il ne m'a plus vraiment adressé la parole.

Février 1944

Le médecin passe régulièrement. Je l'ai vu ce matin, et de nouveau peu après, à la pause cigarette. Il se tenait devant l'entrée de son cabinet, tête baissée. En me voyant, il m'a toisé longuement avant de lever le bras. Je crois que c'est parce que mon uniforme n'a ni tête de mort ni sigle SS. Heiskanen m'a appris que le médecin est détaché du centre-bourg d'Inari, à raison d'une semaine par mois. Il vient distribuer des préservatifs en caoutchouc aux soldats et diagnostiquer les maladies sexuelles. En outre, il effectue des examens et des recherches sur les prisonniers. Une partie de nos nouveaux arrivants à interroger doivent lui être amenés directement.

Cet après-midi, le médecin s'est adressé à tous les gardiens, dans la grande salle, pour nous donner une leçon sur les maladies. Il nous a expliqué qu'il faut bien nettoyer le trou du gland et prendre soin de son hygiène personnelle. Enfin, il a rappelé que, si des maladies se déclarent, les médicaments seront gratuits. Il avait avec lui une baguette d'une vingtaine de centimètres. Il l'a dressée en l'air en déclarant que si l'un de nous pense avoir la chaude-pisse, il aura droit à ça par le trou. Ça se voulait sans doute un avertissement, mais un gars a lancé une blague salace, et bien sûr tout le monde a éclaté de rire. Sauf le médecin. Je ne l'ai pas vu sourire une seule fois.

Une femme l'accompagne. Il paraît que c'est une guérisseuse ancestrale. Une chamane. Une *noaidi*. Curieusement, elle fait office de saigneuse et d'infirmière. Elle s'est rendue directement à son poste, sans nous adresser la parole. Mais j'ai vu ses yeux. Ils ont une couleur étrange. Je n'ai jamais rien vu de tel. J'avais peur de les regarder, mais je ne pouvais pas m'en empêcher. Ils sont comme des myrtilles gorgées de jus et scintillantes de rosée, ou comme des violettes des chiens à peine écloses. Pas bleus, d'un tout autre aspect.

Comme s'ils reflétaient une lumière perçante et l'univers entier.

ENONTEKIÖ, 1947

La clef principale de la nouvelle école était fixée à un porte-clef sculpté en bois de renne. Un trait y était gravé, qui pouvait être n'importe quoi, mais en l'occurrence il représentait le chiffre un.

– Un, c'est le signe du passe-partout, expliqua le directeur Kuusela en tournant la clef dans la serrure. Je l'ai toujours sur moi.

Il tint poliment la porte à Inkeri pour la laisser entrer. Il était vêtu d'un veston marron avec une cravate. Son pantalon était repassé et son chapeau sentait le talc.

M. Kuusela était un petit homme rond. Sous son chapeau, une tache dégarnie apparaissait au sommet du crâne. Ses lunettes à monture verte glissaient tout le temps. Il souriait beaucoup, dégageant une certaine chaleur qu'Inkeri avait toujours enviée chez les gens. Pour sa part, elle n'avait pas cette qualité. Elle avait toujours eu du mal à faire preuve de sympathie.

L'homme présenta les salles de classe en tendant le bras tantôt à droite, tantôt à gauche. Ses paroles résonnaient dans le bâtiment vide. L'école fonctionnait depuis une semaine. Comme on était dimanche, ils étaient seuls entre ces murs. La semaine précédente, Inkeri avait assisté à l'inauguration, et elle en avait profité pour prendre rendez-vous avec Kuusela en vue d'un entretien. Elle avait préparé les questions à lui poser, mais à présent son attention était ailleurs. Elle n'arrivait pas à se sortir de l'esprit le cadre ramassé dans les fondations de l'église. La photographie représentait deux soldats. L'un avait une tenue typique de l'armée finlandaise, mais l'autre portait un uniforme nazi. Au vu de sa prestance et des insignes brodés sur sa poitrine, il devait avoir un grade important. Tous deux se tenaient de part et d'autre d'une femme en costume same, déjà un peu âgée, qui arborait un large sourire. En position assise, il y avait un médecin en blouse blanche et, à côté de lui, sur une branche d'arbre, une autre femme aux cheveux foncés, penchée en avant. L'âge de celle-ci était difficile à estimer, mais elle n'était plus toute jeune.

Inkeri avait du mal à reconnaître si la photo était prise sur le vif ou mise en scène. Par expérience, elle penchait pour cette dernière hypothèse, mais le regard de la plus jeune, assise sur la branche, la faisait hésiter. Si c'était une mise en scène, en tout cas, cette femme était incapable de dissimuler ses sentiments. Son regard avait quelque chose de saisissant. Peur ? Dégoût ? Curieusement, Inkeri trouvait cela presque insoutenable. L'image en devenait d'autant plus intéressante et importante. Fascinante.

En travaillant à l'atelier, Inkeri s'était rapidement lassée de créer des portraits parfaits, et elle s'était donc plu à cultiver certaines caractéristiques que les photographes expérimentés qualifiaient d'« erreurs ». Il ne fallait pas rompre la symétrie ;

ou bien, si c'était inévitable, il convenait alors de contrebalancer l'anomalie au moyen d'un objet, par exemple un chapeau ou un autre accessoire. Pour Inkeri, les erreurs constituaient la moelle de l'image. Quand elle avait quitté ce travail pour suivre Kaarlo au Kenya, en Afrique orientale de l'Empire britannique, elle avait enfin pu photographier des choses ordinaires, des gens normaux. Elle n'avait jamais entendu parler du Kenya auparavant, mais la perspective de ce voyage avait été l'une de ses principales motivations pour accepter la demande en mariage de Kaarlo Lindqvist. Elle allait pouvoir jouir de sa liberté et s'adonner à ce qu'il y avait de plus important au monde pour elle : la photographie. Au Kenya, les sauvages croyaient que l'appareil capturait leur âme. C'était impossible, certes, mais elle devait bien reconnaître que, dans un sens, elle partageait cette idée. En fin de compte, photographier était un acte de violence, une certaine forme de manipulation.

Cependant, si Inkeri avait récupéré la photo d'Olavi, ce n'était ni pour l'officier nazi, ni pour la femme assise sur la branche. En plus de ce groupe, on distinguait deux hommes qui étaient manifestement des prisonniers de guerre. Sans aucun doute. Leurs traits tirés et leurs vêtements loqueteux en attestaient. Pourquoi Olavi était-il en possession d'un tel document ? Elle avait hésité à l'interroger. Puis elle avait laissé courir. Jusqu'à nouvel ordre, c'était plus prudent. Dans le fond, que savait-elle de lui ?

– Ces dernières années, les enfants suivaient une formation dans la mairie provisoire. Une école dédiée, c'est bien sûr une formidable amélioration. Comme vous le voyez, tout est resplendissant, propre et neuf.

Kuusela s'éclaircit la gorge. Inkeri sentit une odeur de bois fraîchement coupé. Pourquoi le bois et l'herbe sentent-ils si bon à la seconde même où ils sont fendus par la lame ? Leurs pas résonnèrent et s'arrêtèrent enfin devant une salle de classe. L'homme enfonça la clef dans la serrure.

– Enfin. Peut-être que cela ne paraît pas très fameux pour une femme de la capitale qui a roulé sa bosse, mais c'est une amélioration, à tous points de vue.

Kuusela ouvrit la porte de la salle en riant et alla s'asseoir au bureau. Inkeri s'installa à un pupitre.

– L'école a été construite par les étudiants en architecture de l'Université technologique qui ont aussi réalisé l'hôtel Pallas.

Une lumière vive entra par les fenêtres. Il n'y avait pas de poussière.

– Vous voulez bien me donner votre avis sur le système scolaire actuel ? demanda Inkeri.

L'écho de ses mots retentit dans la salle déserte.

– Eh bien... Oui, à mon avis, le degré de culture d'une nation se mesure à l'école et à sa qualité, répondit l'homme vaguement en relevant ses lunettes avec l'index. À présent, vraiment, les Lapons et les Sames bénéficient d'une instruction correcte. Avant, cela incombait principalement à des enseignants itinérants. Nous avons maintenant deux nouveaux enseignants, y compris un quaker.

Inkeri regarda par la fenêtre.

– Il faut dire que la loi sur le catéchisme a été abolie, et les enseignants ne vont plus dans les villages reculés, expliqua le directeur en guettant la réaction de la journaliste, qui restait muette. En vertu de la nouvelle législation, même ceux qui vivaient dans la toundra fréquentent désormais une véritable école.

– Aller à l'école, c'est la base, approuva Inkeri, le regard toujours fixé sur le chantier en face.

– Absolument, mademoiselle Lindqvist, absolument ! Et en particulier, l'instruction de ces Sames a suscité beaucoup de soucis et de discussions.

– Madame.

– Pardon ?

– Madame Lindqvist, répéta Inkeri en le regardant dans les yeux.

M. Kuusela se retourna, l'air surpris, et son regard alla se poser instinctivement sur l'annulaire gauche de son interlocutrice. Inkeri se sentit gênée. Elle n'aurait pas dû enlever l'alliance. Elle aurait dû la garder.

– J'ai… Enfin, mon mari a disparu. Probablement mort.

Kuusela pâlit. Inkeri l'observa. Ça recommençait. Ce visage. Comme si elle était soudain un objet fragile. Il fit alors un geste qui se voulait à la fois consolateur et encourageant : il se leva et vint poser sa main sur la sienne. Immédiatement, elle joignit ses doigts sur ses genoux. Elle avait horreur de ces gestes-là. Que faire ? Dire « non non ce n'est rien » ? Dire « oui oui ça va aller » ? Qui offrait du réconfort, là, au bout du compte, et à qui ? Et au nom de quoi aurait-elle besoin d'être consolée ?

– Puis-je me permettre de demander comment votre mari a disparu ?

– À la guerre. Il a disparu à la guerre, monsieur Kuusela, répondit Inkeri en grinçant des dents.

L'homme opina avec compassion, baissa la tête et marqua un moment de silence.

– Donc… reprit-il. L'ennui, souvent, c'est que ces enfants locaux ne parlent pas finnois lorsqu'ils arrivent à l'école. Il faut leur enseigner la langue. Certains apprennent vite, d'autres non… Par ailleurs, les élèves ont tendance à parler same entre eux, ce qui n'arrange rien. Beaucoup d'enfants viennent de très loin, où ils vivent dans des conditions misérables, cela se voit à leur comportement et en toutes choses.

Kuusela appuyait ses paroles de hochements de tête. Inkeri observa son crâne. Ses cheveux rares, malmenés par les intempéries.

– Parlez-moi des internats.

– Oui, beaucoup d'enfants vivent dans ce foyer juste à côté… indiqua Kuusela avec un geste vers la fenêtre.

– Ils sont tous orphelins ?

– Non. Bien sûr que non. Mais ils sont nombreux à résider trop loin de l'école, à vingt, trente kilomètres. Ici, les petits sont comme chez eux. Le meilleur endroit possible pour des enfants ! Et certainement plus confortable que le domicile familial, pour beaucoup d'entre eux. Ils ont de quoi manger, des vêtements décents et un cadre de vie agréable.

Inkeri consultait son carnet, pensive et toujours irritée.

– Comme j'essaie de faire un reportage aussi exhaustif que possible sur la vie scolaire, j'ai pris contact avec la Société culturelle de Laponie. Le président m'a envoyé une lettre où il qualifie les foyers d'« endroits douteux ». À son avis, il n'est pas naturel que les enfants ne voient leurs parents que deux fois par an. Ce qui est aussi problématique, à son avis, c'est que les enfants soient arrachés à leurs coutumes familiales. À leur culture.

Le directeur la regarda, bouche bée.

– Ce sont les termes qu'il a employés, confirma-t-elle en vérifiant sur son carnet.

– Que voulez-vous dire ?

– Je ne veux rien dire, précisa Inkeri d'une voix égale en s'efforçant de sourire. Je voudrais seulement un commentaire de votre part. Qu'en pensez-vous : trouvez-vous problématique que les enfants soient si loin de leur maison ?

– Il est vrai, Inkeri… je peux dire tu ? – elle fronça les sourcils, mais il continua de parler – … que cela cause souvent un traumatisme douloureux chez les enfants, notamment au début. D'un autre côté, le fait même d'entrer dans un foyer leur est bénéfique. Pour beaucoup d'enfants de Laponie, c'est le meilleur endroit où ils puissent vivre.

Inkeri se taisait. Appuyée au dossier de son banc, elle attendait. Parfois, le silence est un moyen de pression plus efficace que les mots. Parfois, le silence est plus dévastateur qu'un cri. Mais Kuusela ne comprenait rien, apparemment, puisqu'il demanda ensuite :

– Est-il vrai que tu as enseigné en Afrique ?

– Au Kenya. Oui, j'y donnais des cours, j'étais encore jeune.

Inkeri repensa à la bâtisse rudimentaire qui servait d'école aux petits Kikuyus. Les enfants admis en classe s'asseyaient par terre. Il n'y avait pas de crayons, pas de papier. Au bout de plusieurs années seulement, des pupitres et des chaises étaient arrivés. L'argent provenait en général d'une aide religieuse envoyée par un État, parfois d'une initiative privée. Aux périodes majeures de la vie agricole, les jeunes ne pouvaient pas s'absenter du travail, et Inkeri se rendait alors dans les champs : elle photographiait les travailleurs, femmes, hommes et enfants vêtus de ce qu'ils pouvaient, qui en pagne, qui en chemise et en pantalon, foulard sur la tête, contre le jaune du désert et du soleil, avec en fond le mont Kenya.

– Ce serait un honneur, si tu enseignais ici aussi. Peut-être le finnois ?

Inkeri observa Kuusela.

– Merci. Je vais y réfléchir.

– Qu'est-ce qui t'a amenée en Afrique ?

– Mon mari.

– Ah bon ?

– Kaarlo avait des parts dans une plantation de tabac. Mais il s'intéressait à l'enseignement aussi. Il voulait aider les Africains à étudier, et il était directeur de l'école du coin. Moi, je voulais être photographe.

– Ça a marché ?

Inkeri le regarda, toussota et se tourna vers le chantier.

– Combien faudra-t-il de temps pour construire l'église ? demanda-t-elle.

Kuusela regarda par la fenêtre. Il haussa les épaules.

– Je ne sais pas. Ça prendra des années. L'église, c'est la base. Et la base doit être solide.

– Vous étiez là, pendant la guerre ?

– Non. Je n'y étais pas.

– J'ai entendu dire qu'il y avait un camp de prisonniers par ici, évoqua rapidement Inkeri. Sauriez-vous éventuellement m'en dire deux mots ? Il est possible que je fasse un article à ce sujet.

– Je n'en savais rien, répondit Kuusela avec un étonnement authentique.

Inkeri hocha la tête. Les yeux sur son carnet, elle repensa à Kaarlo. Une fois, il lui avait dit une chose qu'elle avait comprise trop tard : « Apprends à savoir ce que tu veux. Ensuite, apprends à l'exiger. » Inkeri tapotait nerveusement le pupitre avec son crayon.

– À vrai dire, commença-t-elle en écartant le carnet, oui, je pourrais enseigner.

– Magnifique ! s'exclama Kuusela. Tu pourrais commencer par le finnois…

– *Mais*, le coupa sèchement Inkeri, ni le finnois, ni les mathématiques. Et je ne donnerai pas de leçons sur l'Afrique ou sur les femmes émancipées.

C'était le ton qu'elle avait appris à employer quand elle voulait atteindre un objectif.

– Bon, alors quoi ? demanda Kuusela, perplexe.

Inkeri pensait à l'odeur de l'atelier et des peintures. À la dilution de l'aquarelle sur le papier. Elle pensait aux couches de couleur, à la sensation du couteau à palette grattant la surface presque séchée. À l'odeur de térébenthine. L'air extérieur, le froid mordant. Les doigts gelés et les teintes engourdies.

– Je veux leur enseigner l'art, chuchota-t-elle. Autrement dit, je ne donnerai pas de simples cours de dessin.

La lumière affluait par la fenêtre, vive, et Inkeri ferma les yeux.

L'art.

INARI

Mars 1944

Heiskanen et Kalle me suivent partout. Je ne suis pas sûr, mais on dirait qu'ils me surveillent. Nous sommes affectés aux mêmes tâches. Le premier parle beaucoup pour ne rien dire. Il glisse aussi des questions de temps à autre, mais je ne réponds pas du tac au tac. Il s'épanche sur son passé sans aucune retenue, et sans se soucier que chaque mot puisse tomber dans l'oreille de Felde. Est-ce qu'il me teste ? Sont-ils de mèche ? Je repense à ce que m'a dit le commandant : entre gardiens, la surveillance mutuelle est de mise.

J'ai tout de même raconté que j'étais resté dans la région pour des missions de renseignement, après l'*Einsatzkommando Finnland*, principalement sous les ordres de la Gestapo. Heiskanen a voulu savoir en quoi consistait mon travail. J'ai dit que c'était pareil qu'ici.

– Écrire ces éternels rapports…

Il fallait tout rédiger en deux exemplaires, pour la Gestapo et pour la Valpo.

– Ici, on n'envoie rien à la Valpo. On produit des documents, oui, mais ils sont détruits ensuite. Si on ne les détruit pas, c'est la Valpo qui s'en chargera.

Heiskanen a claqué la langue. J'ai ri, et lui aussi. En me donnant une tape dans le dos, il m'a confié qu'il était vraiment soulagé de voir arriver un autre Finnois.

– Les gardiens allemands ne supportent pas le silence, il a dit. Certains ne se font pas au jour, d'autres à la nuit. Quatre ans de supplice…

C'est à cause de la lumière. La moitié de l'année, il y en a trop. Le reste du temps, elle n'est jamais normale, et le ciel est plein de phénomènes plus étranges les uns que les autres, qui te font croire aux dieux païens, au diable, à n'importe quoi.

– C'est plus que ne saurait endurer la tête des boches, a affirmé Heiskanen. Au début, nous étions en bons termes avec eux, mais maintenant on a besoin de Finnois, ici, pour aider à résoudre « les malentendus résultant de divergences culturelles ».

Mars 1944

Hier, il est arrivé encore tout un camion de prisonniers. Ils partent de Dantzig, en bateau jusqu'à Helsinki, où on les entasse directement dans le train pour Rovaniemi. Puis par la route jusqu'ici. Ils traversent des communes et autres localités dont je n'ai jamais entendu parler. Et les voilà. Au bout du monde. Ils mourront ici.

Dans la livraison d'hier, il y avait beaucoup de blessés, graves ou légers. Je participais à la détermination des races et à leur analyse. J'ai tout noté. C'est fou comme on reconnaît de loin les différentes races. Non seulement au faciès, mais aussi à certaines caractéristiques. La posture. La démarche. Un lot a été directement exécuté dans l'arrière-cour. Ceux-là, nous ne les avons pas enregistrés. Les prisonniers qui nécessitent des soins immédiats – opération, extraction d'un projectile ou amputation –, on les fait attendre jusqu'au passage du médecin ou de la saigneuse.

Avec les prisonniers, il y avait aussi des gens d'outre-frontière. Notamment deux Caréliens et un Skolt de Russie. Comme tant d'autres, ces malheureux étaient restés vivre là-bas sous le régime russe. Je vais suggérer au commandant Felde de les faire transférer vers des camps finlandais.

Mars 1944

Des prisonniers ont monté un club de théâtre. Ils jouent deux fois par mois pour le commandement. Aujourd'hui, il y a une répétition et je suis de garde en fin de soirée.

La saigneuse a traversé la cour à grands pas, tête complètement nue, et elle a perdu une épingle à cheveux. Je l'ai vue tomber parce que le soleil brillait à ce moment-là, et elle scintillait par terre. J'ai voulu aller la ramasser dans la neige, mais je ne l'ai pas retrouvée.

Mars 1944

Les répétitions se passent bien. La troupe se compose de dix personnes, et pas seulement de prisonniers de confiance. Dès que les portes se ferment, j'ai l'impression que nous ne sommes plus du tout dans un camp. Apparemment, les détenus ont leur propre hiérarchie, eux aussi. J'en ai vu deux se disputer le rôle du protagoniste. L'acteur principal est mort avant-hier de la tuberculose, et il faut donc reprendre son rôle, or personne n'en est capable. La première est dans une semaine. Finalement, ils ont choisi un type d'un certain âge, déjà un peu voûté. Je ne sais même pas comment ce bonhomme a pu être envoyé sur le front. Comme il est soupçonné d'être juif, nous avons la consigne de le tenir à l'œil.

Quand il mourra, son corps sera envoyé en Allemagne à des fins de recherche. Selon toute vraisemblance, ça ne va pas tarder.

Mars 1944

Je suis allé consulter le livret militaire de Kalle. Son nom complet est Kaarlo Lindqvist. Peut-être un Suédois de Finlande. À part ça, les pages sont complètement vides. Pas la moindre note. Pas même une date de capture. Aucune information sur son état de santé, sur sa race. Comme s'il n'était pas un prisonnier.

D'ailleurs, Kalle est mieux traité que les autres, et je ne parle pas que de la pomme de terre supplémentaire. Par exemple, pas plus tard qu'hier, les gardiens ont fusillé deux passants qui, à ce que j'ai pu voir, étaient simplement en train de marcher vers leur baraque après les ablutions. Après, on m'a expliqué qu'ils avaient refusé de se laver parce qu'il faisait trop froid. Je veux bien le croire : il doit faire –40 °C ! Néanmoins, tous les prisonniers doivent aller se laver dehors, torse nu. Tous, sauf Kaarlo Lindqvist.

ENONTEKIÖ, 1947

Par un matin piquant de début d'automne, en venant travailler, Olavi fixa son attention sur deux choses : la bête laineuse qui rôdait autour du chantier en grognant, et le vaste troupeau d'enfants qui jouaient au ballon devant l'église. De loin, il reconnut Bigga. Il lui fit signe et elle arriva en courant avec un ballon de cuir brun entre les mains.

– Ovllá, viens jouer ! s'écria-t-elle en driblant.

Partout retentissaient des coups et des hurlements. Des chevaux hennissaient. L'air avait un parfum revigorant. Frais.

– À quoi vous jouez ?

– À *spábbadoaškuma* !

– Au « ballon volant » ? traduisit Olavi, étonné.

Bigga ricana.

– En évacuation, on jouait au football, mais ça, alors, c'est quelque chose !

– Ah, au football…

Olavi examina la fillette. Ses cheveux blonds étaient hirsutes, électriques. Comme à l'automne 1944, lorsqu'il l'avait rencontrée la première fois, juste avant la fin de la guerre. En descendant péniblement de voiture, fatigué et fiévreux, il avait vu Bigga-Marja devant la maison. Elle portait des bottes élimées en fourrure de renne et un costume same bleu qu'il n'avait plus jamais revu depuis. Le tout sur fond de flammes et de fumées. Les souvenirs d'Olavi s'arrêtaient là. À cet endroit, il y avait un blanc. Enfin, *blanc* n'était pas le mot juste. Plutôt un vide. De suie et de cendre. Noir. Il voyait des oiseaux tombés par terre. En plein vol. Comme ça. Inertes, d'un noir de charbon, carbonisés. Inanimés.

Il n'en avait jamais parlé avec Bigga-Marja. Mais cette époque planait au-dessus de chacune de leurs rencontres. Il le savait. Elle le savait.

La guerre s'était terminée le jour de son arrivée à Enontekiö. On commençait à vider les camps de prisonniers dans toute la province. Son intention était alors de poursuivre le voyage, non de rester ici, mais il en était allé autrement.

Olavi fut tiré de ses réflexions par l'animal qui déboulait soudain parmi eux. Bigga-Marja s'était accroupie pour le caresser. C'était une truie laineuse, semblable à un mouton par la taille et l'aspect. Piera l'avait baptisée Matilda après avoir lu dans le magazine *Suomen Kuvalehti* l'histoire d'une Britannique ainsi dénommée qui avait voyagé seule au bout du monde. « Exactement comme ce cochon », avait-il dit à Olavi. Il trouvait cela très chic. Un titre honorifique pour un cochon. Olavi se pencha pour gratouiller la bête. Elle remuait sa petite queue comme un chien. Si Matilda était là, Piera devait donc se trouver sur le chantier. Cela ne manquait pas d'intriguer Olavi. En quittant sa maison, le vieux avait abandonné sa forge : par conséquent, il n'avait plus vraiment de travail. Et traîner le cochon sur vingt kilomètres, voilà qui semblait non moins singulier, même si Matilda était toujours utile, à l'occasion, pour chercher les mines ou les cadavres. Pendant la guerre, et encore après, elle avait également aidé à retrouver la trace des disparus.

– Où il est passé, ton bonnet ? demanda Olavi à Bigga.

Elle frotta ses cheveux emmêlés pour les cacher derrière l'oreille.

– Quelque part… marmonna la fillette en faisant tourner dans ses mains la petite boule pendue à sa ceinture : une boule de *komsio*.

– Je dois aller travailler. Construire la « splendide nouvelle église »… déclama Olavi avec un clin d'œil. Tu as lu le journal ? Toi aussi, tu es en photo.

– Non ! Où je peux le trouver ?

Olavi sortit un exemplaire de sa poche arrière et l'ouvrit à la bonne page. Bigga-Marja s'approcha. En gros, le long article était un éloge de cette église qui allait être la plus splendide du pays et pour laquelle on avait même reçu de l'aide d'Amérique. Un orgue allait être fabriqué en Allemagne de l'Ouest. Le reportage était très flatteur ; pourtant, en privé, Inkeri lui avait fait part de son étonnement à l'idée qu'ils croyaient au même Dieu, ces nomades déambulant dans leur toundra, vivant aussi reclus qu'on pouvait l'imaginer, et qu'on était en train de construire pour eux la plus belle église jamais vue. Elle avait ajouté qu'à mille kilomètres de là, la cathédrale de Helsinki s'élevait telle une blanche colombe vers le ciel enténébré et que, face à ce spectacle, on voyait la clarté.

Inkeri en avait fait personnellement l'expérience.

Pour Olavi, une église n'était qu'un bâtiment. Une grande salle. Rien d'autre.

Bigga lorgnait le journal en silence.

– Alors ?

– Je ressemble à ça, moi ? demanda-t-elle avec curiosité.

– Plus ou moins. Ce n'est qu'une photographie. Tu es différente selon l'angle de vue, évidemment.

– J'aimerais bien faire des photographies, moi ! Ça a l'air intéressant.

Olavi rajusta son chapeau. Il replia le journal et alluma une cigarette, mais Bigga ne semblait pas pressée de partir. Elle regardait en direction du point de ravitaillement. Des quakers avaient créé un groupe destiné à garder les enfants et à préparer la bouillie. Un grand secours pour les familles qui n'avaient pas les moyens de nourrir toute leur marmaille. Une autre équipe organisait des jeux. Car les enfants étaient nombreux. Certains squelettiques, un ou deux avec une jambe en moins, un autre avec un bandeau sur l'œil. Tous orphelins ou confiés par une famille démunie. Olavi observait Bigga-Marja, concentrée sur les ravitailleurs.

– C'est vrai qu'elle a vécu chez les Noirs, Inkeri ? demanda la petite avec intérêt.

Avant de ranger le briquet dans sa poche de poitrine, Olavi laissa son regard s'attarder sur une femme à peau d'ébène dont les cheveux crépus rebiquaient sous un foulard.

– Elle vient d'Afrique, tu crois ? chuchota la fillette. De Côte d'Ivoire ?

– Tu connais la Côte d'Ivoire, toi ? demanda Olavi en riant.

Elle sentait encore la bouillie.

Avec l'arrivée d'assistance étrangère en Laponie, Olavi avait cessé aussi sec d'être un objet de curiosité. Quel soulagement ! Pour tout le monde, c'était la première fois qu'on voyait une personne noire. Devant une telle dégénérescence, on se faisait facilement oublier. C'était en ces termes qu'on s'exprimait avant et pendant la guerre, et ces idées n'avaient pas disparu, même si bien sûr il ne fallait plus penser ainsi. « On aura tout vu ! s'était esclaffé quelqu'un. Alors ça va être ça, la Grande-Finlande ? J'croyais que c'était du côté de l'est, z'ont dû confondre avec le sud ! »

– En Côte d'Ivoire, il y a beaucoup de défenses d'éléphants. Elles sont chargées sur des navires et emportées en Amérique. Elle a été là-bas, Inkeri ?

– Oui, répondit Olavi, Inkeri a été en Afrique.

– Tu sais qu'elle nous apprend les beaux-arts ? Dis, c'est pour ça qu'elle a acheté la maison d'*áddjá* ?

Olavi la regarda, perplexe.

– *Sevdnjes lanja*, marmonna Bigga. Il paraît qu'elle y a construit une pièce obscure, Inkeri. Comment ça s'appelle ?

– Une pièce obscure… releva Olavi. Oui. Une chambre noire. Là où l'on tire les photographies.

Il n'était pas allé dans celle d'Inkeri, mais il présumait que c'était une pièce on ne peut plus obscure, à l'exception d'une lueur rouge. Il ne savait pas en dire plus. Sauf qu'Inkeri avait piétiné son parterre de fleurs en allant colmater les trous dans le mur par l'extérieur. Il s'en était lamenté pendant plusieurs jours. Et il était encore contrarié.

– Je pourrai venir voir, dis ? demanda Bigga.

Olavi jeta sa cigarette par terre.

– Mets ton bonnet, tu vas attraper froid, grogna-t-il.

Bigga-Marja fit la grimace. Elle ramassa son ballon et traversa le terrain en courant. La boule de *komsio* pendue à sa ceinture oscillait contre sa cuisse. Mais avant d'être trop éloignée, elle se retourna et cria :

– Au fait ! Ils ont trouvé quelque chose, en creusant !

– Quelque chose ?

– *Áddjá* est sur les nerfs !

– Qu'est-ce qu'ils ont trouvé ? insista Olavi.

Bigga-Marja arrêta de dribbler, regarda sur les côtés. Ses gestes laissaient deviner ce qu'elle allait dire. Peut-être était-elle un peu nerveuse, mais elle essayait de le dissimuler en redoublant d'entrain et en tapant dans son ballon. Il savait parfaitement pourquoi.

– Ben, le camp de prisonniers, s'écria vite Bigga d'une voix suraiguë. C'est pour ça qu'il y a *áddjá*, ici, et Matilda le cochon.

Ils se dévisagèrent un moment. Olavi ne fit pas de commentaire, et Bigga en resta là. Il savait qu'elle attendait un mot de sa part, mais que pouvait-il bien dire ?

Rien.

Finalement, Bigga-Marja se détourna, reprit sa course, le soleil faisant étinceler sa boule de *komsio* argentée, et elle abandonna Olavi à son silence et à sa solitude.

INARI

Mars 1944

Aujourd'hui, nous avons nettoyé les tentes, avec Kalle et Heiskanen. En général, c'est la corvée des prisonniers, mais nous devons toujours vérifier qu'il n'y ait pas d'objets suspects ou autres.

Je n'en avais encore jamais vu, de ces tentes finlandaises, dont les tracts ne cessent de dire le plus grand bien depuis le début de la guerre, avec une fierté nationale tout à fait typique. La structure est circulaire et un homme y tient debout. Au sol, on peut dormir à une douzaine côte à côte, davantage avec des lits superposés.

Et elles sont de meilleure qualité que les tentes allemandes, ou que les soviétiques, sûrement. Les attirails allemands, à vrai dire, ça se reconnaît au toucher. À une certaine façon de branler. Et ça ne tient pas plusieurs hivers, même pas toujours un seul. Si leur bazar n'est pas encore tombé à l'arrivée du printemps, c'est le poids de la neige qui l'écrase. Il paraît que cinquante prisonniers sont morts à Rovaniemi, après une tempête de neige, un matin, il y a deux ou trois semaines. Peut-être quatre ou cinq. Ici, le temps est un concept qui n'existe pas, pour ainsi dire. Pas tel qu'on a appris à l'appréhender. Bref, après l'effondrement des tentes, il a fallu creuser pour récupérer les corps sous la neige. C'est un boulot angoissant, il faut toujours prendre garde à ne pas fendre un crâne avec la pelle.

En faisant le ménage, j'ai remarqué des inscriptions gravées sur un contreplaqué : initiales, lieux de naissance, symboles nazis et tout ce qui a pu leur passer par la tête. Quelqu'un a écrit le mot *Dieu*, suivi d'autant de points d'exclamation que de jours passés là. Trente-deux jours.

Vers la fin, nous avons trouvé les os d'un petit animal, peut-être un oiseau ou un lemming, entassés dans un coin. Nous n'y avons pas touché.

Mars 1944

Le temps est beau et clair, mais terriblement piquant. Les prisonniers manquent de vêtements. On en ramasse tous les matins, morts de froid. Un Carélien d'outre-frontière est mort ; on l'a mis dans la fosse ouverte.

Les oiseaux chantent nettement plus. On leur prépare de la pâtée avec le surplus de nourriture pour les chevaux. Plus tard au printemps, moineaux et mésanges pourront procurer des aliments d'appoint. Aujourd'hui, pendant que je remplissais les commandes avec Heiskanen, il a raconté que Kalle et lui avaient essayé, l'année dernière, de cultiver un potager sur un terrain clôturé entre l'étable et le cabinet médical, et il avait demandé la permission de recommencer. Heiskanen est tout content : il dit qu'il travaillait dans un jardin, avant, et qu'il connaît donc les plantes cultivables et utiles.

En apportant à Felde la commande pour la fin du mois, j'ai vu un prisonnier mort de froid, affaissé au pied d'un arbre difforme. Nu. Il avait des brindilles et quelques branches entre les bras, autour desquelles se hérissaient ses doigts osseux. Il avait été laissé là pour l'exemple. À aucun moment il n'avait lâché les brindilles.

Mars 1944

J'ai reçu l'ordre d'escorter une partie des prisonniers arrivés la semaine dernière pour leur examen médical. La salle d'attente était bondée. Un vantard montrait son pantalon au niveau du genou, où il avait une tache claire qui s'écaillait. « Du jus de chatte finlandaise », s'esclaffait-il, et de décrire comment il avait mis sa jambe entre celles de la nana en question, frotté un peu, et hop, il n'en fallait pas plus pour qu'elle gémisse comme une bête en chaleur et le supplie de la pénétrer, soi-disant, là derrière la maison en plein jour, sous le nez de tout le monde. Il comptait en découper un morceau et le garder sous l'oreiller. Il le reniflerait tous les soirs, et le matin dès le réveil. Moyennant paiement, il laisserait les autres le renifler aussi.

Nous avons tous éclaté de rire. Évidemment, c'est à ce moment-là que cette satanée guérisseuse s'est pointée dans la salle d'attente. Elle m'a à peine regardé pendant je lui tendais les papiers rédigés par mes soins et que je lui confiais les prisonniers. Ses cheveux étaient défaits, sans épingle. J'ai tenté de présenter des excuses pour le langage cru. Elle ne m'a pas adressé la parole. Elle n'a pas tourné les yeux vers moi. Je n'ai aperçu qu'un bref éclat violet.

Un détail m'a surpris après coup. En entrant dans la salle d'attente, la guérisseuse avait laissé la porte ouverte derrière elle. Un Carélien était allongé sur la table de consultation, manifestement inanimé. J'ignorais qu'il était mort aussi, celui-là.

Plus tard, dans la nuit, la levée du corps m'a réveillé. J'ai vu Heiskanen et Kalle le charger sur un camion.

Mars 1944

Le transport nocturne et ce que j'ai vu chez le médecin me préoccupent. Je me suis un peu renseigné sur la saigneuse. Quelqu'un m'a dit qu'elle est du fjord de Varanger, ou de plus loin encore, vestige de temps reculés, apparentée aux Aïnous et aux nègres du Congo. Un autre, en revanche, est convaincu qu'elle ne vient pas du fjord de Varanger : ce serait une Same d'Inari ou d'Utsjoki, ou bien une Skolte du Petsamo, ou encore une Finnoise de la péninsule de Kola. Un troisième a déclaré que c'est une Kvène du Finnmark. Ou peut-être un peu de tout ça, une bâtarde. De race inférieure, en tout cas, m'a-t-on certifié. « Elle est prisonnière, alors ? » ai-je demandé, mais personne n'est sûr de rien. De mémoire d'homme, elle a toujours été là.

Elle est ici depuis le début.

ENONTEKIÖ, 1947

Debout dans l'air glacial de sa chambre noire, Inkeri songeait à l'isolation thermique de la maison. Elle plongea une grande feuille dans le révélateur en veillant à ce que le papier s'imprègne tout entier d'un seul coup. Elle prit une pince à linge, enfonça la feuille sous la surface et agita la cuve. Dans sa tête, elle compta les secondes. C'était l'étape la plus délicate de tout le processus. Elle laissa tremper la photo encore un moment dans le révélateur, fabriqué par ses soins avec les moyens du bord – une fois, elle avait même utilisé du café.

Inkeri n'avait pris que des photos banales, dans les zones où elle était passée. Rien de spécial. Juste des paysages, s'assurait-elle. En été et en automne, elle avait demandé aux habitants – ceux qu'elle interviewait pour un article, en général – s'ils avaient des souvenirs de la guerre. D'endroits où il avait pu y avoir des soldats, des camps, n'importe quoi. Des prisonniers. Chaque fois qu'on lui indiquait un emplacement possible, elle le photographiait en espérant découvrir un indice sur les tirages. Elle n'y découvrait jamais rien.

À l'aide de la pince, Inkeri souleva le papier des sombres abîmes du liquide. Et voilà. Le négatif. Un terrain au fond duquel s'élevait la toundra et où, selon quelqu'un, il avait dû y avoir au moins une baraque ou une tente. Rapidement, elle plongea l'image dans la cuve suivante. Celle-ci avait pour but d'interrompre le développement provoqué par le révélateur. En sentant le puissant arôme chimique, Inkeri se lécha les lèvres. Il lui semblait apercevoir de petites bulles sur les bords de la cuve. C'était à cause de l'acide. Enfin, elle récupéra le cliché avec la pince, le lâcha dans le bain d'arrêt et expira. Sans s'en rendre compte, elle avait retenu son souffle. Parfois, tirer une photographie ressemblait à une course de vitesse. Ensuite, elle plaça toutes les images dans un grand récipient rempli d'eau. Elle les rinça. L'eau était froide. Ses doigts engourdis. Pour finir, elle mit les papiers à sécher sur la corde à linge.

Inkeri alluma la lumière.

Elle recroquevilla les mains et souffla dedans. Un joli froid éternel. Aïe. Elle consulta sa montre-bracelet. Elle allait être en retard au travail.

Attrapant son cartable dans le vestibule, elle s'élança dans l'air froid des premières gelées. Le givre formait des perles sur le montant de la porte. L'automne avait été d'une beauté flamboyante, et il n'en restait plus que les feuilles mortes sur la route de terre battue. Voilà un mois qu'Inkeri avait débuté comme professeur de beaux-arts. Quand elle avait exprimé son souhait d'enseigner l'art, le directeur s'en était moqué comme d'un vœu enfantin. Il avait accepté à la condition qu'elle se charge de fournir le matériel à tous les élèves : l'école n'en avait pas les moyens. Deux semaines plus tard, elle était revenue avec une liste de fournitures obtenues grâce à ses relations.

« De l'aquarelle. Pour tous ? » s'était étonné le directeur. De l'aquarelle, des fusains, du papier ! Allons bon !

À vrai dire, le cours d'Inkeri n'était pas un cours à proprement parler. C'était un loisir optionnel postscolaire, mais beaucoup d'enfants y participaient. La première heure, la classe avait été pleine, non seulement d'élèves mais aussi d'enseignants, venus par pure curiosité. Désormais, la plupart s'étaient volatilisés. Au premier cours, Inkeri avait commencé par poser une question censée rapprocher les enfants finnois et sames :

– Eh bien ! Comment dit-on beaux-arts en same ?

Les élèves étaient assis devant elle, à leurs pupitres. Faute de matériel suffisant, certains étaient assis par terre.

– Nous n'avons pas de mot pour ça, entendit-elle marmonner au bout d'un moment, et quelques petits Finnois éclatèrent de rire.

L'enfant same qui avait formulé cette réponse fit les gros yeux et leur tira la langue.

– Beaux-arts ? *Pas de mot ?* demanda Inkeri, sceptique.

Les beaux-arts faisaient partie de la culture des pays civilisés depuis des siècles ; et ici, il n'existait même pas encore un *mot* pour ça ? Il fallait qu'elle soit tombée sacrément loin du monde qu'elle connaissait ! Son idée pour établir un premier contact avec la classe s'avérait bien mal inspirée. Finalement, Bigga-Marja avait levé la main.

– *Dáidu*, ça pourrait marcher.

– Bien. Qu'est-ce que ça veut dire ?

– Savoir-faire. Connaissance.

– Parfait ! Car c'est exactement ce qu'est l'art ! Connaissance et savoir-faire.

Soulagée, Inkeri avait pu poursuivre la leçon. Mais chaque fois qu'elle allait à l'école, elle repensait à cet instant-là et au sentiment désagréable qui s'était emparé d'elle. Elle était décidément très loin. Si le Kenya avait été en marge du monde, alors ici c'était vraiment le bout.

Inkeri ouvrit la porte de la salle de classe, qui était pleine. Les enfants avaient récupéré leur matériel et reprenaient la peinture là où ils en étaient restés. Elle leur avait donné la permission.

– Bonjour, je vois que vous avez commencé, c'est très bien, lança-t-elle en ôtant son manteau.

Comme elle entendait des élèves se disputer, elle tourna la tête. Un garçon avait barbouillé la figure d'un autre à l'aquarelle.

– Eh bien. Silence ! s'exclama Inkeri en frappant dans ses mains.

Les enfants cessèrent aussitôt leur travail et s'assirent à leurs pupitres. Elle attendit le silence complet avant de reprendre la parole.

– Aujourd'hui, on va parler de valeurs ! annonça-t-elle à voix forte.

Elle prit une craie et dessina des figures sur le tableau vert. Elle traça un cercle pour y représenter les couleurs complémentaires.

– Les couleurs ! Quelle chose formidable ! Leurs caractéristiques et leur nature varient, comme chez les gens. Elles peuvent être froides, pures, cassées ou chaudes… et de différentes intensités lumineuses, plus ou moins foncées : c'est ce qu'on appelle leur valeur ! Par exemple, le jaune est lumineux. Contrairement à sa couleur complémentaire, le violet.

Ensuite, Inkeri interrogea les élèves et nota les couleurs complémentaires au tableau. Le comportement des teintes les unes à côté des autres. L'apparence d'un bleu indigo vis-à-vis d'un jaune froid. Ou vis-à-vis d'un outremer. Les choses sont toujours en relation avec leur fond, et elles peuvent prendre des aspects très différents par contraste.

Inkeri s'était lancée dans l'exposé de ses nouveaux axes de recherche : la formation des couleurs, les ondes lumineuses, les rayons invisibles qui circulaient devant nous. C'est en se surprenant à mentionner Albert Einstein qu'elle finit par se ressaisir. Elle se tourna alors vers la salle de classe et demanda avec une pointe d'amusement :

– Vous comprenez quelque chose à ce que je raconte ?

Comme les élèves éclataient de rire et secouaient la tête, elle reposa la craie en souriant.

– Pardon. Je suis en train de développer des photographies, expliqua Inkeri. Et à chaque fois, ça me met dans un certain… *état*. Je m'y absorbe si profondément que je ne vois plus très bien ce qui se passe autour de moi.

Les élèves rirent de bon cœur.

– Alors… Vous allez peindre à l'aquarelle en utilisant des couleurs complémentaires. Je vais vous donner un modèle. Voici une véritable boule de poils de lion !

Inkeri sortit de son sac la boule de poils. Elle ne s'en séparait jamais, depuis des années, précisément depuis le déclenchement de la Seconde Guerre mondiale.

– Faites-la passer. Et le devoir à faire est le suivant : peignez-moi un lion en vous servant de couleurs complémentaires et de ce que nous venons d'apprendre !

Comme prévu, la boule de poils passionna les élèves. Ils n'avaient pas la patience d'attendre leur tour, tous se précipitaient là où était la touffe. Inkeri contempla cette pagaille avec plaisir. Les enfants ne soupçonnaient pas la rareté de l'objet qu'ils étaient en train de manipuler. Des poils de lion blanc ! Au début, elle avait cru que le lion blanc n'était qu'une chimère. Un animal fabuleux comme la licorne. Des légendes sur cet animal magnifique aperçu ici ou là, il en courait dans toute l'Afrique. Eh bien non, c'était vrai. Elle n'oublierait jamais la première fois qu'elle avait vu cet animal. En ce temps-là, où son mariage avec Kaarlo n'était pratiquement plus qu'un souvenir, elle avait non seulement des amants à la pelle, mais aussi un nouveau hobby : la chasse. Elle avait déjà participé à des parties de chasse, bien sûr ; mais elle était alors en retrait, regardant en toute sécurité les hommes qui levaient victorieusement leurs armes et buvaient du gin tonic pendant que les femmes applaudissaient à leurs exploits.

Pour son premier safari, Inkeri avait emmené une flopée de travailleurs de la plantation. Les sauvages locaux avaient la charge d'assurer sa sécurité et de la protéger en cas de péril, mais ils lui tenaient aussi compagnie. Elle avait organisé son expédition pendant des mois, en veillant à fixer la date après la saison des pluies. La savane était inondée. Avec cette humidité permanente, on se serait cru dans un sauna. L'expédition dura une semaine ; à l'approche de l'avant-dernier soir, ils avaient déjà abattu deux antilopes et un rhinocéros, dont Inkeri utiliserait plus tard la peau du dos pour faire garnir une table. Le soir en question, ils mangèrent du filet de girafe tandis que la musique du gramophone retentissait sur la vaste savane uniforme.

– Pour de vrai, c'est une boule de poils de lion ? demanda soudain quelqu'un dans la classe.

Inkeri revint à la réalité.

– Oui. Pour de vrai.

– Je croyais que c'était jaune, les poils de lion. Et ça, c'est blanc.

– C'est ce qui fait sa rareté, expliqua Inkeri en souriant.

– On dirait des poils de hongre, en plus doux ! s'écria un autre élève.

Un petit garçon en costume et bonnet lapons chuchota à l'oreille de son voisin à tête de lin, qui ne tarda pas à lever la main.

– Oui ?

– Ántte il veut savoir s'il y a des rennes au Kenya, demanda Niila, le blondinet.

– La prochaine fois, Ántte pourrait me le demander directement. En finnois, comme les autres. Non. Il n'y a pas de rennes, là-bas. Mais il y a des cochons.

Inkeri vit Bigga-Marja qui levait la touffe vers la lumière. Jusque-là, la fillette n'avait pas attaché une grande attention à la boule. Elle notait plutôt les explications de la maîtresse dans son cahier.

Après quelques cours, Bigga-Marja s'était approchée du bureau pour demander : « C'est quoi, la lumière ? » Inkeri avait reposé ses affaires sur la table. La petite la faisait-elle marcher ? Ou voulait-elle vraiment savoir ? Elle voulait savoir. Et beaucoup de choses. En quoi consistait la lumière, et la photographie ? Qu'était l'obscurité ? Comment donc pouvait-on fixer une image sur le papier ? La lumière était-elle vivante ? Qu'étaient les couleurs, alors, si on ne pouvait pas les voir sans lumière ? Et cetera et cetera. Inkeri avait répondu à sa façon un peu évasive, distante. Bigga l'écoutait sans dire un mot. Puis elle avait haussé les épaules et s'était retirée, sans plus jamais aborder le sujet par la suite.

Contemplant Bigga-Marja qui tendait la boule au suivant, Inkeri retourna à ses souvenirs. Le dernier jour de son premier safari, une nappe de brume flottait de bon matin ; sous ce voile, peu à peu, un troupeau de mille buffles était apparu. Et c'est à cet instant précis qu'elle l'avait vue dans les rayons du soleil levant : une lionne blanche. Seule. Elle guettait les buffles, et elle devait être très affamée, pour oser relever ce défi. Un troupeau de mille buffles, c'est ce qu'une lionne peut rencontrer de plus dangereux dans la savane. Depuis sa cachette, fascinée, Inkeri avait observé l'attaque du félin, son combat acharné. La bête avait déchiqueté sa proie, l'avait dévorée toute seule et, rassasiée, s'en était allée vers l'est en traînant la charogne. Inkeri avait donné un nom à la féline : Alba, *blanche*.

Une conversation entre deux petits Finnois interrompit alors ses pensées.

– Vous avez entendu ce qu'ils ont trouvé, sur le chantier de l'église ? demandait Niila.

– Oui, mon père en a parlé ! Et les fils Kolehmainen sont déjà passés se servir. Tu crois qu'il reste encore des trucs ?

– On va voir ce soir ? demanda Niila.

– Je ne sais pas. C'est peut-être miné…

Intriguée, Inkeri s'approcha. Niila avait déjà peint un lion jaune sur fond violet.

– De quoi parlez-vous, les garçons ?

Ils échangèrent un regard craintif, mais haussèrent bientôt les épaules.

– La maîtresse n'a pas entendu ?

– Hein, quoi ?

Niila examina la maîtresse, puis son camarade un peu plus petit que lui.

– Le camp de prisonniers. Ils ont retrouvé les restes en creusant. À côté du chantier de l'église, marmonna-t-il, encouragé par l'expression d'Inkeri. Par là, un peu en face de l'école.

Elle ressentit une vague sensation de froid. Tel un bras frais qui se glisserait en elle, frétillant comme un poisson, creusant au fond de son ventre et dans son cœur. La nausée l'assaillit.

– Le camp de prisonniers ? En face… ?

Les garçons acquiescèrent. Tout à coup, Inkeri posa les yeux sur Bigga-Marja. Celle-ci soutint son regard, avec une expression difficile à déchiffrer. Puis la fillette se détourna, et il resta un vide sombre, vaseux.

INARI

Mars 1944

Aujourd'hui, Felde m'a convoqué pour la première fois. Nous avons passé en revue quelques formalités. Curieusement, il a voulu savoir qui était mon supérieur au *Stalag* 309. Sa question m'a pris de court. Tapani Koskela m'était sorti de la tête depuis belle lurette. En outre, j'ai vu sur son bureau des papiers attestant de mon appartenance au Mouvement patriotique finlandais et à la Société académique de Carélie, traduits en allemand. Je ne sais pas comment il a obtenu cela. Ce n'est pas moi qui les lui ai envoyés. Pas que je sache.

Avant de sortir, j'ai demandé ce qu'on faisait des prisonniers d'origine finnoise. S'ils ne sont pas transférés vers les camps finlandais, reçoivent-ils une formation, ici ? Une volontaire pourrait sûrement leur enseigner la langue et la religion. Pour Felde, ces salopes finlandaises ne sont bonnes qu'à une chose. Un peu hésitant, j'ai demandé si les cadavres finno-ougriens étaient éventuellement emportés quelque part. L'horloge a battu de nombreux coups dans le silence.

– Sais-tu pourquoi Hänninen a été réaffecté ? m'a lancé le commandant d'une voix glaciale. Non, je n'en savais rien. Il a dit que Hänninen commençait à devenir un risque pour la sécurité.

– Lui aussi, il posait trop de questions.

J'ai baissé les yeux. Puis il a changé de sujet :

– Que penses-tu du soldat Heiskanen ?

– Rien de particulier, j'ai répondu. Il fraternise avec le prisonnier finnois.

– Oui, Heiskanen éprouve de la sympathie pour les races faibles. Entre cela et la trahison à la race, il n'y a qu'un pas. D'ailleurs, j'ai appris que la Valpo est étonnamment bien informée de ce qui se passe dans les camps. Ils ont dû avoir un agent infiltré. Je suis quasiment sûr que Hänninen était leur informateur. Enfin, je ne peux pas en avoir la certitude. Je ne peux être sûr de rien. Je ne sais même pas si je peux te faire confiance.

– Bien sûr que vous pouvez, mon commandant ! me suis-je exclamé à la hâte. J'ai regardé instinctivement le slogan placardé au mur. Je n'ai pas perdu de temps à le relire. C'était inutile, je me rappelle à peu près par cœur les paroles de von Falkenhorst : Pour la sécurité de la Finlande et pour la civilisation européenne, nous mènerons le combat contre l'ennemi héréditaire, comme nos pères le firent en 1918.

– Si tu remarques quelque chose de spécial chez Heiskanen, par exemple s'il écrit un peu trop de lettres, dis-le-moi, m'a exhorté Felde d'une voix irritée. Si c'est un traître, ou même un agent, et qu'il passe des renseignements à la Valpo, il faudra se débarrasser de lui.

J'ai raconté ce que j'avais vu la veille au soir. Felde a haussé les épaules. Il a claqué la langue.

– C'est une opération, voilà… Tu n'as pas besoin d'en savoir plus, pas encore… a-t-il dit en écartant le sujet d'un revers de la main.

Tandis que je repartais, mon regard est tombé sur les cadres posés sur son bureau. Je ne sais pas ce qu'il y a dedans, mais je peux bien y imaginer des photographies de gens. Ou peut-être qu'ils ne contiennent plus rien.

Mars 1944

Il règne un calme et une tranquillité presque assommants. Le seul incident à déplorer dans les parages concerne les rennes morts, plus nombreux qu'avant. Cela provoque des situations d'urgence : lorsqu'une bête saute sur une mine, les dégâts sont considérables. Quelques prisonniers ont été chargés d'extraire les carcasses à l'aide du détecteur de métaux. Mais Kalle, pour sa part, est resté avec les gardiens en deçà de la zone minée. Nous nous tenons à l'écart et attendons qu'un gars déclenche une explosion, en espérant qu'il mourra sur le coup. L'agonie, c'est pénible : dans ce cas-là, il n'y a rien d'autre à faire que dégainer pour l'abattre. Mais à cette distance, on risque de manquer son coup à plusieurs reprises.

La mortalité des rennes est regrettable. On déplore justement une pénurie : par exemple, il n'y a pas eu assez de rennes à viande pour aller jusqu'à l'abattage. L'État et les nazis ont réquisitionné la plupart des bêtes des coopératives, ce qui est certainement un motif de tensions entre nazis et population locale. De plus, j'ai appris qu'il a fallu attendre des semaines avant de recevoir des rennes de secours réservés au régiment, en remplacement des bêtes mortes. Après contrôle, on récupère quand même la viande de ces dernières.

Mars 1944

Ce soir, je m'ennuyais tellement que je suis allé aider la saigneuse à remplir les livrets militaires. Elle fait toutes sortes de choses, par ici. On manque de vrais médicaments, mais on sait qu'elle connaît des astuces. Un petit loulou blanc panaché virevolte autour d'elle. Un peu comme un spitz finlandais, mais différent. Contrairement aux autres chiens réguliers du camp, il n'est pas utilisé pour monter la garde ou pour rechercher les évadés. On l'utilise pour la chasse.

J'ai demandé à la saigneuse comment elle s'appelle. Elle m'a foudroyé du regard et m'a présenté son permis de séjour en carton vert, alors que ce n'était pas du tout ce que je voulais.

– Vous, les nazis, on ne peut pas vous faire confiance, elle a dit.

Elle me regardait droit dans les yeux. Je jure que ses iris sont presque violets, sous une certaine lumière.

– Je ne suis pas nazi, ai-je bredouillé.

Je ne sais pas pourquoi j'ai dit cela. Pourquoi avais-je honte, tout à coup ? Je n'ai aucune raison d'avoir honte ! Ça l'a fait rire, toujours sans détourner le regard. Je lui ai redemandé son nom.

– C'est écrit là, non ? En bon finnois : Saara, a-t-elle répondu sèchement avant d'allumer sa cigarette avec son briquet argenté.

Elle m'a quasiment craché son nom à la figure. Saara Valva.

– Väinö Remes.

J'ai tendu la main. Elle a porté la cigarette à ses lèvres, le regard fixé sur moi, puis elle a aspiré à pleines joues et croisé les bras en levant le menton. Elle n'a pas esquissé un geste pour saisir ma main.

– Väinö Remes, a-t-elle répété tout bas.

Elle étirait les mots lentement comme s'ils avaient mauvais goût. Comme une bouchée de méduse ou de seiche. Finalement, elle a flanqué une pile de feuilles dans ma main tendue et m'a dit d'écrire sous sa dictée. Évidemment, je n'ai pas dit non.

Elle ne m'a plus regardé une seule fois de la soirée, mais nous étions là et respirions le même air. À un moment, elle a frôlé la manche de ma veste sans faire exprès, et maintenant je suis incapable de penser à autre chose.

Mars 1944

Dans quelques jours, nous partons construire une route pour l'aéroport de Törmänen. On peut choisir les prisonniers à emmener. On prendra les plus robustes possibles, mais aussi deux malingres, ce sera l'occasion de les enterrer ailleurs.

Heiskanen vient avec nous.

Mars 1944

Je trouve singulier que Felde ne m'ait pas demandé de prêter attention aux faits et gestes de Kalle. Je l'observe quand même. Et j'en arrive à la conclusion que c'est un informateur secret, un prisonnier chargé d'espionner les autres. J'en ai vu dans tous les camps. Ou bien il y a autre chose. Oui, maintenant que j'y pense, même si Kalle est bel et bien un indic, il y a en fait tout autre chose.

Mars 1944

Demain soir, le club de théâtre donne son nouveau spectacle. C'est une pièce écrite par un détenu. Il se dit dramaturge. Va savoir. N'importe qui peut s'inventer un passé. Il y a des prisonniers qui se tricotent toujours des histoires inouïes à raconter aux nouveaux venus. Une semaine, ils sont des princes héritiers ; la suivante, des écrivains célèbres. C'est très amusant à suivre.

J'aime bien cette troupe. Dans le lot, il y a réellement quelques talents. Un prisonnier traduit intégralement le russe en allemand. L'acteur principal a encore changé. Soupçonné d'être juif, le précédent a été transféré vers un camp où les Allemands détiennent ces prisonniers-là, à une vingtaine de kilomètres au nord. Un autre comédien a été exécuté avant-hier, et il va falloir remonter tout le spectacle.

Les répétitions se déroulent au bord du lac, à un endroit où le débit est assez fort pour que ça ne gèle pas en hiver. C'est là que nous puisons notre eau potable. Les prisonniers y parlent plus librement. À un moment, j'ai compris qu'ils faisaient allusion aux transports nocturnes. J'ai demandé ce qu'ils savaient à ce propos. Ils ont échangé des regards inquiets, mais ils ne pouvaient plus reculer. J'ai reposé ma question, et il m'est venu l'idée de demander si on transférait aussi des morts.

Ils ont hoché la tête. Il paraît que les prisonniers décédés sont même exhumés de la fosse, parfois.

– Qui prend ces décisions ? me suis-je étonné.

– Ça dépend, a avoué timidement une femme. Ces derniers temps, c'est de plus en plus souvent la saigneuse. Parfois le médecin. Il faut dire que ce sont les mieux placés pour connaître l'état des corps et leur race.

Mars 1944

Aujourd'hui, nous avions la dernière répétition du théâtre, suivie de la représentation en soirée. Alors que nous terminions, un prisonnier a poussé un cri. Je me suis retourné, la main sur mon arme. Et j'ai vu un cygne gris. Il était grand déjà, apparemment couvé l'été dernier, seul et terriblement effarouché. Il tendait le cou à l'abri d'un bouleau ; nous nous sommes demandé comment il pouvait être encore là et vivant. Il devait être blessé. Une aile cassée peut-être. L'animal est venu vers nous, sur ses gardes. Il secouait la tête. Il a émis un petit son qui ne ressemblait pas plus à un chant de cygne qu'à autre chose. Comme nous avions à manger, les prisonniers lui ont donné quelques miettes. Le volatile avait besoin de tendresse. Il est venu très près. Les prisonniers ont caressé son plumage et sa tête. Des plumes immaculées poussaient sur son duvet. Il n'avait pas de mère. Elle avait dû mourir à la guerre, ou partir vers le sud avant l'arrivée de l'hiver, laissant là son petit.

Le cygne avait des yeux brillants et doux.

Lorsque je l'ai abattu, son regard est resté fixé sur le ciel, sur un petit nuage blanc qui passait là-haut.

ENONTEKIÖ, 1947

Le rêve est la plus rude des formes de vie. Les anciens croyaient en la dissociation de l'âme et du cœur. Et la partie détachée allait se promener dans le monde des esprits. En rêve. Au réveil, Olavi prit une profonde inspiration comme s'il sortait de l'eau. Il manquait d'oxygène. Il s'efforça de se calmer et de regarder au-dessus de sa tête. Il compta jusqu'à dix. Onze, quinze, vingt-cinq. Le plafond du grenier était bas, traversé de diverses planches et poutrelles entrecroisées. L'une était hérissée de clous pointus qui lui inspiraient des idées de naissance et de mort, et de tout ce qu'il pouvait bien y avoir entre les deux. Est-ce que cela valait quelque chose ?

Un fort coup de gel avait sévi pendant la nuit. Olavi le sentait au craquement des planches. Il ramassa le seau contre le mur pour le vider par la fenêtre et constata que l'urine avait cristallisé en surface. L'odeur était âcre. En refermant, il vit les motifs de givre qui fondaient sur le carreau. Devant la fenêtre, il y avait une plante de la toundra dans un petit pot. Il la gardait à cet endroit. Légèrement à la lumière. Il l'arrosait suffisamment pour qu'elle soit capable de persévérer, de résister, mais pas assez pour qu'elle arrive à produire une fleur. Une faible lueur pénétrait par la vitre. Les moignons de branches tambourinaient. Ils grattaient les carreaux, laissant entendre par moments un grincement. À part ça, c'était silencieux. Olavi remarqua un petit flocon sur la vitre. Il fondit lentement et finit par disparaître.

Les ouvriers du chantier avaient reçu la consigne de ne pas parler de ce qu'ils trouveraient en creusant, le cas échéant, et surtout pas aux personnes extérieures, notamment les journalistes. « Les journalistes », bien sûr, ça ne pouvait désigner qu'Inkeri. En public, on parlait simplement de terrain miné. De décombres de guerre. Ces choses-là. Officiellement, il fallait adresser une déclaration aux autorités, mais ils ne l'avaient pas fait. Et puis l'inévitable s'était produit.

Les fils du marchand Kolehmainen, dont le plus jeune avait sept ans, avaient repéré les vestiges du camp. Évidemment, les gars avaient essayé de vendre leur butin à des trafiquants. En retournant fouiller dans les décombres, ils avaient emmené des copains. Le plus jeune avait sauté sur une mine et péri sur le coup. Le terrain avait donc immédiatement été bouclé et l'affaire confiée à la police. Par conséquent, la zone risquait de rester inaccessible pendant des semaines, ce qui allait aussi faire obstacle à la construction de l'église.

Olavi soupira. Il s'habilla. Se lava les mains, le visage et sous les bras. Les parties intimes. Il pissa dans le seau et, comme il l'avait appris pendant la guerre, s'examina entre les orteils. Puis il descendit discrètement dans le séjour, déjeuna, prépara le café. Vida sa tasse. Assis sur le banc du séjour, il écouta le silence. Inkeri n'était pas à la maison. Elle était sortie très tôt pour prendre des photographies. Cela l'arrangeait bien. Il ne pouvait pas rester dans la même pièce qu'elle. Elle l'énervait. Ils avaient rarement des choses à se dire.

En partant, Olavi mit le balai contre la porte, s'approcha du puits et de l'arbre mort. Il faisait sombre. Sous ses pas, la terre gelée. En arrivant, il constata que les travaux n'avaient toujours pas repris. Il passa devant des inconnus en costume-cravate, coiffés de toques en fourrure. Sans les saluer, il monta au chantier de l'église en regardant devant lui. Ces types-là, il y en avait à tout bout de champ. Ils étudiaient les minéraux, ils étudiaient la terre. La population. Piera s'était assis en attendant Olavi. Il travaillait là, lui aussi, maintenant. À croire qu'il était incapable de rester désœuvré. Il buvait quelque chose qui dégageait une forte odeur de café bas de gamme. Un petit nuage de vapeur s'élevait de la tasse en bois et se mêlait à la fumée de cigarette au-dessus de lui, les deux volutes devenant bientôt indiscernables. Il n'y avait plus qu'une petite heure de lumière par jour. Mais l'obscurité était plus familière. Elle était rassurante.

– Bonjour, dit Piera sans quitter des yeux les types à cravate.

Olavi ne répondit pas.

– Ces bonshommes, y en a marre. Ils viennent explorer et patauger, ils prélèvent des minéraux et tout, et ils causent avec un accent de Helsinki qu'on y comprend rien.

Il cracha par terre. Olavi regarda les hommes.

– Ils sont là pour le camp ?

Il fouilla instinctivement ses poches à la recherche d'une cigarette, alors qu'il n'avait pas envie de fumer. Simple habitude.

– Bof, non. Enfin, je ne crois pas. Ils ont plutôt un air jovial et cupide. Ils sont là pour une tout autre raison. D'ailleurs, ils sont pas au courant de l'existence du camp.

– Même s'ils l'étaient, ça n'intéresse personne, renchérit Olavi.

– Oui, hoqueta Piera en lançant un caillou. Et cette église, elle risque de devenir encore un temple finnois. Bigga-Marja a raconté qu'ils avaient dormi dans une église pendant une semaine entière, en évacuation, faute d'endroit où aller. Et ça caillait, il paraît. C'est là qu'il y a eu les premiers à choper une pneumonie. Ils sont morts.

– C'est comme ça, les églises, confirma Olavi.

Piera sortit du tabac de sa poche et fourra les brins dans le fourneau de sa pipe.

– Des fois, j'me demande si ça aurait changé quelque chose, si j'étais parti aussi. Ou eux, s'ils étaient partis du côté finlandais, en Ostrobotnie. Mais ici, même dans les églises finlandaises, on ne peut pas chanter les cantiques en same. Et je sais que dans celle-ci on ne pourra pas non plus. Le moindre mot en same est un mot de trop.

Olavi se pencha pour ramasser la pelle tombée par terre.

– Bah, laisse tomber, mon gars, marmonna Piera, et Olavi relâcha l'outil sans insister.

Piera était encore accompagné de la petite créature grognante, aveugle de bonheur, qui venait réclamer des papouilles. Il lui avait mis un collier muni d'une clochette. Olavi gratouilla la truie dans le cou, et le pied arrière gauche de l'animal se mit à frotter la terre en cadence.

– Sa fourrure a épaissi, constata Olavi la clope au bec.

– Oui. Tout doux Matilda, *tout doux*, murmura Piera à l'oreille de la truie.

Olavi tapota le museau souple. Le cochon était resté petit, comparé à ses semblables. « Une anomalie génétique, une malédiction », expliquait souvent Piera, mais cela n'empêchait pas le cochon d'être joyeux. Olavi prit une gorgée sans rien dire. Plus loin, un feu brillait à l'endroit réservé aux pauses.

Les ouvriers étaient là-bas. Le soleil commençait à percer les nuages. Olavi et Piera se joignirent aux autres.

– Vous avez entendu qu'un des fils Kolehmainen a réussi à trouver un pneu et d'autres débris de la guerre, et à les vendre au marché noir ? rapporta une voix caverneuse. Forcément, il s'est fait arrêter et maintenant il moisit dans la prison communale en attendant de savoir ce qu'on va faire de lui. Malgré ses douze ans, il aura droit aux travaux forcés, évidemment.

Olavi écoutait d'une oreille distraite les gars qui devisaient du sort de la famille Kolehmainen. Piera s'était lancé dans une autre discussion : il parlait de la guerre, avec le quaker, dans son anglais pittoresque.

Olavi sourit. Au début, Piera l'avait impressionné. Un type qui connaissait autant de langues ! L'anglais, il l'avait appris en correspondant avec ses cousins : à la fin du XIXe siècle, des petites annonces publiées dans la presse attiraient les Sames en Alaska pour y enseigner l'élevage des rennes. La rumeur courait que les conquérants avaient fusillé tous les indigènes jusqu'au dernier, après quoi ils s'étaient trouvés bien incapables de faire tourner l'économie locale, faute de compétences. Un oncle de Piera était parti ainsi à l'âge de quinze ans ; au bout d'une décennie, il avait fondé une famille, et Piera avait fait connaissance avec son cousin par voie épistolaire. Chacune des lettres était plus précieuse que l'or, à tant d'égards différents ! Il les avait conservées, et il s'était même mis à collectionner les timbres venus des quatre coins du monde. En effet, le cousin était parti en tournée aux États-Unis avec un cirque. Tout d'abord, Piera l'avait cru magicien, voire trapéziste, jusqu'au jour où il avait appris que le gars n'avait rien d'autre à faire que de rester planté en costume lapon parmi d'autres représentants de tribus indigènes, sous le regard ébahi des spectateurs.

Sans se joindre à la conversation, Olavi écoutait le quaker qui racontait ses aventures d'aviateur en Italie. À l'entendre, on aurait cru qu'il avait malencontreusement détruit le Vatican. Presque. Olavi entendit les hommes rires, et il se joignit à leur gaieté. Les histoires du quaker avaient souvent tant d'intérêt narratif que leur véracité était rarement mise en doute. Elles apportaient joie et divertissement aux journées, aussi le type était-il apprécié. C'était pareil pendant la guerre. Le meilleur conteur était plus utile que le meilleur tireur.

Olavi relâcha la truie qu'il gratouillait toujours distraitement d'une main. En tournant la tête, il aperçut une silhouette qui marchait vers eux. C'est curieux comme on reconnaît souvent les gens ainsi. De loin. Sans entendre leur voix, rien qu'en voyant leurs contours.

– Moi j'tais trop vieux pour le front, expliqua Piera au quaker qui lui demandait ses histoires de guerre. J'suis resté ici. J'avais des trucs à faire.

– Et toi ? demanda le bonhomme en se tournant vers Olavi.

Olavi ne répondit pas. Il se leva. Fuma. Regarda l'arrivante. Piera papota encore un moment, puis il alla le rejoindre. Inkeri arrivait à leur niveau à ce moment-là, et elle s'arrêta pour tendre l'oreille. Elle examina le cochon en fronçant les sourcils mais sans rien dire. Ensuite, redressant la tête, elle remarqua Olavi. Il leva la main pour la saluer. Finalement, tous les autres se turent.

– Amène-toi donc sous la bâche ! On va pas t'mordre ! cria quelqu'un, non sans glisser au passage une obscénité qui fit rire tout le monde sauf Olavi et Piera.

Inkeri ne semblait pas faire attention à eux, elle regardait autour d'elle, dans ses pensées, cherchant quelque chose du regard. Puis elle se tourna vers Olavi. Ils se dévisagèrent longuement. Elle semblait préoccupée. Il ne savait pas que dire, et elle ne disait rien non plus. Elle glissa une mèche derrière l'oreille. Ses cheveux formaient des boucles blanches. Elle tenait son appareil photo à l'abri, sous son manteau, qui avait l'air lourd, manifestement humide à cause de la neige. Ses lèvres étaient entrouvertes, et elle paraissait tout le temps sur le point de prendre la parole, mais rien ne sortait. Tout à coup, elle se détourna sans avoir prononcé un mot.

Olavi s'assit et la suivit des yeux.

– C'est vrai, que cette nana a été reporter en Afrique ? demanda un homme défiguré.

Il fallut un moment avant qu'Olavi comprenne que la question s'adressait à lui.

– Oui. Apparemment.

– Avec son mari ?

Silence.

– Apparemment, il était actionnaire dans une manufacture de tabac, répondit quelqu'un à la place d'Olavi. Ou propriétaire, un truc comme ça.

– C'est quand même bizarre, une femme de son âge qui déambule dans les villages et les forêts vierges avec sa lentille et son tube, là. Comme d'autres qui tournent en rond sans but. Qui courent, carrément !

– Elle est pas veuve ? Je crois qu'elle a perdu son mari à la guerre, s'exclama quelqu'un en guise de réponse, et la discussion retomba avant de changer de sujet.

Piera se rassit et fit signe à Olavi de venir à côté de lui.

– Écoute, dit-il tout bas en vérifiant qu'on ne l'entendait pas.

– Quoi ?

– Ta propriétaire, là, j'ai entendu d'une oreille qu'elle est allée voir les habitants du coin pour leur poser des questions qui n'ont pas grand-chose à voir avec ses reportages.

– Ah-ha, d'une oreille, hein ? Et qu'est-ce que tu faisais de l'autre ?

– Je réfléchissais. J'additionnais : un plus un... Inkeri fouille dans l'époque de la guerre. Et v'là qu'elle interroge les gens sur le camp de prisonniers.

Olavi se ranima et fronça les sourcils.

– Elle ne m'a rien demandé, à moi.

– Tu ne lui as pas dit que les vestiges du camp étaient ici ?

– Bien sûr que non !

– Bref, d'après Bigga, c'est un élève qui en a parlé, et tout à coup Inkeri est devenue livide. Elle a que'qu'chose de louche, cette allochtone, moi j'te l'dis.

– Louche comment ? demanda doucement Olavi.

Matilda était soudain revenue à côté de lui. Il caressa sa laine digne d'un mouton. Les cochons font de bons animaux de laboratoire. Ils sont très proches de l'homme. Ce sont des créatures intelligentes. Les expériences allemandes ont démontré qu'un cochon privé de sommeil meurt en une semaine. Un humain ne résiste pas plus longtemps. En phase terminale, l'humain souffre d'hallucinations, tient des propos incohérents, les yeux semblables à ceux d'un mort. La température corporelle diminue. Le corps se met en veille, en quelque sorte. Pour économiser l'énergie. La bouche dégage une pestilence morbide, et la peau paraît sale malgré la toilette. Elle s'écaille et elle pèle. *État de conscience altéré*, écrivait-on dans les livrets militaires. Cela fait mal à regarder. Dans certains cas, le mourant survit encore plusieurs jours. Quelques semaines. Mais il n'y a plus rien à faire.

– Louche que c'est à se demander ce qu'elle peut bien venir chercher ici, grommela Piera. C'est sûr qu'elle n'est pas là que pour faire des reportages sur de misérables rennes inexistants.

Olavi se gratta les cheveux sous son bonnet et déglutit. La petite tache noire qui se répandait en lui murmurait que Piera avait raison.

– Elle cache que'qu'chose, cette allochtone. Moi j'te l'dis.

INARI

Mars 1944

Nous voilà depuis une semaine à Pétaouchnok. On construit enfin la route de l'aéroport. Les prisonniers travaillent et nous les surveillons. Entre-temps, j'ai appris que c'est un endroit convoité, la base de la Luftwaffe à Törmänen. En général, les détenus sont désireux de travailler là-bas. On peut parfois y récupérer des choses utiles à la sortie des avions, et bien sûr dans les épaves. Des vêtements, voire de la nourriture. Si l'on est un gardien accommodant, on laisse prendre.

Aujourd'hui, on a vu au moins cinq avions atterrir et décoller.

Mars 1944

Les journées rallongent. Ça arrive tout d'un coup. D'abord par petites tranches d'une vingtaine de minutes, puis en deux ou trois jours la durée de lumière est déjà multipliée. Bientôt les jours seront plus longs que les nuits.

Allongé sous l'appentis, j'admire le ciel. Un avion prend son envol. La lumière du soleil se pose sur son aile. Puis il disparaît dans un nuage et je ne le vois plus.

Les yeux fermés, je sens les arômes du printemps.

Mars 1944

Comme on n'a pas grand-chose à faire, je suis obligé d'écouter Heiskanen. Ma parole, ce n'est pas un pasteur, c'est un botaniste ! Je ne l'ai jamais entendu dire un mot sur Dieu, mais pour ce qui est des fleurs, il est intarissable.

Dans le Grand Nord, il y a une végétation basse de toundra qui n'existe nulle part ailleurs en Finlande, pas même dans toute l'Europe, si ce n'est dans les Alpes. Les fleurs s'épanouissent au ras du sol, transformant la terre en un merveilleux tapis moelleux. Heiskanen dit qu'on peut voir jusqu'à cent kilomètres, par temps clair. Cent kilomètres d'une ondoyante mer de laîches. Je n'ai jamais vu cela, et je reste sceptique. Même de l'autre côté de la frontière. Là-bas, on était beaucoup plus au sud.

Mars 1944

Ce soir, on a joué aux échecs. Les prisonniers passent la nuit dans des baraques disséminées et gardées par les bergers lapons. Kalle dort avec nous. Heiskanen a apporté un petit échiquier pliable en bois, aussi les soirées passent-elles vite, autrement ce serait d'un ennui mortel. Quelquefois, Kalle joue avec nous.

La clarté des journées a renforcé le gel. Mais c'est beau. Aujourd'hui, on a fait un tour en avion. Quand on regarde en bas depuis les airs, par temps calme, les ouvriers et leurs campements le long de la route sont comme un collier de perles.

Mars 1944

Le commandant Felde m'a remis le dernier ouvrage de notre ex-président Svinhufvud : *Testament à ma nation*. Un exemplaire offert par Hitler en personne. Je l'ai lu hier soir. Heiskanen m'a demandé ce que c'était. Je lui ai montré le bouquin. J'ai demandé s'il l'avait lu. Il a déclaré qu'il n'avait pas l'intention de se farcir encore un livre des éditions SS. J'ai ri et demandé s'il avait eu sa dose avec le *Manuel d'interrogatoire des prisonniers de guerre*. À vrai dire, pendant notre formation, on n'avait rien d'autre. Il a ri et hoché la tête. On a bavardé encore un moment. Avant de dormir, j'ai lu un dernier passage :

« … ce combat n'est pas encore achevé, mais nous continuerons d'y participer avec une force implacable, jusqu'à la victoire. Et lorsque le moment sera venu de dresser le bilan de la guerre, notre contribution sera certainement appréciée à sa juste valeur : notre objectif – la création de la Grande-Finlande – ne sera pas jugé excessif, mais parfaitement légitime et raisonnable. »

Mars 1944

Les prisonniers font des remises en état, érigent des clôtures et déblayent les routes. On a donné l'ordre de scier tous les arbres jusqu'au dernier. Il reste un petit lopin boisé à Törmänen, mais après cela il n'y aura plus de forêt que sur une petite île du Kasariselkä, au milieu du lac d'Inari, où l'on ne pourra se rendre qu'après la fonte des glaces. Nous ne savons pas quoi faire. Il n'y a pas d'arbres. Les barrières pare-neige et les bois de soutènement nécessitent des centaines de mètres de troncs.

Mars 1944

La liaison routière Inari-Kaamanen-Karigasniemi est presque achevée, de Palojoensuu à Ykeänperä dans le corridor du Käsivarsi, puis encore plus au nord, où la route était en chantier depuis longtemps déjà. Ces voies ont pour but d'atteindre l'océan Arctique. La route entre Ivalo et Inari aura bientôt été élargie sur trente kilomètres. On construit aussi des ponts qui sont censés remplacer les liaisons fluviales. Tout ce qui est extrait du sol part en Allemagne, bien sûr, et à juste titre. Le nickel du Petsamo sera bientôt épuisé. Par ailleurs, il y a quelque temps, l'Organisation Todt nous a embarqué des prisonniers pour la centrale électrique du Jäniskoski : il fallait construire une grande coupole protectrice, pour que les Soviets et alliés ne puissent pas saboter la production énergétique. Avant cela, Heiskanen travaillait sur la voie ferrée de campagne Hyrynsalmi-Kuusamo, et il dit que ce chantier-là se poursuit. Jusqu'à Kiestinki.

Aujourd'hui, Heiskanen m'a encore vaincu aux échecs, mais Kalle a gagné trois fois contre lui. Nous avions récompensé Kalle par une pomme de terre supplémentaire pour sa victoire précédente, mais ce n'est même plus possible. Une médaille en patate, ça nous faisait rire ! Kalle s'est pavané pendant plusieurs jours avec sa pomme de terre. D'ailleurs, je ne suis toujours pas sûr qu'il l'ait mangée.

Mars 1944

Un prisonnier finnophone d'outre-frontière est mort hier. Pourtant, on ne l'a pas enterré. Heiskanen veut à tout prix le ramener au camp. Je lui ai demandé pourquoi, mais il ne m'a même pas regardé. Comme je répétais ma question, il a fini par se tourner vers moi :

– Pourquoi ne t'adresses-tu pas au commandant Felde ?

Mars 1944

Il n'y a plus d'arbres.

Nous sommes réaffectés au camp.

ENONTEKIÖ, 1948

Il tombait de la neige mouillée, et Inkeri marchait d'un pas lourd. Elle serrait l'appareil photo dans ses bras comme si elle avait peur qu'il gèle ou qu'il se casse. Cela faisait des semaines qu'elle suppliait littéralement Piera de la conduire aux vestiges du camp de prisonniers, mais il ne voulait pas. Tantôt le prétexte était Noël et le nouvel an, tantôt la neige. Elle aurait bien aimé se dispenser de son aide, mais l'accès à la zone était interdit et il était dangereux d'y circuler à cause des mines.

« Qu'est-ce que tu cherches là-bas ? » lui avait-il demandé, agacé, à l'époque de Noël. Mais après le nouvel an, lorsque Inkeri avait menacé d'y aller seule et sans détecteur de mines, il avait fini par céder.

Inkeri regardait la neige à moitié fondue sur ses bottes et, impuissante, guettait les bips de l'appareil de Piera. Elle fumait avec nervosité et espérait faire une trouvaille. Mais naturellement, il ne se passait rien. Si elle remarquait une avancée, elle se rendait compte dans la même seconde que ce n'était qu'une illusion. Rien ne changeait, si ce n'est que survenaient de nouveaux obstacles, de nouveaux problèmes. Des flocons tombèrent d'une branche sur ses bottes. Elle agita le pied en poussant un juron.

– Ça y est, je peux venir ? cria-t-elle à Piera.

Il se retourna et secoua la tête. Inkeri avait froid. La température se remettait à baisser. Matilda la truie avait fait son possible pour flairer l'essentiel, quoi que cela pût bien être. Et s'il s'agissait de squelettes en putréfaction, susceptibles de transmettre encore des maladies ? Inkeri lorgnait l'animal du coin de l'œil. Piera s'en aperçut.

– Elle a une *anomalie génétique*, déclara-t-il. C'est pour ça qu'elle est si petite.

Inkeri le foudroya du regard et resserra son manteau. Elle sortit une nouvelle cigarette de sa poche et l'alluma en tremblotant. L'humidité pénétrait jusqu'aux os et à la moelle. Un oiseau solitaire volait au-dessus de leurs têtes, gazouillant un petit chant.

– Ils sont gagas, ceux-là ! s'exclama Piera. Les oiseaux, je veux dire.

– Ah oui ? soupira Inkeri avec impatience.

Face à ces vulgaires oiseaux gris, elle repensait aux volatiles de toute beauté qu'on pouvait admirer dans la savane. Il y avait des rolliers à longs brins et des martins-pêcheurs aux couleurs vives, les paons voletaient çà et là, et leurs plumes composaient de merveilleux éventails. Les paons qui faisaient la roue. Leur traîne d'évêque en longues plumes noires.

Au départ, Inkeri avait chassé pour le plaisir, bien sûr, mais un jour ses trophées s'étaient même avérés lucratifs. Cela dit, la plupart du temps, ils ne rapportaient qu'honneur et gloire. Plus les bêtes sauvages empaillées étaient nombreuses dans les salles de leur manoir, plus les invités étaient ravis. Kaarlo et elle avaient confié à des matelots quelques pièces à livrer au muséum d'histoire naturelle de Helsinki : reptiles conservés dans des bocaux, oiseaux et autres animaux naturalisés, plumes, défenses d'éléphant… Souvent, les serviteurs s'occupaient des opérations de taxidermie, mais Inkeri avait appris à se débrouiller toute seule. Les oiseaux rares, il fallait les manipuler avec une grande prudence. On les ouvrait généralement par le ventre ou au niveau de l'anus. On retirait les entrailles. Il fallait sortir l'encéphale avec une aiguille spéciale et extraire les yeux avec un instrument en forme de cuillère. Dans combien d'orifices béants Inkeri n'avait-elle plongé son regard au cours de sa vie ! Et d'ailleurs, n'était-ce pas un peu comme de lorgner par le petit trou de l'appareil photo sans la lentille ?

– Ils ne meurent pas, les oiseaux, avec ce froid et cette obscurité ? demanda Inkeri. Et ils n'émigrent pas ?

– On pourrait le croire, hein ? répondit Piera par-dessus les pépiements. Mais non. Ils deviennent gagas. Avant la guerre, c'étaient les lemmings qui devenaient gagas. Ça présageait la guerre. Qu'est-ce que ça peut vouloir dire, cette fois ?

– Il faut nécessairement que ça veuille dire quelque chose ?

– Ça veut dire que'qu'chose, oui.

– Peut-être, par exemple, qu'il va bientôt y avoir des exploitations de vaches laitières très productives ?

– Mouais, grogna Piera. Avec cette obscurité, les pis des vaches produiront pas un pet de lait.

Tout à coup jaillit une odeur de bois, de sève de bouleau, de sciure et de renfermé. Inkeri pensa instinctivement à des corps en putréfaction et sentit un goût amer dans sa bouche. Elle serra son appareil photo. Son précieux appareil. C'était tout ce à quoi elle pouvait se raccrocher.

– Et les vaches du sud, elles sont même pas fichues de se rendre utiles, elles restent plantées la queue basse, pitoyables devant les moustiques.

La truie trépignait d'impatience.

– Bon, mais le développement, c'est quand même une bonne chose, déclara Inkeri, épuisée.

– Ah, là tu as raison. Tu sais ce que j'aime, l'allochtone ?

– Non.

– Que quand j'appuie sur l'interrupteur, la lumière s'allume, déclara Piera avec un clin d'œil.

– Tiens donc, marmonna Inkeri.

Piera éteignit son appareil et, songeur, dévisagea Inkeri.

– J'ai appris que t'écrivais un reportage sur les nouveaux projets de barrage et autres. Alors bon, pour que l'information ne reste pas unilatérale comme c'est la tendance dans les actualités d'État, eh ben moi, j'vais t'donner mon avis : dans le sud, les Finnois prospèrent ; en Laponie, on s'enfuit. En cette minute, le saumon du Kemi est en voie d'extinction. Les lacs sont pollués. Les rennes circulent du mauvais côté de la frontière. Bientôt il n'y aura plus de forêt, de poissons, de rennes. Les Finnois, ça leur est bien égal, de quoi on vit par ici. C'est comme ça, n'ouvre pas la bouche ! s'exclama Piera en voyant qu'Inkeri voulait prendre la parole, et il se redressa de toute sa hauteur. Laisse-moi finir. C'est pas comme avant la guerre. Non, et ça le sera plus. Ce qui était est passé. Ce qui nous attend, nous n'en avons qu'un soupçon, et encore. Voilà ce que ça signifie, ces oiseaux qui deviennent gagas. Les animaux, ils savent, eux. Ils sont pas idiots. Surtout les animaux ! C'est les humains qui ont cette tendance-là.

Inkeri le regardait.

– Ça y est. La voie est libre, amène-toi.

Debout sous la protection de son manteau huilé, Inkeri plongea les yeux en contrebas, se mordit la lèvre, ravala ses mots et emprunta avec précaution le sentier taillé par Piera. Elle le rattrapa à un endroit où le sol était jonché de tasses et de bris de verre. De fourchettes et de couteaux. Son cœur bondit dans sa gorge sous l'effet de l'excitation, mais la déception se fit sentir aussitôt. Était-ce tout ? N'y avait-il rien d'autre ? Certes, c'était toujours mieux que rien. Elle n'avait encore jamais été si proche de la vérité, mais tout de même, elle était déçue. Non. Elle n'avait pas trouvé de documents ensevelis sous la terre – évidemment. Aucun signe de Kaarlo.

Inkeri souleva la tasse qu'elle tenait à la main. Piera continuait de promener son appareil massif, la tête de côté pour mieux entendre les bips. Elle le regarda s'affairer, puis baissa les yeux sur sa tasse, dépitée, mais se résolut tout de même à prendre une photographie. Une empreinte se fixa sur la pellicule. La tasse était ornée d'un motif d'hirondelle. Au fond, la marque de fabrique d'Arabia. Inkeri avait froid. Elle savait que Kaarlo n'avait pas pu apprécier cet endroit. Il adorait le Kenya, Kaarlo. La chaleur. La nature luxuriante et sauvage. Il adorait porter des costumes trois pièces, et il glissait toujours dans la pochette un mouchoir à son goût ; il mettait des nœuds papillons colorés et riait beaucoup. Mon Dieu, comme il lui manquait, ce rire ! Joyeux, innocent. Kaarlo avait une carrure un peu osseuse, mais son attitude douce et joviale faisait immanquablement sourire jusqu'aux serviteurs. Un accès de chagrin et de honte aussi brusque qu'intense l'assaillit. Elle ravala ses larmes. Une seule larme, un seul signe de faiblesse était de trop, pour une femme.

– Qu'a-t-on fait des prisonniers après la guerre ? demanda Inkeri après s'être éclairci la gorge.

Piera arrêta de promener le détecteur de métaux et se tourna vers elle.

– Je ne sais pas. On parlait beaucoup d'évacuations, mais moi je crois plutôt que la plupart ont été exécutés, et sûrement ici même. Ou plus tard en Norvège, bien sûr.

Inkeri eut froid dans le dos. Au fond de la poche de son manteau, elle serrait dans son poing la photographie de Kaarlo, en hésitant à la sortir. Elle ne connaissait pas encore très bien Piera. Elle ignorait comment il réagirait en ces circonstances. Tout était marqué du sceau de l'incertitude. En déglutissant, elle sentit un goût de nervosité dans sa gorge.

– Est-ce que tu as déjà vu cet homme ? demanda-t-elle très vite, sur un ton pressé. Regarde attentivement.

Piera s'approcha d'un bond, saisit la photographie et la regarda. Ses mains fripées étaient fermes. Son expression ne changea pas, mais son regard resta longuement sur l'image.

– C'était un prisonnier ?

Inkeri ne répondit pas.

– Et elle, c'est qui ? demanda Piera en se léchant les babines.

– Si tu ne le connais pas, tu pourras peut-être me dire qui serait susceptible de me renseigner ?

– Les nazis, plaisanta-t-il en bourrant sa pipe. Mais la plupart sont derrière les barreaux, ou exécutés. Tu sais bien.

– Pas de papiers, rien ? Dans les archives finlandaises ? essaya Inkeri tout en connaissant la réponse.

Toutes les conversations qu'elle avait eues avec les autorités au sujet des archives avaient été misérables. Aucun renseignement, nulle part. Rien que des mines renfrognées. Des phrases qui voulaient dire que cela ne la regardait pas. Qu'elle devait se contenter de ce qu'elle avait. Se concentrer sur l'avenir. Pourquoi tout le monde lui rabâchait la même chose ? Était-ce même crédible ? Il y avait tellement d'antécédents ! Il y en avait partout, quand bien même on essayait de les revêtir de jolies planches sentant le bois neuf. De les illuminer à l'électricité. Or du neuf, et qui lui appartienne en propre, elle n'en avait plus guère. La seule qui avait bien voulu l'aider était son amie d'enfance, Lotta Niinistö. Ayant travaillé comme agent pendant la guerre, elle avait enfin pu lui montrer des cartes et lui faire part de ses soupçons. Sans elle, Inkeri aurait encore ignoré le peu qu'elle savait sur le sort de Kaarlo.

Piera lui rendit la photo.

– Le fait est que les autorités finlandaises n'ont pas grand-chose non plus au sujet de ces camps, à présent. En toute rigueur, ils n'étaient pas à nous… mais aux Allemands. La police essayait de s'assurer qu'on y observait la législation finlandaise, mais évidemment ce n'était pas toujours le cas.

– N'y a-t-il aucun Finlandais vivant qui ait des renseignements à ce propos ?

Piera se tut et regarda le ciel. Son bonnet remuait dans le vent. Finalement, il poussa un soupir.

– Moi, j'suis allé dans le camp à plusieurs reprises, j'apportais à manger, tout ça. Des fois, y avait des locaux. Cuisiniers, interprètes, soldats, policiers…

Inkeri haussa les sourcils en entendant mentionner la police. Niinistö lui avait dit que certains policiers, sous l'autorité de la police d'État, avaient effectué des missions de renseignement et d'espionnage.

– Tu connais des personnes en charge de l'autorité ? Par exemple des policiers ?

Piera se creusa les méninges. Il semblait chercher le mot juste.

– Oui, y avait un commissaire qui venait ici.

– Qui s'appelait ?

– Attends voir… Le commissaire s'appelait… Tapani que'qu'chose… Tapani… Ah oui. Koskela !

– Tapani Koskela ? Il est toujours en poste ?

– Non. Je crois pas. Enfin, qu'est-ce que j'en sais, moi ? J'suis pas au courant, se reprit-il avant de marquer un long silence. Ce que je sais, c'est qu'il était ici à la fin de la guerre, justement. Il amenait des prisonniers, entre autres.

– Pourquoi personne ne m'a parlé de ça plus tôt ? demanda Inkeri d'un ton accusateur, comme un enfant boudeur.

Piera tourna la tête vers Inkeri, si vite que son bonnet tordu se remit tout à coup dans la bonne position. Il avait un regard pénétrant.

– Parlé de quoi ?

– De tout cela. Du camp de prisonniers qui était ici… Tout !

Piera se redressa de toute sa taille et éteignit son appareil. Il alluma sa pipe et renifla sans la quitter des yeux. Inkeri eut un frisson dans le dos.

– Moi aussi, j'ai une question à t'poser. Pourquoi ça t'intéresse ?

– Pourquoi ça ne m'intéresserait pas ?

– Parce que ça n'intéresse personne, répondit Piera tout bas en la regardant fixement, si longuement qu'elle dut se détourner.

Il tira une bouffée. Les gouttes d'eau ruisselaient le long de ses rides.

– Moi j'l'ai toujours dit, les affaires de foi, c'est entre moi et la toundra, déclama-t-il doucement et calmement. Pareil pour ces trucs-là. Tu piges ?

Il posa le pied sur une pierre et s'appuya sur son genou.

– Écoute, moi j'ai appris que ce pays, il n'intéresse pas les personnes extérieures, à moins qu'il y ait du profit à en tirer.

Et que madame Lindqvist ne se vexe pas… Mais voilà, t'es une personne extérieure.

Puis Piera se redressa, se tourna vers son appareil et le remit en marche. Il continua de fouiller la ferraille en toute sérénité. Inkeri était incapable de dire un mot. Elle était à court d'oxygène. Elle sentait de petites larmes lui couler sur les joues, et elle les essuya, essayant de se persuader que ce n'était que la neige fondue. Elle pivota pour s'en aller.

– Fais attention en partant. Et Inkeri…, lança Piera en se retournant brièvement pour la regarder. J'espère que tu trouveras ton mari.

Puis il reprit son travail.

INARI

Mars 1944

Nous avons fait demi-tour. Trente kilomètres à vol d'oiseau, mais il a fallu effectuer un crochet par le centre-bourg d'Inari, où nous sommes arrivés hier.

Nous passons la nuit chez une indigène lapone. La bonne femme s'appelle Biret-Ánne : non seulement cette *áhkku* est la plus riche de toutes les femmes du village, mais elle est plus riche que tous les hommes, dixit Heiskanen. Pendant la guerre, on s'enrichit comme ce n'est pas croyable. Sa chambre est pleine d'argenterie same et d'autres objets d'artisanat – cuillères, boules de *komsio* et gobelets taillés dans des os de renne, qu'elle vend à prix fort aux Allemands.

Vêtue d'un manteau *peski* brillant en fourrure automnale de renne, Biret-Ánne nous a accueillis avec prestance, robuste et fière. Il paraît qu'elle régale les messieurs allemands et procure des costumes lapons à offrir ou à montrer lors des événements.

– Elle fournit aussi les putes, a chuchoté Heiskanen à mon oreille avec un clin d'œil.

Le repas que nous avons mangé chez Biret-Ánne était peut-être le meilleur de tout le voyage. De la viande de renne, notamment séchée. En outre, on a eu un alcool très correct, alors que les autres devaient se contenter d'éther arrangé. Ah que c'était bon !

Mars 1944

Aujourd'hui, nous avons un jour de repos.

Les soldats vont acheter des souvenirs dans la cabane de Biret-Ánne. Qu'elle est étrange et bizarre, la vie de ces nomades ! Dire qu'il existe encore de nos jours des peuples primitifs dont le développement est resté au stade du nomadisme et de la cueillette.

J'ai vu Heiskanen et Saara devant la cantine, en allant au centre-bourg d'Inari pour régler des affaires. Cela m'a surpris. Ils avaient l'air de se disputer. Je les ai observés pendant un quart d'heure. Lorsque Heiskanen est sorti, j'ai couru chez la saigneuse pour lui dire deux mots. Tout d'abord, elle a fait mine de ne pas me reconnaître, et elle était soi-disant très occupée, mais je me suis obstiné.

– Ah oui. Alors t'es Väinö. Väinö Remes, elle a dit en me toisant de son regard direct, inéluctable.

J'ai eu l'idée de l'inviter à prendre un café et une pâtisserie, car nous nous trouvions fort à propos devant la cantine ; après un petit silence, elle m'a fait la surprise d'accepter.

Comme nous étions assis à table sans dire un mot, je me suis permis de lui demander de quoi elle venait de s'entretenir avec Heiskanen. Elle m'a regardé par en dessous en poussant un rire grinçant.

– Tu veux vraiment savoir ?

J'ai regardé sur les côtés.

– Oui, ai-je répondu, craignant le pire.

Saara m'a expliqué qu'elle avait demandé des gazes pour les prisonnières. Il paraît que c'est à cause des menstruations que les femmes puent le plus, n'ayant pas la possibilité de se laver ou de changer leurs chiffons. Heiskanen refuse d'émettre la commande. Elle m'a rapporté cela en fixant sur moi un regard chargé de défi. Je l'écoutais en silence, sans l'interrompre. Comme je ne réagissais pas, elle a changé de position sur sa chaise, cherchant sans doute autre chose à dire. Tout à coup, ses yeux se sont illuminés.

– Tu voudrais bien le faire pour moi ?

En même temps, elle a touché ma main sur la table. Elle m'a regardé droit dans les yeux, d'une façon qui m'a chatouillé le fond du ventre.

Comment dire non à des yeux pareils ?

Mars 1944

La veille du départ, nous avons fait nos bagages et Biret-Ánne nous a mis de la viande séchée dans le traîneau.

– Chez nous, rien ne se perd dans le renne, à part le souffle de vie, a-t-elle plaisanté d'une vieille voix perçante.

Nous avons changé des marks allemands et acheté des timbres et du papier à lettres. Heiskanen a regardé les vignettes et s'est tourné vers Biret-Ánne en grognant :

– Encore des « frères d'armes »... Il n'y a rien d'autre de disponible, à part ces timbres de propagande ?

– On peut trouver Mannerheim et Ryti, rétorqua la femme.

Heiskanen haussa les sourcils, prit les timbres « frères d'armes » et le papier. La bonne femme nous raconta en riant que ses cousins de Nuorgam, avant la guerre, n'étaient même pas au courant qu'ils appartenaient à la Finlande.

– Ils avaient même un poste de douane, en Basse-Laponie, à plusieurs kilomètres de toute frontière internationale ! Allons bon, maintenant je parie qu'ils croient appartenir à l'Allemagne.

Elle a recompté scrupuleusement les marks à deux reprises avant de nous les donner.

Au village, j'ai encore croisé la saigneuse. Nous ne nous serions rien dit si je n'avais été soudain témoin d'un spectacle extraordinaire qui m'a cloué sur place.

– Qu'est-ce qui vous arrive, Väinö Remes ? a demandé Saara, qui aurait visiblement préféré passer son chemin.

J'ai levé un doigt en l'air. Dans le ciel, des nuages brillaient comme des perles dans différents tons pastel. Instinctivement, j'ai passé un bras protecteur autour d'elle, ce qui l'a fait rire. Elle m'a demandé ce qui me prenait. J'ai dit que ce nuage pouvait être le signe d'une menace, par exemple un nouveau gaz toxique.

– Va savoir.

Mais elle a ri de plus belle. Elle a répété mon nom sur un ton de joyeux reproche.

– C'est un nuage du Finnmark, elle a chuchoté à mon oreille.

J'ai senti son souffle chaud, humide, et nous avons suivi des yeux le nuage nacré qui rayonnait au plus haut du ciel.

Mars 1944

Avant le départ, on nous a chargés de conduire deux gardiens allemands à la prison communale. Le transport collectif les avait déposés devant l'église. Je ne sais pas précisément tout ce qu'ils ont fait, mais leur dernière erreur aura été de vouloir donner à manger aux prisonniers.

Je crois que je l'ai reconnu dès le grincement des planches à l'entrée du pénitencier. Je ne sais pas comment expliquer cela. Comme le silence assourdissant qui précède l'orage. On parle toujours de ce silence, mais moi, j'ai surtout l'impression que le temps se fige. Comme s'il n'existait plus. C'est sans doute un instinct. Un instinct animal. Au début, bien sûr, j'ai cru être face à un revenant. Je ne l'avais plus vu depuis la frontière orientale. Plus précisément, depuis Alakurtti en 1942.

Il m'a reconnu tout de suite, lui aussi, Tapani Koskela. Même s'il a dit ensuite que j'avais beaucoup changé.

ENONTEKIÖ, 1948

Debout dans l'air clair et glacial, Olavi regardait le ficus de près de deux mètres et la mine hébétée d'Inkeri. Quelque temps auparavant, les nombreuses têtes de poisson garnissant les arbres du jardin n'avaient pas manqué de lui tirer de grands cris de stupeur. Lorsque Olavi lui avait expliqué qu'« on en fait de la soupe pour les chiens, en hiver », elle avait gardé grosso modo la même mine : hébétée.

– Comment on va rapporter ça intact à la maison ? demanda-t-elle en mesurant la plante du regard.

Olavi n'en avait aucune idée. Il avait eu connaissance de ce ficus pendant qu'il évacuait les populations expulsées par la guerre de Laponie. En plaisantant à moitié, il avait alors prononcé le vœu de prendre cette plante en charge si jamais elle survivait au conflit et se trouvait sans domicile. À présent, le propriétaire étant mort, il s'était souvenu de sa promesse, mais il ne voyait pas comment transporter la plante.

Ils avaient déjà essayé de mettre le pot sur la banquette arrière par tant de manières différentes qu'ils commençaient tous deux à être à court d'idées. Il ne restait plus d'autre possibilité que de le glisser entre leurs sièges et de croiser les doigts. Au démarrage, la voiture eut d'abord des toussotements rauques, puis des soubresauts, et Olavi trouva que toute cette affaire commençait à ressembler à une malédiction. Le trajet allait être fort désagréable. Ils regardaient l'enfilade des sommets devant eux.

– Tu sais qu'il fut un temps où ces montagnes de la toundra étaient comparables aux Alpes ? expliqua Olavi. C'est l'érosion qui les a aplaties. Cette forme arrondie, c'est une rareté. Ce qu'on voit depuis leur sommet, on ne le voit pas du haut des grandes montagnes. Ici, le regard porte loin. Et les plantes qui fleurissent dans cette toundra sont également exceptionnelles. Dès la fonte des neiges, il ne faut pas une semaine pour que les fleurs éclosent. La floraison est brève. Peut-être deux semaines, parfois moins. Ailleurs, les plantes dorment la nuit. Mais ici, elles restent éveillées tout l'été. Quelle soif de vivre ! Et pour cause. Leur existence est de courte durée.

Inkeri le toisait, interloquée. Il haussa les épaules en riant.

– Quoi ? Le moment où toutes les fleurs de la toundra s'épanouissent, on ne voit pas cela souvent. Peut-être jamais. Mais quand on le voit, c'est un spectacle inoubliable.

Inkeri toussota.

Après quelques virages, une voiture de police les arrêta à un croisement. Olavi se gara. Les agents sortirent de leur véhicule.

– Bonjour.

– Bonjour, répondit Inkeri.

Olavi regardait droit devant lui. Les policiers lorgnèrent la plante.

– Qu'est-ce que c'est que ça ?

– Un ficus, déclara Inkeri.

Les types éclatèrent de rire. Olavi était figé. Inkeri pensa qu'il était inquiet pour la plante.

– Ce n'est pas interdit, si ?

– Ça passe. Mais pourriez-vous présenter vos papiers d'identité ? Il y a des trafiquants en vadrouille. On contrôle tous les passeports.

– Certainement, répondit Inkeri d'une voix claire en sortant son passeport de la boîte à gants.

Un policier examina le document. Il haussa les sourcils.

– Vous avez une chic photo, là, hein, constata-t-il en levant l'image.

Olavi se tourna pour voir. C'était vrai. Le cliché était vieux d'au moins vingt ans, pris dans un véritable atelier. Inkeri avait une jolie robe, une coiffure soignée, des bijoux. Du rouge à lèvres. Un regard gracieux en biais. Elle répondit par un éclat de rire. Le policier s'attarda un peu sur son observation.

– Et vous, monsieur ?

Olavi tendit un carton sorti de sa poche.

– Ça aussi, c'est un passeport archi-vieux, marmonna l'agent en écartant le document à bout de bras et en grimaçant devant la photo. Vous n'auriez pas un meilleur passeport, monsieur ?

– Non. J'ai un livret militaire, mais pas sur moi. Je préfère éviter.

– Oui, nous sommes bien d'accord.

Amusé, le policier montra la photo à son collègue. Olavi les entendit se lamenter : « C'est un grand bazar, ça aussi... Il serait grand temps de mettre un peu d'ordre dans ces passeports, regarde-moi ça... » Puis celui qui avait pris le carton le rendit, porta la main à la casquette et leur souhaita une bonne continuation. Ils regagnèrent leur véhicule. Démarrèrent. Olavi attendit qu'ils soient partis. Il inspira profondément, démarra à son tour et essaya de contenir ses tremblements. Il ne roula qu'un petit moment avant que la voiture parte tout à coup en dérapage. Heureusement, la vitesse était modérée, et le véhicule s'arrêta au bord de la route, contre le talus de neige.

– Mais enfin ! Tu disais que tu savais conduire ! s'écria Inkeri à moitié dissimulée par le feuillage du ficus.

– Bien sûr que je sais, grogna-t-il en coupant le contact.

– Qu'est-ce que tu fais ? s'écria Inkeri.

Il ne répondit pas. Il avait les mains sur le volant.

– Olavi ! Démarre tout de suite ! Il fait moins trente. Je gèle. Tu gèles. On est à plus de dix kilomètres de tout.

Inkeri paraissait un peu affolée. Tête baissée, Olavi réfléchissait.

– Le ficus va mourir, en tout cas, si tu ne fais rien ! Il ne reste qu'une heure de jour !

Olavi enleva son chapeau et essuya ses cheveux mouillés par la sueur, puis sortit de sa poche des cigarettes et un briquet. Inkeri n'en revenait pas. Il lui tendit le paquet, attendit qu'elle y ait glissé un doigt fluet, puis le referma. Ils écoutèrent le silence.

– Piera a dit que tu cherchais ton mari.

Inkeri ne cacha pas son étonnement. Quand Piera lui avait rapporté l'incident, Olavi s'était offusqué qu'il lui ait parlé de Koskela. L'autre s'était défendu en demandant ce qu'il aurait bien pu faire. Inkeri l'aurait trouvé tôt ou tard, et si on lui donnait au moins un semblant de piste à suivre, peut-être qu'elle arrêterait de les enquiquiner en permanence avec ses questions. Olavi devait reconnaître que Piera avait raison. Il pourrait jouer le même jeu, lui aussi ; et après tout, ne restait-il pas la petite possibilité que Bigga, à l'époque, eût tout compris de travers ? L'espoir est une chose dont il est difficile de se défaire.

– Pourquoi tu le cherches ?

Inkeri le regarda, médusée, puis ferma la bouche et tira vigoureusement sur sa cigarette. Les vitres s'embuaient.

– Parce qu'il n'est pas nécessairement mort.

– Que veux-tu dire ?

Olavi essayait de dissimuler la colère perceptible dans sa voix. Inkeri le regarda.

– Pourquoi ça t'intéresse ?

– Parce que cela expliquerait assez bien ta présence, répondit-il doucement.

– Mes affaires ne te regardent pas !

– Peut-être que je peux t'aider.

Inkeri répondit par une moue incrédule. Olavi pencha la tête.

– Tu n'as pas une multitude de choix, Inkeri. Je suis peut-être ta meilleure chance. Crois-tu que ça intéresse quelqu'un, le sort d'un prisonnier de guerre disparu ?

– D'accord. Il... Il était... Il a été fait prisonnier, toute sa section a été capturée ou tuée, et les survivants ont été emmenés dans un camp soviétique. Un groupe s'est évadé. Kaarlo en faisait partie. Apparemment, il a réussi à passer la frontière, puisqu'il a fini par retourner du côté finlandais. Mais il a été arrêté et envoyé dans un camp nazi. D'abord à Inari, finalement ici, à Enontekiö.

– Comment sais-tu cela ? demanda Olavi, sceptique.

– J'ai pu voir le registre des arrestations et incarcérations, ainsi que celui des prisonniers tenu par la Croix-Rouge dans les camps de Laponie : son nom y figure.

– *La Croix-Rouge*... releva doucement Olavi en rigolant. *Évidemment*...

– Et comment tu as eu accès à ces documents ? demanda-t-il ensuite, un peu méfiant.

Voilà qui était indéniablement bizarre.

– Pourquoi ça t'intéresse ? Tu sais quelque chose sur lui ?

– Tu n'as pas répondu à ma question. Pourquoi tu le cherches ?

– Parce qu'il pourrait être encore en vie. Ça ne suffit pas ?

– Ça fait tellement d'années, Inkeri, déclara Olavi à voix basse.

Inkeri se décomposa. Elle se détourna agressivement. La fumée de cigarette les entourait. De minuscules étoiles étaient apparues dans le ciel.

– Que puis-je faire encore ? chuchota Inkeri. Il ne me reste plus rien.

– Piera t'a indiqué le nom d'un homme qui pourrait savoir des choses ?

– Oui, hoqueta Inkeri.

– Koskela ?

– Oui. Tapani Koskela.

– Tu as une piste ?

– Non. Pas encore. Et toi ?

– Je sais qui c'est…

– Dis-moi !

Olavi la regarda. Elle était à la fois affolée et sûre d'elle. Il réfléchit un moment. Il se demanda ce qui était le plus juste, et ce qui serait le plus utile pour lui, le plus prudent. Les options n'étaient pas pléthore, en tout cas. Il fallait faire un choix. Parfois, les choses les plus invraisemblables peuvent être l'entière vérité.

– Tapani Koskela pourrait bien savoir quelque chose, mais je ne crois pas qu'il te soit d'une grande utilité.

– Qu'est-ce qui te fait dire cela ?

– Je le sais, s'empressa-t-il de répondre.

– Et toi, tu sais ce qui est arrivé à mon mari après la guerre ?

Olavi garda un moment de silence. Il essuya la vitre avec la manche de sa veste.

– Je vais te répondre. Et je vais répondre en toute sincérité, mais je ne répondrai pas deux fois et tu ne me poseras pas la question deux fois, d'accord ?

– D'accord, chuchota Inkeri. Ses cils se couvraient de cristaux de glace.

– Non. J'ignore le sort de ton mari et je n'y ai pas été mêlé, dit Olavi avant de déglutir sans tourner le regard. Mais il y a une personne qui sait. Sûrement.

– Qui ?

– Une guérisseuse. Une *noaidi.* Elle était saigneuse et infirmière dans les camps.

Olavi marqua une pause et réfléchit une dernière fois. Sa décision était prise. Il ne pouvait plus changer de cap. Il lécha ses lèvres gercées.

– Qui est-elle ? Où pourrais-je la trouver ?

– Nul ne sait où elle est, répondit Olavi tout en cherchant comment formuler son propos sans se trahir. Piera a dit que ton mari a été amené ici vers les derniers jours de la guerre ? C'est vrai ?

– C'est écrit dans le registre, confirma Inkeri.

– À ma connaissance, la saigneuse était ici à la fin de la guerre. Si tu la trouves ou si tu élucides ce qui lui est arrivé, je suis sûr que cela t'éclairera sur le sort de ton mari. Elle était souvent présente lors des transferts de prisonniers.

Olavi posa un regard clair et fixe sur les yeux d'Inkeri. Elle frémit. De froid ou d'autre chose. Vraisemblablement d'autre chose.

– Comment s'appelle-t-elle ? demanda Inkeri avec impatience.

– *Saara.*

– Quoi ?

– Saara. Elle s'appelle Saara Valva, dit Olavi en se raclant la gorge, puis il baissa la tête.

Tout à coup, il entendit un oiseau. Inkeri leva les yeux. Un sizerin, peut-être. Ou un rouge-gorge. De longs gazouillis.

– Bizarre, d'habitude ils ne chantent pas à cette heure-ci, marmonna pensivement Olavi. Pas de cette façon.

Inkeri fronça les sourcils. Puis le silence se fit. Les sons se dissipèrent. Olavi palpa ses poches et chercha la clef à mettre dans le contact.

– Comment tu les connais ? demanda Inkeri d'une voix exigeante.

Olavi réfléchit.

– J'ai travaillé avec eux pendant la guerre. Je ne peux pas en dire plus. Tu n'as pas besoin d'en savoir davantage. Je crois que ça ne présente aucune utilité pour toi.

– Tu travaillais ? Qu'est-ce que tu entends par là ? De la même façon que Piera ?

Pour bien mentir, il faut rester aussi proche que possible de la vérité, Olavi le savait.

– Oui. De la même façon que Piera, dit-il, et il démarra la voiture.

INARI

Mars 1944

Après notre départ, Heiskanen m'a posé des questions sur Koskela. J'ai marmonné indistinctement, pressé de changer de sujet. La bonne femme same que nous venons de quitter est une Lapone typique. Petite, quasi naine, et très superstitieuse ; j'ai du mal à comprendre qu'elle s'entende bien avec les nazis.

– Pas si bien que ça, a nuancé Heiskanen.

Il paraît que les nazis sont réservés vis-à-vis des Sames. On leur a appris que ces peuples primitifs de cueilleurs du Grand Nord sont des marginaux, extérieurs à la civilisation véritable. Ils sont considérés comme une anomalie pathologique résultant de facteurs environnementaux.

Il faut bien reconnaître que ces habitants des zones frontalières boréales sont d'une tout autre race que nous, les Finnois.

J'ai composé une voix exaltée :

– D'ailleurs, Väinö Lassila, le président de la Ligue des droits de l'homme, a déclaré dans le cadre de ses recherches crâniennes que les indigènes de Laponie appartiennent aux races inférieures.

Heiskanen m'a regardé par en dessous. On aurait dit qu'il hésitait, qu'il jouait sa réplique suivante à pile ou face.

– Oui, exactement comme la saigneuse.

Mars-avril 1944

Deux prisonniers se sont échappés pendant le retour, sous ma garde. Heiskanen l'a vu, Kalle aussi. Nous avions l'ordre d'ouvrir le feu en cas d'évasion, mais je n'ai jamais tiré sur quelqu'un. Cela n'a jamais fait partie de mes devoirs. J'ignore ce qui s'est passé. Peut-être rien, peut-être tout, je me suis trouvé tout simplement incapable de dégainer mon arme et les événements se sont enchaînés trop vite. C'est Heiskanen qui a tiré, mais il les a ratés. Je me tenais là bouche bée, comme un imbécile. J'ai honte, c'est embarrassant. Comme on était un peu à l'écart du groupe, les autres ne se sont aperçus de rien. Heiskanen m'a vite entraîné sous son bras en m'ordonnant de marcher comme si de rien n'était. Il a envoyé Kalle rejoindre les autres prisonniers en courant, pour leur dire qu'on avait achevé un renne blessé par une mine. Il a obéi, alors qu'il était mal en point. On a marché pendant une demi-heure, en arrière des autres, avant que j'arrive à ouvrir la bouche, et encore, il n'en est rien sorti. C'est là que j'ai vu que mes mains tremblaient.

À un endroit, Heiskanen m'a arrêté et plaqué contre un arbre. Il m'a regardé droit dans les yeux. Il m'a dit de ne pas piper mot de ce qui venait de se passer. Il a promis de s'occuper des arrangements et de la paperasse pour que ça concorde avec l'opération et que nous ne soyons pas associés à l'incident. Puis il m'a proposé une cigarette, l'a allumée, et m'a donné une généreuse rasade d'alcool de sa flasque ainsi qu'un médicament contenu dans un petit flacon.

– Avale ça, tu trembles comme une feuille.

Le produit a eu un effet immédiat. Je ne tremblais plus. Une heure ou deux plus tard, j'ai réussi à parler. Des nuages noirs se profilaient à l'horizon.

– Il risque de pleuvoir, j'ai dit en inspirant une nouvelle bouffée de cigarette à pleins poumons.

– Oui, ou neiger, a dit Heiskanen.

– Bientôt les averses estivales.

J'ai dégluti et fermé les yeux.

– Mais d'abord, la neige va fondre, le soleil va revenir et on pourra aller pêcher et se baigner dans le Kasarinselkä, a dit Heiskanen.

La conversation s'est arrêtée là. Il s'est mis à siffloter une chanson de guerre : sa jovialité n'était pas éteinte, malgré toute cette misère. Un peu plus loin, un prisonnier riait en écoutant une blague. Les armes des soldats battaient en cadence contre leurs fesses. Elles se balançaient tranquillement, comme des chaînes oubliées.

Dans les arbres, les oiseaux chantaient un calme perceptible à travers tout cela.

Ils chantaient la paix.

Avril 1944

Je n'ai pas fermé l'œil de la nuit. J'ai veillé dehors sous l'appentis, en fumant et en regardant les étoiles. Tout à coup, j'ai senti une présence. J'ai mis la main sur mon arme. Dans la pénombre, à la lueur du feu, j'ai aperçu un renne. De loin, j'ai reconnu un individu farouche, en fin de vie. Il m'observait avec ses grands yeux. Les bois tendus vers le ciel. Il est resté là longtemps, sans avoir peur de moi, alors qu'en général ces bêtes-là sont peureuses comme pas deux. Je l'ai regardé si longtemps qu'il a fini par se détourner. Il a disparu dans la forêt blanche.

Avril 1944

On est arrivés hier au camp.

Dès le réveil, Heiskanen est venu me dire que l'affaire était réglée et que je n'avais plus à me tracasser pour l'évasion des prisonniers. J'ai demandé comment il avait fait. Il n'a pas répondu. Il a répété qu'il avait réglé l'affaire – mais j'ai le sentiment qu'il m'entraîne dans une histoire à laquelle je ne veux pas être mêlé.

Avril 1944

En milieu de journée, j'ai vu que la saigneuse était déjà revenue au camp. Elle est rentrée plus vite parce qu'elle s'est fait raccompagner en voiture. Elle a soutenu mon regard.

Et je l'ai regardée longuement.

II

INARI

Avril 1944

Tout est calme et paisible. Cela faisait longtemps qu'on n'avait pas vu autant d'empreintes d'animaux dans les parages. Les fleurs vont bientôt s'épanouir. Ces plantes ont des propriétés xérophytes. Elles ont de petites fleurs, un rhizome puissant et des feuilles cireuses. C'est ainsi qu'elles tirent le maximum de la lumière qui parvient jusqu'ici.

Avril 1944

Je passe de plus en plus de temps avec la saigneuse. À la petite bibliothèque du camp, j'ai emprunté des manuels de botanique commandés par Heiskanen. Ça la fait rire, Saara, de me voir faire la lecture sur les fleurs avec tant de passion ; c'est pourtant elle qui me pose tout le temps des questions à ce sujet ! Elle trouve mon enthousiasme sympathique. Comme je lui demandais pourquoi, elle a d'abord refusé de répondre.

Finalement, elle a dit que c'est là que je révèle ma vraie personnalité.

Avril 1944

J'ai avoué à Saara que j'étais tombé sur une vieille connaissance. Je lui ai parlé de Koskela. Elle le connaît bien. Ils effectuent des petits boulots ensemble dans d'autres camps. Ou des contrôles. Surtout des contrôles. Il paraît que la police fait des descentes chez les femmes célibataires. Jamais dans les familles. Si l'une d'elles est vaguement soupçonnée de mener une vie immorale – il suffit d'une dénonciation dans le voisinage, motivée par la jalousie –, il paraît qu'elle est soumise à des examens internes. C'est Saara qui s'en charge. Et en cas de grossesse, faute de pouvoir certifier que le père est finlandais, c'est la prison ou les travaux forcés. Une maladie sexuelle est également une raison suffisante.

Saara ne m'a pas posé la question, ou peut-être que si, je ne me rappelle pas, toujours est-il que je lui ai raconté comment moi, je le connaissais. Je me revois à la gare routière de Kajaani, où j'attendais le car et regardais attentivement Koskela pour la première fois. Il portait une casquette militaire. J'étais fougueux, débordant d'excitation ! On allait se rendre dans les zones occupées pour effectuer une mission importante : reconquérir la Grande-Finlande.

Comme c'est étrange, de retrouver Koskela à la tête de la prison ! Et quelle prison ! Ici, les cellules sont bourrées d'Allemands. Il y en avait tellement qu'il a fallu évacuer presque tous les détenus finnois de la province de Laponie.

Ils ont été transférés dans les prisons centrales d'Oulu et du Kainuu.

– Inconcevable, ai-je marmonné.

Saara a ri.

– Pour les nazis, la trahison à la race, c'est encore plus grave que d'appartenir à une race inférieure. Les nazis qui se sont accouplés avec une dégénérée, ils sont exécutés le dimanche matin sur le coup de 6 heures.

Avril 1944

Les oiseaux chantent dès 5 heures du matin et marquent une pause d'une heure après 8 heures. Je respire mieux, aujourd'hui.

La longueur du jour est de seize heures et dix-sept minutes.

Avril 1944

Aujourd'hui, j'ai vu Heiskanen bavarder avec Saara. Ils riaient. Je ne sais pas pourquoi. Quand Heiskanen a baissé la main, il a effleuré le bras gauche de la saigneuse, comme par inadvertance, et cela m'a fait extrêmement mal.

Avril 1944

Dix prisonniers se sont évadés. Dont Kalle.

ENONTEKIÖ, 1949

Assis sur le banc du séjour, Olavi attendait. Il avait devant lui un pot à fleur à moitié rempli de terre. Son entrain n'était pas au rendez-vous. À part le tic-tac de l'horloge, tout était silencieux. Dehors, on n'entendait rien non plus. Il regardait la pièce muette. Au cours de l'année, le séjour s'était tellement modelé à l'image de la nouvelle propriétaire qu'il avait parfois du mal à se rappeler son aspect antérieur. Dans la chambre d'Inkeri, qui se trouvait directement à gauche et dont la porte était ouverte, il y avait un petit paravent décoratif. C'était elle qui l'avait peint, ou plutôt ses élèves. Derrière, il y en avait un autre, un peu plus clair, et tous deux étaient appuyés contre des luminaires noirs qu'elle avait fait venir de Norvège. Elle avait également déniché un appareil photo soviétique de la marque Zorki et un modèle américain. Elle en avait rédigé des évaluations dans une revue spécialisée, mais Olavi ne comprenait goutte à leurs différences.

La chambre d'Inkeri était la pièce la plus lumineuse de la maison ; comme elle donnait sur le séjour, celui-ci en était devenu le prolongement, en quelque sorte. Dans la pratique, la grande table en bois était réservée à la finition des photos, aux rectifications, retouches et signatures. Un tas d'images traînait dessus, justement.

Tout à coup, la porte d'entrée s'ouvrit.

– La neige arrive dans le Nord, cria Piera en pendant son bonnet bleu à la niche du poêle. Et il y avait une aurore boréale spectaculaire, même la glace scintillait !

– Qu'est-ce que tu as fichu pendant tout ce temps ? s'exclama Olavi.

Piera était parti en fin d'année voir des parents en Suède et en Norvège, et il devait récupérer des affaires au passage, à droite à gauche.

– J'ai dû aller saluer les gardes-frontières, marmonna Piera.

Sur la table terreuse et poisseuse, il lâcha une bourse pleine de centimes suédois et posa trois bouteilles d'alcool. Olavi considéra tout cela.

– Je croyais avoir payé pour plus.

– C'est tout ce qu'on a pour ce prix.

– Avant, on avait plus.

– Avant, c'était avant. Maintenant, c'est maintenant. Les lois sont plus strictes. La cargaison ne craint rien mais on ne peut pas se permettre d'y aller trop souvent.

– Qui était l'intermédiaire ? questionna Olavi tandis que Piera comptait son argent.

– Je ne le connaissais pas, marmonna Piera. Un type de Suède… Une connaissance à Inkeri.

Il déballa du sucre, du café, de la farine et un sac de vêtements. Les aides de la Croix-Rouge finlandaise avaient diminué l'année précédente et, finalement, quasiment cessé. On voyait donc l'offre du marché noir se diversifier. Manifestement, Inkeri avait l'intention de rester, et elle avait pris l'initiative de livrer dans le Sud une partie des vêtements clandestins. Il lui arrivait même d'en faire retoucher chez une styliste à Helsinki, puis de s'arrêter à Rovaniemi au retour pour les vendre au marché. Cependant, c'était ici qu'elle rapportait les meilleures pièces. Aussi bien les femmes que les hommes manifestaient de l'intérêt pour les vêtements ou les chaussures, et Inkeri avait un franc succès auprès des jeunes. L'école faisait office de marché, comme à Rovaniemi.

En outre, derrière la frontière suédoise, Inkeri avait trouvé un intermédiaire qui lui fournissait du café brésilien et un alcool passable. Cela avait éveillé un intérêt immédiat, sinon chez tout le monde, du moins chez environ quatre-vingt-dix pour cent des gens. Avant les guerres mondiales, on pouvait acheter le café sur les côtes de Norvège, et il venait souvent du Brésil, justement. Après le dernier conflit, la fermeture des frontières avait obligé à se contenter de succédané. On ne trouvait toujours pas de café dans le commerce. Lorsque Inkeri avait apporté la première cargaison de l'étranger et que les gens avaient pu goûter au café et à l'alcool, elle avait été définitivement acceptée dans la communauté des villageois. On l'aimait déjà mieux qu'Olavi.

– Qu'est-ce que vous allez faire de ces centimes ? demanda Olavi en examinant la bourse. Tu n'as sans doute pas la permission de garder beaucoup d'argent suédois, même si tu as de la famille là-bas.

– Bah… C'est ce que les flics permettent de garder pour avoir un café et une brioche en Suède. Au-delà de cette limite, c'est la prison garantie.

– Ça ne répond pas à la question, s'impatienta Olavi, mais il aida Piera à compter l'argent encore une fois.

Piera observa les mains terreuses d'Olavi et le séjour en pagaille.

– Je rempote.

– Ah bon.

– Et le reste, je l'aurai quand ?

– La semaine prochaine, et puis la suivante.

– Et le paquet d'Inkeri ?

– Pareil.

Olavi se leva tout à coup et prit un tas de lettres sur la grande table.

– Tiens.

– Qu'est-ce que c'est ? grogna Piera.

– Inkeri reçoit du courrier toutes les semaines. Il y a quelques nouveaux timbres pour ta collection.

Piera s'esclaffa et leva une enveloppe devant la lumière. Le timbre représentait un homme portant une lourde charge de briques sur le dos.

– Un *timbre de la reconstruction*... Maintenant j'ai toute la série ! s'exclama Piera ironiquement en rendant l'enveloppe à Olavi. Garde-les, toi. Moi, j'fais plus la collection. J'ai arrêté depuis que l'album est plein de timbres nazis, de croix gammées, de glorieux cavaliers ancestraux et autres guerriers finlandais levant les armes *contre l'Est.*

Il s'éloigna en traînant la pochette derrière lui.

– T'as qu'à le ranger avec le timbre du Secours populaire, là. Celui qui représente les ruines de Laponie.

Olavi haussa les épaules.

– Tant pis. Je pensais que ça t'intéresserait.

Dehors, l'air était brumeux. C'était de la fumée. Le bois chuintant dans le poêle produisait de la vapeur. Piera regarda autour de lui. Il n'était pas venu les voir depuis un an.

– Qu'est-ce que c'est ? demanda-t-il en désignant une étagère.

Olavi se retourna pour voir.

– Un gramophone.

– Et là ?

Olavi suivit encore la direction du doigt.

– Des disques. De la musique.

– J'sais bien. Là-bas, j'voulais dire.

C'était une boîte assez grosse, qui se trouvait à côté du canapé depuis longtemps et à laquelle Inkeri n'avait jamais touché.

– Un appareil photographique. Pour photographier en couleurs, mais il est cassé. Va savoir.

– Ah bon, marmonna Piera.

– Tu as vu la chambre noire ?

– Faut qu'j'aille y jeter un œil. Mais tiens, j'ai une chose à te dire... Tu connais le dicton : il ne faut pas mettre tous les œufs dans le même panier ?

– Oui.

– C'est vraiment idiot.

– Oui.

– Mais c'est vrai, en fait.

Olavi soupira, ouvrit son briquet et alluma une cigarette. En attendant que Piera formule ce qu'il avait à dire, il gratta la peinture verte sous le coin de la table. Le fabricant avait gravé ses initiales sous le plateau. Une longue ligne qui se courbait en demi-cercle. Il n'arrivait pas à déchiffrer la suite à tâtons. C'étaient des lettres russes. Des graffitis similaires, il y en avait partout, à l'époque, dans les tentes en contreplaqué dressées dans les camps. Яков / 22 / Красное село / Нарва. Инари. Nom, âge, batailles, point d'arrivée. Les mots se terminaient toujours pour la même raison : la mort.

– Ce serait envisageable, que j'en laisse une partie ici ? finit par dire Piera.

Regardant par la fenêtre, Olavi aperçut un nuage de fumée qui passait bas. Les grandes chutes de neige n'allaient pas tarder.

– Tu l'as achetée à un prisonnier ? demanda doucement Olavi en tapotant la table.

– Ouais. À un Serbe tout maigrichon. Une bonne table.

– En effet.

En effet. Olavi écoutait le tic-tac de l'horloge provenant de la pièce voisine. Dans un coin trônait le grand ficus luxuriant, qui avait dépassé les deux mètres de haut et dont les feuilles étaient attirées par la fenêtre. Une bouteille de lait traînait sur la table depuis le petit-déjeuner. Un voile de lumière y était posé. La fumée le faisait ondoyer.

– Fais comme chez toi, consentit finalement Olavi.

Piera hocha la tête, le regarda dans les yeux, puis contempla la bouteille vide sur la table.

– *Áddjá !* entendit-on dans le vestibule.

C'était Bigga-Marja. Ils n'avaient pas remarqué le bruit de la porte.

– Flûte alors, qui voilà ?! s'exclama Piera en accueillant la fillette qui se jetait dans les bras de son papi.

– Qu'est-ce que tu fais ici ? demanda Bigga.

– Et toi ?

– Avec Inkeri, on s'est mises d'accord que je viendrais après l'école pour voir comment on développe les photographies, dit Bigga avec enthousiasme. Celles qu'on a prises à Helsinki ! Elle n'est pas là, Inkeri ?

– Elle devrait pas tarder, répondit Piera. Mais raconte un peu : comment ça s'est passé, à Helsinki ?

Bigga-Marja était censée accompagner Inkeri à la capitale avant Noël, mais comme elle avait besoin d'un passeport, le voyage avait été repoussé. Au cours de l'année, elle avait aussi fait preuve d'un grand intérêt pour les cours de beaux-arts et pour la photographie. Finalement, Inkeri avait commencé à lui apprendre à photographier hors de l'école. La gamine était devenue compétente. Elle s'était jointe à quelques expéditions journalistiques. Inkeri envisageait de la faire engager pour lui servir officiellement d'assistante. Et de là était partie l'idée de l'emmener à Helsinki. Pour rencontrer le rédacteur en chef.

Évidemment, Bigga-Marja était aux anges, incapable de penser à autre chose pendant des semaines. Cela dit, après le voyage, Olavi l'avait trouvée un peu abattue, moins loquace.

– *Got dat manai ?* répéta doucement Piera.

– *Dat manai ihán bures*... marmonna Bigga en tripotant les lacets de sa manche.

Piera haussa les sourcils. Bigga-Marja raconta un peu à contrecœur que Helsinki était pleine de gens qui la regardaient et la montraient du doigt. Le rédacteur en chef Melander ne l'avait pas laissée faire office d'assistante et Inkeri avait reçu une drôle de lettre qu'elle avait lue.

– Inkeri a mentionné le nom de Saara, dit Bigga-Marja.

– Ah bon. Ah bon, marmonna Piera avec un coup d'œil à Olavi qui se resservait à boire.

– Qu'y avait-il d'autre, dans cette lettre ? demanda Piera en portant la pipe à sa bouche.

– Je ne sais pas.

– Et qu'est-ce qu'elle a dit d'autre, Inkeri ?

– Rien. Elle n'avait pas l'air soucieuse, rapporta doucement Bigga avant de regarder le plafond en reniflant. Mais on va au Pallas la semaine prochaine.

– Alors comme ça, tu es une vraie photographe, maintenant ?

– Oui ! s'exclama la jeune fille en riant.

Bigga-Marja et Piera passèrent au same pour continuer la conversation. Olavi se plongea dans sa tasse. Il soupira et se frotta les yeux. Tôt ou tard, Inkeri allait s'entretenir avec Koskela. C'était un homme raisonnable et intelligent, il le savait bien, mais comment être sûr qu'il ne mentionne pas son nom ? Koskela risquait de lâcher par mégarde un petit détail, insignifiant mais suffisant pour qu'Inkeri se mette en tête d'aller exhumer d'autres renseignements sur Olavi.

– Pourquoi elle cherche des renseignements sur Saara, Inkeri ? demanda tout à coup Bigga-Marja.

– Parce qu'elle espère découvrir des choses à propos de son mari, grogna Olavi.

– En quoi ça peut l'aider, d'enquêter sur Saara ? demanda Bigga en fronçant les sourcils.

Au même moment, la porte s'ouvrit. Tous trois sursautèrent.

Mais Inkeri s'écria alors « Salut ! » depuis l'entrée, d'une voix joyeuse, et Bigga-Marja la rejoignit au pas de course dans la chambre noire. Piera la suivit avec curiosité pour voir la fameuse pièce. Olavi resta seul dans le séjour. Il scruta la porte qui se refermait en grinçant.

INARI

Mai 1944

Aujourd'hui, j'ai croisé Saara sans que nous échangions un seul mot ; mais lorsque j'ai fermé la porte de l'étable et que, contrairement à mes habitudes, j'ai donné le foin aux chevaux, tout à coup elle était là. En deux pas, elle est arrivée tout près. Face à moi, elle a appuyé sa tête contre ma poitrine, reniflé ma chemise, ma sueur, et elle a planté ses dents dans la peau nue à l'endroit où la cage thoracique rejoint le cou. Puis elle a pris ma main dans la sienne, l'a conduite sous sa jupe, entre ses jambes, et j'ai senti comme ça glissait. Chaud et doux, son entrejambe, et tellement humide !

Mai 1944

J'ai participé à la recherche des prisonniers évadés. Nous ne les avons pas tous retrouvés. Ils se cachent peut-être chez l'habitant, ou bien dans la toundra. Oui, probablement dans la toundra. On a donné leur signalement à la police. Heiskanen se fait du souci pour Kalle.

La jument n'est pas nourrie depuis qu'il n'est plus là.

PALLASTUNTURI, 1949

Debout dans le froid, Bigga-Marja contemplait l'horizon. Comme Inkeri n'osait pas utiliser sa voiture par ce temps glacial, elles avaient pris un bus Eskelisen Linjat, qui venait de les déposer au croisement menant au nouvel hôtel Pallas. Inkeri avait emmené la gamine pour rédiger un reportage. Ce serait son premier papier. Elle avait pu noter ses propres questions à poser à la clientèle. De plus, Inkeri lui avait promis de la laisser prendre des photographies.

– Fais attention que l'objectif ne gèle pas. Et que le film ne se casse pas. Il fait froid, ici, rappela Bigga.

Inkeri était en train de pointer son appareil vers l'horizon. Elle fit la moue. En effet, la petite avait cassé son matériel d'entraînement. L'objectif s'était embué, phénomène classique, mais l'air avait ensuite pénétré par les joints, faisant geler la lentille de l'intérieur. Avec la chaleur, le givre avait fondu et tout le mécanisme s'était imprégné d'humidité. Inkeri rajusta ses lunettes de soleil. Ces derniers temps, elle avait appris à Bigga-Marja à bien se servir de l'appareil photographique, avec des conseils pour les expositions et tout le reste. Elle lui avait montré comment tenir les bras levés pour ne pas relâcher sa prise. Il faut souvent observer le sujet pendant longtemps, chercher le bon angle, le bon moment. La bonne lumière. Il ne faut pas trembler, surtout lorsque la pose est longue.

Malgré tout le temps passé ensemble, Bigga-Marja paraissait un peu distante. Comme si elle était toujours sur ses gardes et ne lui faisait pas vraiment confiance. Soudain, Inkeri aperçut une silhouette en mouvement au centre de l'horizon d'un jaune incandescent.

– *Nulpu ja heargi*, souffla Bigga.

Inkeri lui lança un regard interrogateur.

– Un renne qui a perdu ses bois et un renne de trait, expliqua la jeune fille.

Inkeri retira ses lunettes de soleil pour mieux voir.

– Pourquoi tu portes ces lunettes même en hiver ?

– Ha ha ! J'adore la lumière. Mais malheureusement, elle me fait mal. Mes yeux ne supportent plus la clarté. Il m'arrive de perdre la vue temporairement, si je reste trop au soleil. Ces journées éblouissantes, avec la neige, c'est le pire. Ça me donne la migraine.

Inkeri essayait de garder une voix posée malgré le regard inquisiteur de Bigga-Marja. Elle sourit et sortit de sa sacoche une pellicule de rechange. Elle s'était demandé pendant plusieurs jours quel film emporter en excursion, et elle craignait d'avoir commis une erreur. Celui que Bigga était en train d'utiliser nécessitait beaucoup de lumière, peut-être plus que la lueur ambiante. En contrepartie, il présentait un avantage incontestable : en phase de tirage, l'image supportait mieux l'agrandissement. Concrètement, on obtenait une image plus nette, sans grain. Inkeri fit tourner dans ses mains l'autre pellicule, plus sensible, qu'elle mettrait probablement dans l'appareil en arrivant à l'hôtel.

– Tu te souviens des cours sur la naissance de la lumière ?

Bigga ne s'en souvenait pas.

– Elle prend naissance dans les ténèbres. La lumière et le soleil sont de même nature. Ce sont deux formes d'énergie. Du feu. *Photographie* est un bon mot pour ce qu'il représente. Tu sais d'où ça vient ?

– Non. Je ne sais pas.

– Ça vient du grec. Ça veut dire littéralement : *dessiner avec la lumière.*

– *Dessiner avec la lumière*... répéta doucement Bigga.

– C'est comment, en same ? demanda Inkeri avec curiosité.

– *Čuovgagovva*... dit doucement Bigga après un instant de réflexion. Lumière et image. *Photographie.* Dis, pourquoi il n'y a pas de couleurs sur les photographies ?

– En fait, il peut y en avoir. J'ai même un appareil pour ça, mais il est cassé.

– Melander aussi, il en a un ? demanda Bigga avec une grimace.

Inkeri rigola. *Melander.*

– Quel âge a-t-elle, cette demoiselle ? avait demandé Melander, à Helsinki.

Il lorgnait l'habillement de Bigga, son costume lapon. Son bonnet. Sur le chemin de l'agence, on l'avait abordée au moins dix fois. Au coin d'Yrjönkatu et du Bulevardi, quelqu'un voulait même la photographier. Stupéfaite, elle avait accepté de prendre la pose ; mais après coup, toute cette histoire l'avait prodigieusement énervée.

– Enfin, c'est une gosse ! s'était exclamé Melander.

– Elle a treize ans ! avait protesté Inkeri. Bigga veut écrire un article dans le journal. Un seul, avec son nom et sa photo. Quel mal cela peut-il faire ?

– Ces Lapons ne sont-ils pas… Enfin, comment formuler cela… Paresseux, inaptes au travail ? À peu près aussi sérieux que les Tsiganes… avait bredouillé Melander.

Inkeri en était restée bouche bée.

– Est-elle même scolarisée, cette gamine ?

– Eino ! Tu es sérieux ? Évidemment qu'elle est scolarisée ! Il faut bien commencer quelque part. Bigga est mon assistante depuis deux ans, je ne peux pas recommander de meilleurs débuts pour une journaliste. Et je suis d'avis qu'il faudra aussi lui payer un salaire. Non ? Hmm ?

Melander avait toisé sa collaboratrice de la tête aux pieds, mais sans rien dire. Puis il avait fouillé dans ses tiroirs pour en sortir une lettre.

– Tiens. Une amie à toi a apporté ça.

– Qui ça ? avait demandé Inkeri alors qu'elle le savait très bien.

– Va savoir. Lèvres rouges et talons noirs. Cheveux noirs.

– Ah oui, avait fait Inkeri comme s'il ne s'agissait que d'une broutille.

Elle s'était léché les lèvres. C'était précisément pour cela qu'elle avait tenu à venir le voir.

– Qui est-ce, alors ? avait demandé Melander tandis qu'elle lorgnait le contenu de l'enveloppe.

– Une vieille amie…

– C'est en rapport avec ton enquête, là, celle que tu essaies de mener ? avait soupiré Melander. Chercher à savoir ce qui est arrivé à ton mari. J'espérais que tu aurais oublié…

– Cette amie… Elle était agent double dans la section Paatsola.

– La section Paatsola ? avait relevé Melander en soupirant de plus belle.

– Paatsola se consacrait notamment à des missions de renseignement sur la zone de Petsamo et de Laponie.

– Oui. Je connais. Mais *pourquoi* sais-tu cela ?

– Ne plaisante pas... En tout cas. Je lui ai demandé de m'aider.

– Et elle le fait ?

– Oui.

– Elle te fournit des renseignements ? N'est-ce pas... illégal ? *Pourquoi* t'aide-t-elle ?

– Imagine un peu : mon amie portait une arme, avant. Dans son joli petit sac à main noir. Maintenant, elle se meurt d'ennui, depuis que les hommes sont revenus lui prendre son travail et qu'elle est censée s'accommoder d'un rôle de mère de famille.

Inkeri avait parcouru la lettre.

– Eh bien ! Apparemment, elle a mis la main sur des dossiers... et elle va me faire parvenir d'autres renseignements sur Saara à la réception de l'hôtel Pallas, où j'irai chercher le colis dans quelques semaines...

Elle s'était interrompue en apercevant Bigga qui tendait l'oreille sur le pas de la porte. Mais elle n'avait pas eu le temps de la réprimander que la jeune fille était aussitôt retournée bouder dans la salle d'attente.

– *Et voilà !* Regarde ce que tu as fait, avait reproché Inkeri à Melander, présumant que Bigga était déçue de ne pas être autorisée à travailler comme assistante.

Son chef avait encore soupiré.

– D'accord. Elle pourra être ton assistante, je ne peux pas m'y opposer. Mais disons que si elle persiste à vouloir travailler comme journaliste, renvoie-la-moi dans deux ans.

Bigga-Marja avait passé tout le trajet du retour à faire la tête, alors qu'Inkeri essayait de la consoler : deux ans, ce n'est pas si long… Par la suite, la petite n'avait plus mentionné une seule fois leur voyage à Helsinki, jusqu'à présent.

– Non, répondit Inkeri. Melander n'a pas d'appareil pour photographier en couleurs.

– Tant mieux, déclara Bigga. D'abord, c'est un imbécile.

Inkeri éclata de rire. La petite s'arrêta. Elles aperçurent du mouvement. Les rennes s'étaient approchés, mais c'était un oiseau qui venait se poser devant elles.

– Une perdrix blanche ! chuchota Inkeri.

Bigga s'accroupit, porta l'appareil devant son nez. Mit au point.

– Puisqu'il fait très clair avec cette neige, utilise une petite ouverture. Tu te rappelles comment ça se règle ? Hmm ?

Bigga ne répondit pas. Elle était trop concentrée sur sa prise de vue. Au bout d'un moment, on entendit le fameux clic du déclencheur, et l'oiseau effrayé prit son envol. Inkeri regarda Bigga qui actionnait le levier afin que la pellicule soit prête pour la prochaine image. Mais la manivelle ne tourna pas. Inkeri devina que la pellicule avait dû se détacher de la bobine, mais elle jugea préférable de laisser sa petite assistante constater son erreur et la corriger toute seule. Bigga-Marja se leva. Elles se remirent en route.

– Du temps de mon apprentissage à l'atelier sur le Bulevardi, à Helsinki, les appareils étaient beaucoup plus rudimentaires. On n'avait jamais assez de lumière. Les temps de pose étaient si longs qu'il fallait placer une barre de fer dans le dos des sujets pour les portraits, afin qu'ils restent immobiles pendant toute la durée d'exposition.

Inkeri rit de bon cœur. Bigga-Marja aussi.

– Si on avait vécu cent ans plus tôt, on serait venues par la toundra, là, dit tout à coup Bigga en montrant la chaîne de montagnes. En fait, il y a dix ans, on aurait été là-bas.

– Tu es déjà allée accompagner les rennes ?

– Oui. Quand j'étais une toute petite enfant emmaillotée dans un *komsio*, et plus tard aussi. Pendant la guerre, j'étais surtout chez *áddjá* au village, mais une fois je suis partie avec ma mère. Mon oncle Lasse n'avait pas encore de maison, lui non plus, à l'époque. Mon papi était le seul de la famille à vivre dans une maison.

– Sais-tu par où passait votre itinéraire ?

– À peu près. Avec les troupeaux, on partait toujours début mai vers Ykeänperä. Avant, en général, on était dans les grandes étendues autour de la rivière Palojoki ; encore avant, en deçà du mont Pallas. Bref, de là à Karesuando, puis jusqu'à l'océan Arctique. Ça dépendait beaucoup de la neige et des intempéries, où on était à quel moment. Enfin, ça dépendait aussi d'où étaient les rennes, bien sûr.

– C'est cet itinéraire que Piera emprunte toujours ?

– Peut-être. Je ne sais pas. Mais papi, en tout cas, il passe par le *seita* de notre famille.

– Le *seita* ?

Bigga-Marja dévisagea Inkeri en penchant la tête.

– Le sanctuaire. J'y vais avec papi, des fois. Toutes les générations avant moi y apportaient des offrandes. Toutes. Aussi longtemps qu'on puisse se souvenir. Depuis des millénaires. J'y vais toute seule, aussi, des fois.

– Depuis des millénaires, hein… répéta Inkeri en regardant la petite sans conviction.

Bigga haussa les épaules en signe d'insouciance.

– Comment tu fais pour y aller toute seule ?

– C'est facile !

– Tu me montreras, un jour ?

Silence.

– Bigga ? demanda enfin Inkeri.

Elle avait attendu le moment adéquat pour poser sa question mais, pour quelque raison, elle avait toujours remis à plus tard.

– Hein ?

– Que sais-tu d'Olavi ?

Bigga s'arrêta et répliqua rapidement.

– Comment ça ?

– Qu'est-ce qui l'a amené ici ?

Bigga se mordit la lèvre. Ses grandes incisives écartées se posèrent sur sa lèvre inférieure, produisant une marque livide et arrondie.

– Il est arrivé, c'est tout, marmonna la petite. Je ne sais pas.

En réalité, elle s'en souvenait très bien. Trop bien. Elle revoyait cet homme pâle, debout sur les marches de la maison d'*áddjá*, qui la regardait, incrédule, pendant qu'elle lui racontait ce qui s'était passé. Pourquoi il y avait partout du noir et des ténèbres. Elle essayait de lui faire comprendre qu'il arrivait trop tard. Mais Olavi n'avait rien voulu entendre. Ni à ce moment-là, ni lors du départ de Bigga en évacuation. Par la suite, il ne fallait pas souffler un mot de tout ce qui s'était passé. C'était ce que disait son papi. Et quand son papi disait quelque chose, on avait intérêt à obéir.

– Pourquoi est-il venu ici ? Loger chez vous ? Je croyais qu'il était arrivé dans le cadre du chantier, mais ça ne tient plus debout, s'il était déjà là avant la destruction de l'église dans les incendies.

Inkeri n'eut pas le temps d'obtenir une réponse, car elles furent rejointes par un homme vêtu d'un peski et tiré par un renne.

– *Buorre beaivi*, cria l'arrivant de loin.

– *Ipmel atti*, répondit Bigga tandis qu'il arrêtait son traîneau à côté d'elles.

– *Gosa doai leahppi manname ? Sáhtángo mun veahkehit ?* demanda l'homme.

Bigga acquiesça, montra Inkeri et dit :

– *Moai letne manname Bállásii. Bessego du givttas ? Moai čálle áviisii. Inkeri lea doaimmaheaddji. Mun veahkehan !*

Bigga rit de bon cœur. L'homme les observait.

– *Gean nieida don leat ?*

– *Mun lean Hágas-Bierá Biggá-Márjá.*

Inkeri haussa les sourcils. Elle n'avait jamais entendu le nom same de Bigga. Même dans les registres scolaires, elle s'appelait Bigga-Marja Iisko.

– *Hágas-Bierá ?* demanda l'homme, apparemment intéressé.

Bigga acquiesça en grimaçant. Ça devait être amusant, puisque ça le faisait rire. Inkeri soupira profondément et regarda son ombre. Le noir et le jaune du soleil sur la neige. Les taches solaires.

– Allons-y. Le monsieur nous emmène !

– Bigga. *Pourquoi* il est venu ici, Olavi ? redemanda Inkeri. Elle devait absolument savoir.

Bigga se tourna vers elle.

– *Boahttibeahttigo doai ?* s'écria l'homme avec un brin d'impatience.

– Je crois qu'il cherchait quelqu'un, avoua Bigga.

Inkeri s'arrêta et la dévisagea.

– Qui ?

Bigga la regarda, mais elle se contenta de hausser les épaules. Pendant tout le reste du voyage, elle refusa d'aborder le sujet.

INARI

Mai 1944

Nous passons toutes les nuits ensemble et grappillons aussi du temps sur nos journées. Son cou a un parfum de terre et de fer, parfois il est froid ou sent le vent. Tout son corps a la chair de poule lorsque je pose un baiser sur son bas-ventre, juste à côté du nombril. Je parcours chaque pli de sa peau. Il n'y a pas la moindre surface de son corps que je n'aie pas touchée. Ma langue connaît la sensation de son lobe d'oreille et celle de son doigt. Le goût de son nombril n'a pas de secret pour moi.

Au début, j'ai toujours un mal fou à la regarder vraiment. Je pose les yeux sur des fragments, de-ci de-là. Sur ses seins ronds et souples. Son derrière. Ses jambes. Ses petits orteils. Les gros mamelons durs et saillants qu'elle offre à ma bouche. Quand je mordille, elle pousse des hurlements. Je voudrais enregistrer ce son. Ce cri, c'est tout ce qui compte pour moi. Rien d'autre ne m'importe.

De temps en temps, mon mal-être prend des formes douloureuses.

Mai 1944

Il est tombé une épaisse couche de neige. Blanche. Grise. Rugueuse. La glace s'écaille, levant le nez par endroits. Il n'en reste qu'une mince couche.

Les hommes disent que c'est déjà le printemps dans le sud de l'Allemagne, à tel point que les fleurs s'épanouissent et que les oiseaux chantent. Les espérances progressent. Ailleurs dans le monde, il y a des fleurs rouges, jaunes, pourpres, violettes et bleues qui s'ouvrent ou viennent de s'ouvrir. La verdure autour d'elles les protège.

Ici, du blanc, et puis du gris. Parfois du bleu. La neige gelée sur les rochers. Une fois, j'ai vaguement aperçu du rouge. J'ai plissé les yeux. Regardé attentivement. Du sang ? Je me suis approché d'un bond. C'était une perdrix blanche. Sa marque rouge brillait sur la neige immaculée comme un point d'exclamation. Les pattes noires, figées, au bord de la rupture. Une plume gelée en l'air.

Je me suis accroupi à côté de la charogne et j'ai gardé le silence. Une fois, à Alakurtti, j'ai vu un renard polaire qui s'était recroquevillé à l'intérieur d'un renne mort. Pour s'abriter. Un spitz finlandais fugitif gisait à côté. Mais on ne peut pas se réfugier à l'intérieur d'une perdrix blanche. J'ai dû me relever. Le ciel nordique flamboyait. Saara dit que les Kvènes appellent cela « les feux du Finnmark ». Les gens d'Inari disent *kuovsâkkâsah*. Moi, je ne vois qu'une brume ensanglantée sur un horizon blanc.

Il tombe des cendres.

Mai 1944

On a retrouvé les évadés. Y compris Kalle. Ils étaient cachés dans la cabane d'un éleveur de rennes same, lequel vient d'être exécuté. Koskela les a tous ramenés au camp.

L'un des prisonniers est actuellement étendu à terre dans la position d'un nouveau-né. Il a une tache brunâtre sur les chaussures. Ça coule, ça souille la neige. Quelqu'un court vers lui. Pour lui porter secours. Ce n'est pas un gardien. Le gardien est déjà là. L'arrivant est peut-être un ami, mais il sera fusillé aussi. Il fait sombre. Il neige. Les flocons fondent au contact du sol.

Heiskanen essaie de convaincre le commandant Felde de ne pas faire exécuter Kalle. Il invoque sa citoyenneté finlandaise. Il dit que ce n'est même pas un véritable prisonnier, qu'il a besoin de lui pour leur « opération ».

Quand on regarde le ciel, on voit des flocons blancs s'envoler au cœur des noires ténèbres.

ENONTEKIÖ, 1949

Debout dans sa salle de classe, Inkeri regardait les élèves qui dessinaient le portrait de leur voisin et elle était nerveuse. Elle lorgna la place vacante de Bigga-Marja. Il s'était passé quelque chose. Elle ne savait pas très bien quoi, mais Bigga était redevenue taciturne et renfrognée après l'expédition, comme après le voyage à Helsinki. Mais cette fois, il y avait une différence : elle ne la voyait plus à ses cours depuis deux semaines. Elle avait une petite idée de ce qui pouvait en être la cause, mais elle espérait ne pas être obligée d'aborder le sujet.

En arrivant à l'hôtel, Inkeri avait laissé Bigga-Marja utiliser son appareil pendant qu'elle-même allait directement se présenter à la réception pour demander le colis arrivé à son nom. Le paquet était plus épais que prévu. Dessus, une lettre rédigée d'une écriture familière. Cette amie d'enfance avait été embauchée comme volontaire pendant la guerre, mais elle avait ensuite été mutée à la frontière orientale pour suivre une formation d'agent. Toujours pendant la guerre, elle avait ensuite concentré son activité sur la Laponie. Au terme des conflits, c'était Lotta qui avait pris l'initiative de contacter Inkeri pour lui dire qu'elle avait trouvé le nom de Kaarlo dans le registre des prisonniers tenu par la Croix-Rouge.

Inkeri s'était empressée de feuilleter les renseignements fournis par Lotta sur l'objet de sa demande. Les paroles de Melander lui revenaient à l'esprit. Elle ne savait pas vraiment si cette femme avait le droit de lui communiquer des renseignements… mais était-ce son problème, après tout ? Elle se redressa pour lire le rapport attentivement. Lotta y décrivait Tapani Koskela comme un homme ordinaire. Elle avait rencontré le commissaire à plusieurs reprises. À son avis, il était d'un caractère bienveillant. De plus, en raison de sa position, il avait un large accès aux camps, et on le soupçonnait généralement d'avoir été un officier de liaison. Lotta en était quasiment sûre. Inkeri avait donc tout intérêt à prendre contact avec lui. Malheureusement, il purgeait actuellement sa peine en maison de correction ; elle devrait donc attendre sa libération l'année suivante.

Inkeri baissa les bras en poussant un soupir. Sur la feuille suivante, un nom lui sauta aux yeux ; elle jeta des coups d'œil sur les côtés pour vérifier qu'elle n'était pas dans le champ de vision de Bigga-Marja. Même si Olavi Heiskanen était un nom répandu, Lotta pensait avoir trouvé la bonne personne.

Olavi Heiskanen : Affecté à la construction de la voie ferrée de campagne de Hyrynsalmi. Rapatrié en 1942. Enregistré ensuite dans le Nord-Est, puis disparu sans laisser de trace. Toute sa famille est morte : le père et les deux frères à la guerre, la mère en couches. Études de théologie.

– De *théologie* ? s'exclama Inkeri avec un rire incrédule.

Elle continua de feuilleter les papiers en espérant voir une photo, mais c'est tout ce que Lotta avait trouvé. Voilà qui était éloquent. Pourquoi n'y avait-il rien sur son travail actuel à Enontekiö ? Fallait-il en informer Lotta ? Mais cela lui sortit de la tête dès qu'elle posa les yeux sur la dernière page. *Saara Valva.*

Si les renseignements sur les hommes étaient lacunaires, il y en avait encore moins sur Saara Valva. À peine une mention rédigée avec soin :

Lieu de naissance : Empire de Russie. Année d'immigration : 1941. Parle finnois parfaitement, ainsi que skolt, russe et d'autres langues de Laponie. Same de derrière la frontière orientale.

Mais il y avait une photo d'elle. En observant le portrait, Inkeri se figea. C'était une femme aux cheveux foncés et aux yeux clairs. Elle sentit son pouls s'emballer, sa peau gratter, d'abord sans comprendre pourquoi. Puis elle se rendit compte qu'elle l'avait déjà vue. *Mais où ?...*

Tout à coup, elle sursauta, car Bigga-Marja était venue s'asseoir à son côté.

– Qu'est-ce que tu fais ici ? Tu m'as fait peur !

– Ça fait un quart d'heure que j'étais là-bas, et tu n'as rien remarqué. Je n'aime pas comment ils me regardent, ces hommes. Tu es bien concentrée, qu'est-ce que tu lis ?

– Alors tu les as interviewés ? bredouilla Inkeri en rangeant rapidement les documents dans son sac.

Mais le papier relatif à Olavi Heiskanen était encore sous le nez de Bigga-Marja, et les coins de sa bouche étaient retombés. Livide, Inkeri lui arracha la feuille des mains.

– Ça dit « Olavi Heiskanen », là ?

– Quoi ? Ah. Ce n'est rien... Bon, tu les as interviewés, ces hommes ?

Bigga-Marja regarda Inkeri un peu agressivement.

– Pourquoi tu fais des recherches sur Ovllá ?

– Il faut qu'on parte, si on veut prendre le même traîneau, dit Inkeri en boutonnant son manteau.

En allant attendre le conducteur devant la porte, elles passèrent devant un groupe d'hommes dans le hall de l'hôtel. Inkeri se focalisa sur eux pour esquiver le regard de Bigga-Marja. Ces hommes parlaient à voix forte de leurs recherches en cours. Ils comparaient leurs règles à mesurer et notaient des questions. L'un d'eux était beau garçon. Il avait des cheveux d'un roux flamboyant et des lunettes. Finalement, le traîneau arriva devant la porte et elles sortirent sans s'adresser un mot.

Après ce jour, Bigga-Marja n'avait plus participé aux cours de beaux-arts, et Inkeri se demandait si c'était à cause de sa découverte que la fillette s'était montrée si agressive. Olavi, en revanche, se conduisait tout à fait normalement, sans laisser entendre qu'il fût au courant de ses recherches. Elle pouvait donc espérer que Bigga ne lui en avait pas parlé.

Inkeri émergea de ses réflexions en entendant bavarder à voix forte. Niila et Ántte – qui était maintenant à l'aise en finnois –, ainsi que quelques autres, parlaient avec passion, et il y avait apparemment de la dispute dans l'air.

– Les garçons ! les apostropha Inkeri en agitant sa baguette d'un geste menaçant avant de s'approcher d'eux. Ántte ! Je me réjouis de voir que tu as appris la langue de notre pays, mais il serait sage de l'employer à bon escient. Qu'est-ce que c'est que ces bavardages ?

– Rien, madame la maîtresse… bredouilla Niila.

– Allons, dites !

– C'est juste que…

Niila jeta un coup d'œil craintif à Inkeri, puis vers la porte de la salle. On entendait soudain les mouches voler. Inkeri eut la même sensation que la fois où les gosses parlaient de la découverte du camp de prisonniers.

– Oui ? insista Inkeri en penchant la tête. Lève-toi, quand on te parle !

– Est-ce que la maîtresse est au courant de ce qui se passe dans la salle d'à côté ? marmonna le garçon en se levant.

– Que veux-tu dire ? Parle plus fort et articule !

Inkeri parcourut la classe du regard. Il régnait un silence pesant. Niila la regarda dans les yeux, puis il baissa la tête.

– Niila. Il ne se passe rien. Que pourrait-il se passer ? L'école est finie, il n'y a que nous, ici. Mon cours est le seul à cette heure-ci puisque c'est une activité facultative.

Des chuchotements parcoururent la salle. Inkeri regarda autour d'elle. Puis elle posa les yeux sur le garçon.

– D'accord. Allons voir. Niila, tu viens avec moi !

– Mais…

– Pas de mais ! s'écria Inkeri.

Elle sortit dans le couloir en le traînant par le bras.

– Ici ? demanda-t-elle devant la porte de la salle voisine.

Niila acquiesça en silence. Inkeri frappa. Personne ne répondit. Elle tapa du pied avec nervosité. Elle frappa de nouveau. Cette fois, elle entendit des pas derrière la porte. Elle regarda Niila. Il serra son bras. Lorsque la porte s'ouvrit, Inkeri voulut expliquer d'un ton acariâtre que cet élève faisait une fixation sur ce qui se passait dans cette salle de classe, mais ses paroles se bloquèrent tout de suite dans sa gorge. D'abord, elle vit deux hommes en blouse blanche. Juste devant elle se tenait l'un de ceux qu'elle avait croisés au Pallas. Il était facile à reconnaître, avec ses cheveux roux. Elle ferma vite la bouche.

– Ah, madame Lindqvist. Vous voulez assister aux mesures ? Que fait Niila avec vous ? Il n'a plus besoin de venir, Niila. On l'a déjà mesuré hier.

C'était une enseignante dont elle n'avait jamais réussi à retenir le nom.

– Mesuré ? releva Inkeri.

Tandis que la femme s'écartait, elle aperçut cinq ou six enfants, les uns en sous-vêtements, les autres habillés, et un debout à l'écart, tout nu. Inkeri serra instinctivement Niila contre elle. Tout d'abord, elle ne comprit pas ce qui se passait. Elle tourna la tête pour trouver un autre enseignant, au lieu de quoi elle vit Bigga-Marja. La fillette serrait les poings, ses jointures étaient blanches et son regard cloué au sol. Bien que Bigga eût certainement entendu l'arrivée d'Inkeri, elle ne la regardait pas en face, ni personne d'autre. Un silence de mort régnait dans cette salle de classe.

– Que faites-vous ? bredouilla Inkeri.

Pendant un moment, personne ne répondit.

– Des recherches, dit finalement quelqu'un.

Inkeri vit bouger le maxillaire de Bigga-Marja. La petite s'efforçait de garder les yeux fixés sur un point. Elle regardait par terre avec obstination.

Figée, Inkeri vit un homme qui promenait son appareil photographique devant l'enfant nu. Un autre marmonnait des nombres, le rouquin les notait dans son carnet. L'enfant était raide d'épouvante. Il avait la chair de poule. Inkeri le distinguait depuis la porte.

– Vous voulez regarder ? demanda la voix.

– Quoi ? s'exclama Inkeri, ahurie.

– Je regrette, vous allez devoir vous retirer, si votre présence n'est pas nécessaire.

Inkeri vit le rouquin lever les yeux pour la dévisager avec perplexité. Son mouvement fit osciller la couverture du carnet bleu. À côté de lui, un mètre ruban était posé sur la table. Puis la porte se referma devant son nez, et elle resta dans le couloir.

Jusque-là, Inkeri avait tenu Niila étroitement par le bras. Elle le relâcha enfin, et il s'éloigna d'un bond, comme sous un choc. Il était livide. Inkeri aussi.

– Niila, dit-elle d'une voix posée. Retourne en classe. J'arrive tout de suite. Ne parle de cela à personne. Tu comprends ? À personne !

Niila hocha la tête et regagna la salle voisine. Lorsqu'il ferma la porte, Inkeri couvrit son visage avec des mains tremblantes.

C'est alors qu'elle comprit pourquoi elle avait l'impression d'avoir déjà vu Saara Valva. C'était l'une des femmes sur la photographie qu'elle avait récupérée lors de la pose de la première pierre, deux ans auparavant. Celle dont le regard traduisait peut-être du dégoût, ou de la peur. Un sentiment qu'elle n'arrivait pas à décrire avec précision.

INARI

Mai 1944

Le bruit court que le commandant Felde est allé consulter Saara. Je l'ai interrogée à ce sujet. Il avait l'intention de partir aujourd'hui en vacances en Allemagne, mais sa permission est abrogée. Les rumeurs évoquaient la syphilis ou la goutte. Tout d'abord, Saara ne voulait pas parler, mais elle a fini par avouer que c'est la syphilis. De plus, le commandant doit observer deux mois de carence, comme c'est le cas pour nous tous. Maintenant, il ne peut pas partir en vacances, et il doit éviter les rapports sexuels. Par ailleurs, le médecin lui a remis un papier pour qu'il y déclare le nom de la femme qui lui a transmis la maladie.

– Le commandant a refusé de la dénoncer, a dit Saara avant d'allumer sa cigarette avec un briquet gravé à son nom.

Mai 1944

Les nazis ont commencé à fortifier toute la Laponie à l'insu de la Finlande. Tout le monde sait pourquoi on érige ces fortifications, mais personne n'ose en parler. Heiskanen me fait part discrètement de son inquiétude, mais je refuse d'aborder le sujet avec lui. Il n'ira même pas sur le chantier. Le départ est dans une semaine.

Hier, des prisonniers sont arrivés, je ne sais d'où, c'est Heiskanen qui s'occupe des interrogatoires. Autrement, nous n'avons pas de nouveaux venus depuis quinze jours. C'est parce qu'il n'y a aucun progrès sur le front.

Mai 1944

Aujourd'hui, sur le chantier, j'ai aperçu une busserole des Alpes qui perçait la neige fondante. Je l'ai reconnue grâce à une illustration de mon manuel. C'est une plante chionophobe. Dire que ça peut vraiment vivre ici ! Une plante qui a peur de la neige ! En général, la busserole des Alpes se plaît justement sur des sommets fouettés par le vent. C'est un végétal original et fascinant. *Rievssatmuorji*, m'a dit Saara. C'est comme ça, dans la langue locale. Je lui ai demandé comment elle le sait. Elle m'a avoué qu'elle connaît cinq langues sames différentes, plus le kvène, le norvégien et le finnois, ainsi que le russe. Et l'allemand.

Quand j'ai voulu la questionner davantage, elle n'a pas répondu, elle s'est détournée en souriant. Le sourire de Saara est l'unique chose qui me fasse sourire aussi.

La nuit, lorsque je caresse son dos, il est frais ; mais quand je suis dans ses bras, elle a le ventre chaud comme un chat roulé en boule qui s'étire au réveil.

Mai 1944

Aujourd'hui, j'ai revu Koskela. Il a fallu faire de nouveaux passeports. Encore une exigence des nazis : les policiers finlandais doivent être en possession d'une nouvelle pièce d'identité avec photo. Nous aussi, ça nous pend au nez. La gestion finlandaise des passeports est trop approximative pour les Allemands. Ils veulent des images plus précises, des photographies plus nettes.

Koskela est surpris que le gouverneur de province ait fait cette concession alors qu'il est en général intransigeant sur ce point : ce sont les lois finlandaises qui prévalent en Laponie. Le goulot de la flasque qu'il m'a tendue n'a sûrement jamais été lavé. Ça puait méchamment ; par contre, en bouche, ça n'avait aucun goût.

Tout à coup, il m'a demandé si j'avais remarqué des transports en plus. Il m'a lancé un regard éloquent. J'ai blêmi. Je ne savais pas quoi dire. J'ai bégayé que je n'avais rien remarqué de spécial, ce qui était faux, et il n'était sûrement pas dupe. Puis j'ai glissé tout bas que Heiskanen et Kalle me semblent impliqués dans cette affaire. Je me suis abstenu de mentionner Saara. Koskela a hoché la tête. Il a dit qu'il aurait peut-être été préférable pour tout le monde que ce prisonnier finnois évadé fût retrouvé mort.

– Cela va encore causer des ennuis, a-t-il déclamé sur un ton emphatique.

Mai 1944

J'ai demandé à Saara si elle était au courant des transports nocturnes. D'abord amusée, puis étonnée, elle m'a demandé si j'ignorais sérieusement de quoi il retournait.

– Ils emmènent des prisonniers dans d'autres camps, m'a-t-elle expliqué.

– Que veux-tu dire ?

– Pour servir de main-d'œuvre, par exemple en Norvège ou dans les camps d'outre-frontière, ou encore à Enontekiö. Les races inférieures, on les transfère en Pologne, encore qu'il reste quelques Juifs sur nos chantiers. En Pologne, les Juifs sont envoyés dans des chambres à gaz, après quoi ils sont incinérés. Comme des bêtes. Mais bon, tu es au courant, a-t-elle conclu froidement en se retournant vers moi.

J'ai dit que je ne parlais pas de cela.

Saara m'a regardé longuement tandis que je reformulais mon propos. Transporte-t-on des cadavres ?

– Il n'y a pas de cadavres, elle a dit.

J'ai regretté aussitôt d'avoir posé la question, car maintenant je sais qu'elle ment et cela plante mille poignards au fond de moi. En même temps, ça me démange. Jalousie déferlante ! Saara et Heiskanen sont liés par un pacte. Un secret commun. Elle a rangé le briquet et le paquet de cigarettes dans sa poche, puis elle est allée travailler. Mon cœur bat la chamade.

Mai 1944

La durée du jour est de plus de dix-neuf heures. Cela ne laisse même pas cinq heures de nuit. L'obscurité n'est jamais totale.

Mai 1944

Je suis affecté à un nouveau camp dans la toundra. Nous entamons les travaux de fortification.

ENONTEKIÖ, 1949

Le pub était érigé à côté de l'auberge et du magasin des Kolehmainen, non loin du chantier de l'église. L'air était glacial, le froid sévère. Le vent sifflait de-ci de-là ; rien qu'à l'entendre, Olavi en avait des frissons dans le dos. L'établissement sentait fort la sueur et la respiration. Au milieu de ces odeurs vivantes, il y avait celles de l'alcool neuf et de la cigarette. Piera pivota sur son siège pour voir si le patron l'observait, puis il sortit un flacon de sa poche, dévissa le bouchon et but. Il le tendit à Olavi. Celui-ci prit une gorgée en grimaçant et le lui rendit. Piera était arrivé l'avant-veille, des étendues désertiques et de plus loin encore. Il fouilla dans son petit sac.

– Alors voilà, marmonna-t-il en tendant un balluchon en peau de renne, cousu de boyaux et orné de rubans colorés.

– Merci.

Olavi reconnut une arabette de la toundra, une bartsie semi-parasite et une oxyrie comestible. Une grassette collait aux doigts. Une renoncule des glaciers s'était glissée au fond. On était en avril. Au loin, dans la toundra, les rennes femelles devaient perdre leurs bois, si elles les avaient encore. Celles qui ne pouvaient pas porter de faon les avaient déjà perdus.

Le barman épiait leur table.

– Qu'est-ce que tu lorgnes là, le bonhomme ? demanda Piera. Tu zieutes par ici avec un regard bovin.

– C'est toi que je lorgne.

– Et qu'est-ce que tu crois ? demanda Piera. On papote avec Ovllá, c'est tout. J'suis comme tout le monde, moi.

– C'est toi qui le dis. Qu'est-ce que t'as dans ce sac ?

Piera jeta un coup d'œil vers Olavi et poussa un soupir.

– T'inquiète pas. Y a rien de clandestin ou d'illicite, répondit Olavi en ouvrant grand sa besace.

– Des fleurs ? demanda le barman.

– Exactement, acquiesça Olavi. Sorties de la neige.

– On s'amuse comme on peut... marmonna le type en retournant essuyer les tables.

– Ce serait un peu fort de se retrouver dans le pétrin pour des fleurs ! s'esclaffa Piera.

– Il est peut-être encore nerveux à cause des fêtes de l'Annonciation, suggéra Olavi.

Ce jour-là, des locaux s'étaient battus au couteau avec les gens d'outre-frontière, et les participants avaient encore des comptes à régler.

– Bref. J'en ai cultivé certaines à partir d'un rejet dans la serre de Lasse. Plante-les en terre, peut-être le mois prochain, en mai, indiqua Piera en claquant la langue. La joie sera de courte durée, en fait. Elles vivent au-delà de la limite des arbres. Sur les crêtes fouettées par les vents. Là où tout est dégarni. Du coup, leur beauté saute aux yeux.

Soudain, ils reconnurent la silhouette d'Inkeri qui passait la porte. Piera regarda Olavi en haussant les sourcils.

– Bigga-Marja ! s'exclama Inkeri.

Elle respirait lourdement. Le barman se retourna, hésitant à la jeter dehors. Une femme n'était pas censée entrer dans un débit de boisson sans compagnie masculine. Piera se mit debout et leva la main pour indiquer qu'elle était avec eux.

– Bigga-Marja, répéta Inkeri avant de déglutir et de reprendre son souffle. Elle a disparu.

– Comment ça, disparu ? demanda Piera.

– Apparemment, elle s'est enfuie de l'école.

Olavi se leva à son tour.

– Qu'est-ce que tu dis ?

– Elle est absente depuis hier.

– Tu es sûre ? intervint Olavi.

– Certaine. Elle n'est pas à l'école. Ni au foyer. Je suis encore passée à la maison, mais elle n'y est pas non plus. Je suis allée…

Inkeri reprit son souffle.

– Je suis allée vérifier le râtelier à skis. Il manque une paire.

Piera jeta un coup d'œil à Olavi. Inkeri dévisagea Piera. Piera regarda dehors.

– Depuis hier, hein… marmonna-t-il.

Inkeri blêmit.

– Mais il va faire un temps épouvantable. Les tempêtes de printemps ! En dessous de moins dix !

– Oui. En effet… marmonna Piera, et il sortit.

– Où vas-tu ? s'écria Inkeri, courroucée, en partant à sa suite.

Dehors, le cochon se remit sur pattes et rejoignit Piera.

– Je vais prendre les skis, je les ai laissés à la maison. Olavi, tu viens chercher Bigga ?

– J'arrive. Bien sûr.

Tous trois se mirent en route en direction de la maison dans une étrange configuration. Le cochon trottinait à leur côté.

– Elle saurait flairer Bigga ? demanda Inkeri en regardant la truie avec une certaine appréhension.

– Oui. Tu sais, elle est pas née de la dernière pluie. Pendant la guerre et après, quand je cherchais les disparus et les évadés dans la toundra, y avait pas mieux que son groin.

– Tu as fait ça, pendant la guerre ?

– C'est là que j'ai perdu mes doigts.

– Comment ça ? hoqueta Inkeri. C'est pas la foudre qui… ?

Piera s'arrêta net et se tourna vers elle.

– Que se passe-t-il au juste, dans cette école ? demanda-t-il à voix forte.

– Rien ! protesta Inkeri, mais elle sentit le rouge lui monter au visage.

– Il doit bien y avoir un truc louche, moi j'dis, s'exclama Piera en continuant vers la maison.

Ils marchèrent un moment en silence. Puis Piera reprit la parole :

– J'vais te dire, moi, ce qui s'est passé pendant la guerre. Comment j'ai perdu mes doigts. Ça devait être le 25 ou le 26, en tout cas c'était en novembre. En 1944. Les Allemands se repliaient derrière le fort de Jämärä, où ils allaient rester jusqu'à janvier.

Inkeri regarda le ciel. Les étoiles scintillaient au firmament. La lune était brillante et sa surface parsemée de taches noires.

– Bref. Moi j'ai l'habitude de marcher dans la forêt. Mais en temps de guerre, c'est différent. On passe pas mal de temps à grelotter le ventre vide. J'ai tué des rennes, et pas qu'un peu. Je mangeais du lichen. Je cherchais à manger sous la mousse, comme les rennes. J'ai eu des maux de ventre que j'ai cru en mourir. Et j'ai failli me faire prendre, plus d'une fois. D'abord par les boches. Puis par les vôtres. Une armée où beaucoup d'entre nous aussi ont promis de se battre jusqu'à la mort…

Une lueur se distinguait à l'horizon. Comme un début d'aurore boréale, mais ce n'était pas cela.

– Bizarrement, mon principal souvenir de cette époque, c'est les mouches. Tu sais quoi ? Elles forniquaient comme au dernier jour.

– En plein hiver ? demanda Inkeri.

– Non… marmonna Piera. Dès l'automne. Je ne comprends pas pourquoi, une partie des mouches échappaient à l'hibernation et à la mort. Zut alors, elles vivaient. Du coup, je gardais le feu allumé sous la tente et dans les bâtisses où je logeais. Tous les matins, j'étais réveillé par le bourdonnement des mouches. Et elles étaient toujours les unes sur les autres. Ce bourdonnement, j'l'ai entendu dans ma tête longtemps après. Je l'entends encore. Oui… Tu sais ce que ça fait, l'allochtone, de voir brûler son pays ? Ils n'ont même pas épargné l'église. Finalement, ils sont arrivés dans la toundra. J'ai trouvé une cachette sous une cabane, un abri antiaérien souterrain, bien étanche. J'y ai mis les bêtes que j'attrapais. Je savais que les boches abattraient tous les animaux en partant. Moi je les mettais en sûreté. Matilda, je l'ai relâchée. Elle a dû sentir le danger. Elle est partie au pas de course vers le nord. Ils savent courir, les cochons !

Pendant que Piera parlait, son souffle s'embuait dans l'air à une vitesse folle. À présent, lui aussi regardait les étoiles. Ils étaient à mi-chemin de la maison.

– Sais-tu à quoi ressemble le bruit des animaux qui meurent dans les flammes ?

Inkeri déglutit.

– Le feu n'atteignait pas mon abri. Mais le jour où j'ai fini par y retourner, en ouvrant la porte, j'ai trouvé les bêtes qui gisaient en vrac. Complètement tuméfiées. Dans tous les coins, ça puait la viande rôtie. Mon Dieu, j'avais envie de vomir. Quelques-unes s'étaient regroupées au milieu. Ensemble. Pour se protéger. Beaucoup avaient longtemps souffert. Certaines s'étaient fondues ensemble. Comme un alliage de fer. Ou d'étain.

Inkeri entendait les crissements de pas derrière elle et devant.

– Je n'osais aller nulle part. Ni à l'est, ni à l'ouest. Ni au nord, ni au sud. À tout bout de champ, je ne voyais que les ennemis et la dévastation. Y a de quoi perdre la tête.

Piera s'arrêta net.

– Ça te serait arrivé aussi, moi j'te l'dis. Surtout à toi.

– Sûrement, chuchota Inkeri, livide.

– Ça doit avoir un nom scientifique, en tout cas je me suis mis à avoir une araignée au plafond, moi. J'ai pas honte. Je peux le dire et en parler.

Il la regarda droit dans les yeux. Puis il se remit à marcher.

– Alors j'étais là, je dodelinais de la tête. Tout seul. La neige était noire de cendres. On aurait dit la fin du monde. La guerre aurait aussi bien pu continuer cent ans, j'en aurais rien su. Elle était peut-être finie, et personne ne me retrouverait jamais. Et devine ce que j'entendais, la nuit, quand j'essayais de dormir ?

– Les animaux en flammes ?

Inkeri avait la bouche sèche. Ils approchaient de la maison. Olavi avait gardé le silence pendant tout le trajet. La neige était fondue, à cet endroit. Les crissements de pas avaient cessé, disparus derrière eux.

– On aurait pu le croire, hein. Les animaux. Mais non. J'entendais ces saletés de mouches qui copulaient. Et toutes les nuits, je rêvais que la maison flambait, que les bêtes flambaient, et que la fumée n'était pas de la fumée mais une nuée de mouches. Et ça m'étouffait, comme la fumée étouffe les animaux et les hommes.

Inkeri ne pouvait plus regarder Piera dans les yeux, ni même dans sa direction. Le vent glacial pénétrait par les rembourrages de son manteau.

– Un soir, je me suis penché un peu trop près du feu. Ce n'était pas un accident. Mais ce n'était pas volontaire non plus. C'était la première chose qui me faisait du bien depuis longtemps. Dans un sens, moi aussi, désormais, je suis brûlé. À un moment donné, Matilda est revenue auprès de moi, mais j'en ai aucun souvenir. Elle s'est affolée. Elle m'a donné des coups de groin. Sans ce cochon, le feu m'aurait sans doute dévoré toute la main. Je me serais consumé tout entier. La brûlure était si grave qu'il a fallu amputer les doigts, au bout du compte. Mais ça aurait pu être pire. Ils m'ont jamais manqué, ces doigts. Après tout, j'étais en vie.

Ils étaient arrivés à destination.

– Enfin... reprit Piera. Il m'a fallu un peu de temps avant de m'apercevoir que je ne les entendais plus. Les mouches.

Il s'arrêta et regarda encore Inkeri dans les yeux. Ils étaient au niveau de l'étable. Il lui tendit la laisse du cochon et se retourna pour prendre les skis qu'il avait laissés contre le mur de l'étable, le matin, en venant travailler. Olavi jeta un coup d'œil dans la remise.

– Elle saura bien se débrouiller, Bigga-Marja, même sous la tempête. Y a pas de souci à se faire. En évacuation, elle s'était mis dans la tête que Vittanki se trouvait en Amérique. Elle n'arrêtait pas de répéter : « On va en Amérique ? »

Piera chaussait ses skis en riant, tandis qu'Olavi sortait de la remise.

– Mais c'est vrai, j'me suis souvent fait la réflexion que ça devait être à peu près aussi loin. Quand on en revient, on n'est plus tout à fait la même personne.

Olavi sortit les boutures de fleurs de sa poche et les tendit à Inkeri.

– Tu mettras ça dans un vase avec de l'eau.

– Mais je viens avec vous ! s'exclama Inkeri.

– Pas question, trancha Piera sur un ton qui la fit sursauter.

– Reste ici, Inkeri, intervint calmement Olavi. Des fois que Bigga reviendrait. Garde Matilda à l'intérieur. Je t'en prie.

– Quoi, tu ne prends pas le cochon ? bredouilla Inkeri.

Piera lui fit les gros yeux.

– J'saurai bien la retrouver, la p'tite, même sans cochon.

INARI

Mai 1944

Construire des fortifications par un temps pareil, c'est insensé. On crève de chaud en plein soleil alors que tout le paysage est encore enneigé. En premier, on a construit un sauna, et les prisonniers peuvent l'utiliser tous les jours, aussi bien que nous, les gardiens.

Biret-Ánne nous accompagne en tant que cuisinière. Elle vient de partir à la chasse au cygne. Il y a une bonne couche de neige. Elle n'y laisse pas de traces. C'est une petite femme, elle va bientôt disparaître dans le lointain.

Un seul prisonnier est mort à l'aller. Nous ne savons pas qu'en faire. L'enterrer ici ou le ramener au camp ? La terre est gelée.

Mais la lumière… Elle forme des motifs dans le ciel. Je lève mes doigts nus qui se dessinent en contre-jour, et mon corps massif porte une ombre longue sur la neige.

Mai 1944

Ce matin, Biret-Ánne est revenue avec deux cygnes. J'ai entendu son chien haleter avant de la voir. Elle tenait les oiseaux par le cou, et elle les a posés gentiment dans le traîneau. Puis elle a rempli le véhicule avec de la neige et l'a placé à l'ombre. Je ne sais pas ce qu'elle compte faire de ces cygnes. Les manger ?

La nuit, j'ai rêvé que Heiskanen et Saara étaient en tête-à-tête. Ils se moquaient de moi. Ils se retiraient dans une maisonnette et fermaient la porte à clef. Et moi, je restais tout seul, dans le froid. Au réveil, j'étais moite de sueur.

Mai 1944

Il vient de se passer un événement merveilleux. Aujourd'hui, pour la première fois, j'ai vu un véritable troupeau de rennes et des villageois lapons. Le sillon était visible de loin. Je suis quasiment sûr qu'ils n'ont pas le droit de circuler par ici, mais puisque c'est moi qui commande, j'ai décidé de les laisser passer en paix, sans bien savoir pourquoi. Bientôt, il est apparu qu'ils allaient traverser notre groupe. Biret-Ánne leur a demandé en same d'Inari où ils allaient. L'éleveur a expliqué qu'ils se rendaient à leur village d'été : c'est un itinéraire ancestral qu'ils ont toujours emprunté et ils ne vont pas en changer. Les rennes ne s'inclinent pas devant ces messieurs.

Les traîneaux du convoi glissaient légèrement sur la neige, malgré leur chargement. Il y avait du sucre, de la farine, de la viande séchée et je ne sais quoi. Le premier renne arrivé à notre niveau nous a observés avec ses grands yeux. C'était une femelle, et elle était pleine. L'instinct pousse la bête à mettre bas à l'endroit où elle est née. Elle s'est arrêtée pour brouter juste devant nous. Elle a fouillé la terre mouillée pour y prendre une bouchée de lichen sans faire attention à nous.

Quand les villageois se sont approchés, j'ai entendu un genre de chant. Biret-Ánne a dit que c'était du *livđ*. Je n'avais jamais entendu cela. J'avais entendu pratiquer le *joik* dans les résidences construites pour les messieurs allemands, où l'on sert les meilleurs alcools et de la viande, mais c'était généralement un détenu qui s'y collait. Cette fois, tout le monde avait interrompu le travail, y compris les prisonniers, et les gardiens fumaient. Les noirs bergers lapons arrivés en courant sont venus nous lécher les mains. Une femme portait dans ses bras un bébé emmailloté dans un *komsio*, et sa poitrine était dénudée pour que l'enfant puisse téter. Comme les prisonniers la dévisageaient ouvertement, elle a pudiquement couvert son sein. Elle a sorti un hochet en bois de renne de son traîneau, et l'enfant l'a secoué.

Quelques gamins se sont précipités autour des prisonniers pour leur lancer des boules de neige. Un petit blondinet avait la tête nue. Il portait un vêtement de drap noir aux lacets verts et orangés. Du foin débordait de ses chaussures.

Les prisonniers se sont d'abord abstenus de répondre au jeu des enfants. Ils avaient peur des gardiens. Mais en voyant que nous n'intervenions pas, ils se sont joints au divertissement. À leur tour, ils se sont mis à lancer des boules de neige et à se courir après. Cela a duré ainsi une demi-heure, peut-être davantage.

Mai 1944

Nous nous mettons en route pour retourner au camp. Au soleil, il fait si chaud qu'il faut enlever le manteau. Avec un temps pareil, on peut imaginer n'importe quoi. On pourrait croire que l'été arrive, tout en sachant pertinemment que le gel va quand même frapper la nuit et en craignant un retour de l'hiver. Néanmoins, je flaire un parfum de terre là où la neige a fondu.

Les rennes et leurs éleveurs sont partis. Il ne reste que les prisonniers, et nous, les gardiens.

Mai 1944

Dans les moments de calme, j'ai mal.

Les yeux fermés, je l'imagine à côté de moi. Je répète son nom ; quand le sommeil me gagne, je me force à me réveiller pour garder vive cette sensation.

Je ferme les yeux, je sens son tendre sein dans ma bouche et j'entends le son saccadé qui sort de sa gorge.

À 3 h 30, la beauté de la nuit est à son paroxysme.

Mai 1944

Avant de retourner chez elle, Biret-Ánne a fait cuire les cygnes. Le chien tournait autour avec impatience. Je l'ai caressé. Elle attend qu'il rende l'âme, paraît-il, ce clébard.

Étonné, je lui ai demandé pourquoi. De toute évidence, elle est attachée à son chien. Je le comprends bien.

– C’est un berger de rennes, m’a-t-elle expliqué. Or il n’y a plus de rennes. Ce n’est pas une vie, pour un chien, de n’avoir rien à faire.

Je l’ai regardée plonger son bras dans l’oiseau pour le vider. C’est le cœur qui est sorti en dernier. Ensuite, elle a arraché la trachée et l’a mise à sécher pendant deux jours. Elle avait ramassé un bout d’os quelque part, je ne sais pas s’il venait aussi du cygne. Sans doute. Peut-être. Le dernier soir, elle l’a glissé dans la trachée, puis elle a tordu le tout pour former une petite boule qui tinte lorsqu’on la secoue.

C’est un jouet traditionnel same : une boule de *komsio*, qui chasse les mauvais esprits. En général, on l’offre au nouveau-né. Selon la légende, un hochet fabriqué à partir d’un os de cygne fait pousser des ailes aux pieds de l’enfant.

Ainsi, il pourra s’envoler en cas de danger.

ENONTEKIÖ, 1949

Olavi contemplait le lac à travers les flocons. Les étoiles étaient momentanément voilées par les nuages. La petite averse de neige se frayait un passage sur le lac. Trois jours après l'incident, Bigga-Marja était alitée avec une fièvre de cheval chez son oncle Lasse, dans la nouvelle maison bâtie grâce aux allocations d'évacuation. Inkeri était à l'intérieur : Bigga voulait voir son nouvel appareil photographique, commandé cette fois en Europe. Olavi était venu aussi, au cas où il pourrait se rendre utile. Mais non. Évidemment.

– On en a vu, de ces types ! s'exclama Piera. Vers 1920, là. Des mesureurs de crânes, invités par Kajava. Ils nous ont tous foutus à poil, photographiés de face et de dos. Jusqu'aux orbites. Ils ont profané les sépultures sur l'île d'Inari pour emporter les têtes.

Il cracha par terre.

– Et ils dégainaient déjà leurs compas.

Olavi pensait au printemps. À l'été.

– C'est difficile d'imaginer qu'il fait chaud quelque part, avec un froid pareil, dit-il. Qu'il y a des endroits avec une terre sèche ou avec des palmiers. Où il pousse des fleurs jour et nuit, en toute saison, et où le soleil se couche et se lève exactement à la même heure et les arbres s'élancent dans d'autres directions qu'ici.

Piera le dévisagea avec un air étonné.

– Tu penses jamais à ça ? lui demanda Olavi.

– À quoi ?

– Qu'il y a des palmiers quelque part.

– Non. J'pense pas à ça. Pas tout le temps.

– Tu ne te demandes pas comment c'est ailleurs ?

Piera se tut un moment. Il réfléchissait.

– Si j'avais passé toute ma vie ici, j'pourrais presque dire que rien ne manque à qui ne connaît rien d'autre. Mais voilà, j'peux pas dire ça. Après avoir roulé ma bosse. Mais dans un sens, j'ai le sentiment que j'suis un type comme ça, moi, oui. Fait pour vivre ici. À vrai dire, chaque fois que j'étais ailleurs, je pensais à ce qu'il y avait ici. Mais quand je suis ici, je ne pense pas à ce qu'il y a ailleurs.

– Ô doux foyer…

– Mais d'un autre côté… Si on me demande mon avis, voyager, ça se peut bien que ce soit la chose la plus importante au monde, conclut Piera.

Au même moment, la porte s'ouvrit. Inkeri glissa un œil et les rejoignit dehors.

– Que connais-tu aux voyages ? demanda-t-elle sur un ton de surprise.

– Ben… voyager dans la toundra, c'est toujours une grande aventure, répondit Piera en regardant au firmament.

Olavi jeta sa cigarette par terre et alluma aussitôt la suivante. Le mégot grésilla un moment dans le froid. À côté de la porte, il y avait des lanternes en boules de neige. La Grande Ourse était sortie, elle brillait dans le ciel boréal, presque au zénith. La constellation occupait maintenant une position un peu différente, par rapport au début de soirée. Tout dans le ciel se déplaçait autour de l'Étoile polaire. C'était à ces choses-là qu'on voyait que le temps passait. Qu'il n'était pas arrêté, qu'il y avait encore du mouvement et de la vie. Quelque chose qui allait de l'avant.

– Pourquoi elle a fugué comme ça, la gamine ? demanda Piera d'une voix étouffée. Maintenant elle agonise.

– Ça va déjà mieux, le rassura Inkeri. Le médecin dit qu'elle a toujours été en parfaite santé.

– Elle t'a parlé ? Elle a dit pourquoi elle s'est enfuie ?

– Non... marmonna Inkeri en évitant son regard.

– Non ? Moi, elle m'a laissé entendre qu'elle avait vu des types en costume à l'hôtel Pallas.

– Et alors ? rétorqua Inkeri, sur la défensive.

– C'est juste que j'ai entendu des rumeurs comme quoi des hommes en costume seraient allés à l'école, aussi. Faire des travaux de recherche.

Piera et Inkeri se dévisagèrent un moment. Puis Inkeri fit les gros yeux.

– Olavi, trancha-t-elle d'une voix glaciale. Je suis venue signaler que Lasse prépare le cheval : on part bientôt.

Elle jeta encore un coup d'œil à Piera.

– Je vais dire au revoir à Bigga. Je lui ai donné un vieil appareil. Comme ça, quand elle sera guérie, elle pourra prendre des photos dans les environs.

Inkeri rentra et ferma la porte. L'écho froid resta dans l'air.

– Elle t'a dit que'qu'chose, la petite, quand tu l'as trouvée ? demanda Piera, cette fois à Olavi.

Celui-ci le regarda.

Les deux hommes s'étaient séparés après quelques kilomètres. Deux pistes conduisaient chez Lasse : chacun en avait emprunté une. Après trois heures de ski, Olavi avait enfin aperçu un petit feu de camp. Il était resté à cinquante mètres de distance pour observer la situation. Il avait pris une cigarette dans sa poche et l'avait allumée pour fumer en paix. Curieusement, il s'était demandé ce qu'il allait faire. S'approcher de Bigga, ou la laisser tranquille ? Se détourner et prétendre qu'il ne l'avait pas vue ? Il ignorait d'où lui venait cette idée. Cela semblait vraiment bête, insensé. Laisser une petite fille sans défense, par une nuit glaciale, là où il l'avait trouvée. Peut-être avait-il pensé que Bigga serait bientôt sur le chemin de sa maison. Ou sinon, un autre que lui la trouverait. Sa cigarette grésilla par terre. Il soupira en prenant conscience de l'éventualité que la fillette soit bel et bien perdue. Empoignant ses bâtons, il se laissa alors glisser tout doucement vers les flammes.

Bigga-Marja était accroupie par terre, toute triste ; elle avait fait un feu, mais pas grand-chose d'autre. Elle avait sûrement déjà repéré le bruit de ses skis à fourrure, mais elle ne bronchait pas. Olavi sifflota. Doucement. Il déchaussa ses skis et posa son sac à dos. En entendant que Bigga sifflait en retour, il s'approcha encore. À peine, mais quand même. La neige crissait. Le semblant de feu de camp crépitait. Alentour, une pluie de suie orange et verte. Des morceaux de cendres voletaient çà et là. Un bout de bois noirci. Du charbon. Au loin, les glaces s'entrechoquaient.

Les blonds cheveux emmêlés de Bigga se dressaient dans tous les sens, indépendamment de la direction du vent. Olavi posa la main sur la tête de la fillette pour la passer dans sa tignasse.

– Tu nous as joué un sacré tour.

Il enleva son manteau, qui dégageait une odeur de transpiration, pour en couvrir la malheureuse.

– Tu es frigorifiée.

– Je ne veux pas aller là-bas.

Une coulée de morve mêlée de larmes ayant atteint la bouche de la fillette, Olavi lui essuya le visage avec sa manche.

– Tu ne veux pas aller où ?

– À l'école.

– Que s'est-il passé ?

Il s'assit à côté d'elle sur la neige. Elle dégageait maintenant une odeur de fourrure. Laineuse et fraîche. Elle sentait le neuf, l'innocence préservée.

– Il y a des gens qui sont venus à l'école, marmonna Bigga en ravivant le feu à l'aide d'une branche. Je les avais déjà vus au Pallas. Assis là, très élégants, sur leurs sièges. En costumes sombres. Le chapeau sur les genoux. Pâles comme la neige.

– Qui étaient-ils ?

Bigga-Marja haussa les épaules. L'un des skis qu'il avait déchaussés glissant tout seul, Olavi le rattrapa d'un geste rapide.

– Ils prenaient des photographies, dit Bigga, le souffle court. Pourquoi ils prenaient des photographies, Ovllá ?

Elle le regarda dans les yeux. La tête haute.

– À quoi elles servent, ces images ? Je me suis posé la question. Moi je ne saurais pas quoi faire avec des photographies comme ça.

Ces derniers mots déclenchèrent un gros sanglot.

Olavi savait à quoi elles servaient, ces images. Dans les camps, on avait mesuré la taille des gens, les utérus, les courbes caractéristiques, tout ce qui était possible et imaginable, et on classait les données dans des tableaux. Il repensait aux innombrables examens auxquels il avait participé. On déterminait ainsi qui appartenait à quelle race. Qui était finno-ougrien et qui russe, carélien ou komi… On justifiait la nécessité de les stériliser ou de leur inoculer tel ou tel médicament. Et une fois la préparation administrée, il fallait observer les réactions du prisonnier. De quoi il mourait et pourquoi. Et quand il mourait, il fallait effectuer une autopsie méticuleuse et déterminer la cause du décès. Olavi soupira et regarda Bigga, qui tapait vigoureusement sur un petit bout de bois avec une bûche. Comme c'était étrange, que certaines choses continuent à l'identique alors que la guerre était finie… le plus étrange étant précisément que la vie continue après la guerre.

Ils restèrent assis, écoutant le crépitement. Lorsque le feu faiblit, Bigga-Marja se blottit contre lui. Une heure avait passé. Peut-être deux. Ou à peine une demi-heure. Le temps disparaît parfois ainsi. À un moment donné, Olavi l'avait réveillée. Après avoir éteint le feu, ils avaient chaussé leurs skis et pris la direction de l'est. Ils avaient skié en silence. Seul un certain chagrin ambiant révélait que l'autre était toujours à côté.

Olavi émergea de ses souvenirs lorsque Piera soupira et se racla la gorge.

– Depuis que l'allochtone a débarqué, la fillette la suit comme le goéland suit le pêcheur, dit Piera.

– Ce n'est pas forcément un mal.

– Peut-être que ce n'est pas si bon pour une fillette comme elle, le petit passe-temps d'Inkeri. Nos enfants, on pouvait encore les éduquer nous-mêmes, pour nos boulots à nous. Leur apprendre à vivre dans la toundra et à trouver la nourriture nécessaire, sans plus. Regarder où la bête avait fait son trou et où la chercher si on voulait l'attraper. On chassait pas en vain. Des perdrix blanches parfois. Des perdrix des neiges jamais.

Piera alluma sa pipe.

– Mais les gosses d'après-guerre, ils n'apprennent plus ces choses-là. Ils n'apprennent pas qu'on ne les chasse pas. Les perdrix des neiges.

Olavi sortit sa flasque et prit une gorgée. Il la tendit à Piera. Celui-ci continuait de parler. Il demanda si Olavi savait que son plus jeune fils – Oula, le père de Bigga – avait d'abord effectué son service militaire dans le Petsamo, ce qui était le cas pour les Sames de l'Est. Tous les Sames étaient sacrément désirés sur le front nord. Ils savaient se déplacer en terrain gelé et capturer les animaux sauvages, bien mieux que les Finnois, et ils n'avaient qu'à regarder le ciel pour savoir où était le nord ou l'est, donc la direction dans laquelle il fallait attaquer. Oula s'était retrouvé sur le front face à Salla, de l'autre côté de la frontière en Carélie puis, de là, à Kiestinki. Direct en enfer. Personne ne survivait à Kiestinki. Pas même ceux qui revenaient.

– Une fois que mon fils a pu rentrer à la maison en permission, il a raconté combien c'était dur, tout ça. Y avait de la forêt partout, dans l'est, et pas le moindre vent. Le ciel aussi avait une drôle de courbure, et il faisait sombre en été. Oula avait l'impression qu'il n'arrivait pas à respirer, qu'il allait bientôt mourir de cette sensation oppressante. Mais non, il a fini par tomber sous une vulgaire balle.

Piera dit qu'il n'oublierait jamais le moment où Oula, en arrivant pour sa dernière permission, était tout de suite parti crapahuter dans la toundra ; il avait chanté le *joik*, et il était rentré, puis reparti pour ne plus jamais revenir. Jamais.

– Quelque chose qui n'existe pas, comment ça peut gouverner une vie entière ? demanda Piera.

Olavi n'en savait rien. Il regarda par terre. Piera arrêta de fumer. Olavi arrêta de fumer. Ils regardèrent les étoiles un moment.

– La Grande Ourse.

– La Grande Casserole.

– Cassiopée.

– Mais nous, celle-là, on l'appelle le Grand Élan, *Sarvva*, dit Piera en tendant le doigt vers le ciel. Elle était gardée par Riibmagállis, le plus grand et le plus puissant de tous les trolls. Les autres, là-haut, elles essayent d'abattre Sarvva.

Puis ils se turent. Finalement, Olavi tourna la tête.

– Quoi qu'il en soit, tu sais bien qu'elle est réglo, cette Inkeri, déclara Olavi d'une voix forte.

Piera le dévisagea.

– Oui. Mais il me semble aussi que la gamine est en train de m'échapper complètement.

INARI

Mai 1944

On est revenus au camp. Les prisonniers morts en chemin, on les a inhumés au cimetière dans la soirée. Ils sont six au total.

Les mains tremblantes, je me rends au cabinet médical, mais le médecin n'est pas là aujourd'hui, et je ne peux pas aller au centre-bourg, je n'en ai plus la permission. Il ne me reste qu'à attendre et tenir bon.

Attendre et tenir bon.

Minuit n'est que lumière.

Mai-juin 1944

La fonte des neiges a provoqué des crues. L'eau du lac est montée, elle a atteint le cimetière et fait remonter les corps à la surface. Ça pue partout. Les odeurs attirent les bêtes sauvages, les chiens aboient nuit et jour. Les rennes évitent la zone. Il va falloir trouver une solution, nettoyer et construire un nouveau cimetière, mais les prisonniers ne sont pas désireux de se mettre au boulot. Ils sont nombreux à avoir des maux de ventre et craignent que les cadavres transmettent des maladies. Ce qui n'est pas impossible.

La nuit, je tripote la boule de *komsio* et je ne sais pas que penser. Je n'ai toujours pas vu Saara. Elle ne m'a pas laissé de message. Ai-je tout imaginé ? Et si elle ne revient pas ? L'angoisse me ronge. La peur au ventre, je suis incapable de manger. Heiskanen aussi a disparu. Est-il au même endroit que Saara ?

Certains corps ont commencé à se saponifier, ils sont recouverts d'une pellicule grise, cireuse.

Juin 1944

J'ai rêvé que Heiskanen et Saara étaient tous deux dans un lit, en sueur et épuisés, aux confins de la conscience et du plaisir. Ils dégagent partout la pestilence du désir consommé. Elle lui mordille l'oreille. Après, elle lui titille l'organe avec les dents et avec sa langue veloutée.

Juin 1944

Voilà plusieurs nuits que je ne dors pas. Les cauchemars m'en empêchent. En journée, j'essaie de me concentrer sur mon travail. La nourriture manque. Je viens de passer une commande. Pour les prisonniers de confiance, je réclame désormais 100 grammes de pain et de sucre en plus. J'ai décidé que tout le monde aura le même nombre de pommes de terre, la moitié pour les détenus.

Sous la lumière estivale, tout est différent. C'est bizarre, de se dire que c'est le même endroit qu'en hiver. Par contraste avec le jour, on se rend compte à quel point l'obscurité est grande et forte. En toutes saisons, on s'y habitue tout de même. À ce qu'il n'y ait pas de lumière, rien que de l'obscurité.

Juin 1944

On voit encore circuler des brochures sur l'avancement des recherches en vue de la création d'une race aryenne parfaite. Ces écrits ont pour objectif de stimuler l'esprit de groupe, tout particulièrement par les temps qui courent. Un exemplaire à faire tourner passe d'un gardien à l'autre. Le Dr Mengele a réussi à produire un enfant aux iris parfaitement bleus en lui injectant un produit chimique dans les yeux.

Il y a une dizaine de globes oculaires juifs qui traînent en ce moment même à l'institut Kaiser-Wilhelm, dans des bocaux en verre, dans une petite vitrine blanche. Des capillaires sanguins, diffus, flottent sous les organes. Comme les minuscules racines d'une bouture.

Juin 1944

Une maladie circule, par contact ou par voie aérienne, va savoir. Les gens sont faibles, les gardiens comme les prisonniers.

Il y a eu deux attaques partisanes avant-hier, près de la frontière. Côté finlandais. Ils ont assailli deux camps et délivré des Russes. Tous les gardiens exécutés.

Heiskanen est rentré au camp.

ROVANIEMI, 1949

Assise au volant devant le commissariat de police, Inkeri se regardait dans le rétroviseur. Elle avait ôté ses nouvelles lunettes de soleil rondes importées clandestinement d'Amérique. Elle contemplait la ville. C'était animé, là aussi, et plus développé que la fois précédente – qui remontait à pas mal d'années, d'ailleurs. Tout remontait à pas mal d'années, désormais. Le voyage avait été épouvantable. Carrément insupportable. Comment pouvait-elle oublier chaque fois combien ces routes étaient pénibles ?

La terre n'était plus gelée. De petits bourgeons apparaissaient sur les arbres. C'était le mois de mai. Cependant, Rovaniemi était déjà suffisamment au sud pour que la terre dégage des arômes printaniers par la portière entrouverte. Quand l'été venait enfin, il venait vite. On vacillait sous sa clarté et, si l'on ne faisait pas attention, on risquait de perdre la vue.

Inkeri attacha ses mèches avec une barrette ornée d'un motif de libellule. En descendant de voiture, elle aperçut Tapani

Koskela au loin. Elle claqua la portière sans la verrouiller. Ses cheveux remuaient au rythme de la marche. Ils étaient lourds et toujours devant sa figure. Elle avait besoin d'une bonne coupe. D'une bonne coiffure. Elle avait fait raccourcir l'ensemble en Suède, conformément à la mode, et elle avait offert ses mèches à une œuvre de bienfaisance. En termes de longueur de cheveux, le temps avait passé de quinze centimètres. Pendant cette durée, tout avait changé. Des États s'étaient effondrés, d'autres les avaient remplacés et les gens tâchaient de survivre à l'intérieur de ces frontières. L'existence était pleine de contretemps et, s'il y avait des moments de joie, eux aussi étaient plombés.

– Un penni pour vos pensées, glissa Inkeri en s'approchant.

Koskela se retourna. Il sourit et baissa ses jumelles.

– Cela ne ferait pas de moi un homme riche.

Sa voix et son intonation étaient beaucoup plus chaleureuses qu'au téléphone. C'était inattendu, et Inkeri s'en trouva un peu embarrassée. Il lui avait même raccroché au nez, une fois.

– On vous aurait cru mort. Tellement j'ai eu de mal à vous trouver.

L'homme tourna son regard à nouveau vers le soleil jaune.

– J'étais très occupé… répondit-il d'une voix détendue, et il sourit.

– Je peux l'imaginer. Huit ans en maison de correction. C'est long.

– C'est long.

– Libération conditionnelle ?

– Oui. En effet.

– Inkeri Lindqvist, se présenta Inkeri en tendant la main.

– Tapani Koskela.

– Vous fumez ? demanda Inkeri.

Il hocha la tête. Elle lui tendit son paquet de cigarettes.

– J'en ai roulé quelques-unes moi-même, mais il devrait y avoir aussi des industrielles. Vieille habitude.

Elle grimaça en le regardant dans les yeux. Tapani Koskela alluma sa cigarette, puis tendit le bras pour allumer celle d'Inkeri. Ils tirèrent les premières bouffées en silence. Des oiseaux fouillaient parmi les feuilles mortes découvertes sous la neige.

– Qu'est-ce que vous observiez ?

– Les oiseaux migrateurs, répondit Koskela. En ce moment, on ne voit que des semi-migrateurs.

– Je ne sais pas pourquoi, je n'ai jamais aimé le printemps.

– Ah bon ? Moi je trouve que c'est une saison merveilleuse. Les oiseaux reviennent, la neige fond. Les jours deviennent plus longs que les nuits. Les moustiques ne piquent pas. Le froid non plus. Enfin, pas trop.

– Soit. Mais tu as donc – je peux dire tu ? – des renseignements dont j'ai besoin.

– Oui, c'est que tu me disais au téléphone. Mais je ne crois guère pouvoir t'être utile.

– Au contraire, si je puis me permettre.

– Je suis un vieil homme fatigué.

– Et moi, une vieille femme fatiguée, marmonna Inkeri.

Elle lui tendit la photographie de son mari et lança avec force :

– Kaarlo Lindqvist.

Koskela examina l'image. Inkeri l'observait. Il avait un visage rond et des yeux joviaux. Il était blond et peut-être un peu grassouillet, malgré la vie en prison qui avait dû l'amaigrir. Il y a des gens chez qui cette rondeur est naturelle. La couleur de sa casquette de police allait bien avec ses yeux. Koskela tira rapidement sur sa clope, mais aucun indice n'indiquait qu'il reconnaissait la personne sur la photo.

– Ce sont des choses dont nous ne devons pas parler, même si nous le souhaitons.

– Sais-tu quelque chose à son sujet ?

Tapani Koskela ne répondit pas.

– Tu es le seul à qui je puisse poser la question. Personne ne veut parler.

– Je n'ai pas envie de retourner en prison, déclara-t-il en s'appuyant au pilier blanc de la terrasse de bois avec les bras croisés.

– Quel était le chef d'accusation ?

– J'étais du côté des perdants. Et maintenant, voilà que je suis réintégré et affecté à la brigade des mœurs. Je ne sais pas si je dois en pleurer ou en rire. Je me rappelle m'être dit que je préférerais bouffer du crottin de cheval plutôt que de finir à ce poste. Mais me voici. Et le travail ne manque pas. Alors comme ça, tu es journaliste ?

Inkeri hocha la tête.

– À l'occasion, écris donc un article sur le bureau de placement finlandais qui envoyait des filles au pair en Laponie, pendant la guerre. Jeunes, souvent ignorantes d'où elles allaient.

– Elles allaient où ?

– Travailler au pair pour les nazis. Concrètement, bien sûr, ça voulait dire…

Koskela n'acheva pas sa phrase. Inkeri rougit.

– Combien de jeunes filles n'ai-je pas envoyées dans les camps de travail… Pendant une guerre pareille, on aurait cru qu'il y avait mieux à faire.

Il soupira. Inkeri battit des paupières.

– Mais bon. Entrons.

Koskela ouvrit la porte du commissariat. Le bâtiment était vide. Il s'assit à son bureau. Sa corpulence d'ours lui donnait un air rassurant et doux. Difficile d'imaginer que cet homme avait trempé dans des exécutions et dans des meurtres, qu'il avait été agent double.

– Tu as été vu à Enontekiö à l'époque où mon mari était enregistré au camp avant de disparaître, récita Inkeri.

– Et ?

– Je me suis dit…

– Qu'est-ce que tu t'es dit ?

– Tu le sais bien.

Le visage de Koskela était inexpressif. Inkeri posa sur la table la photographie de Saara obtenue par l'intermédiaire de Lotta Niinistö.

– Tu la connais ? Peut-être que je pourrais m'entretenir avec elle ?

Sans un regard vers la photo, Koskela dit :

– Dis-moi, où as-tu obtenu des renseignements sur ton mari ?

Inkeri remua sur sa chaise mais garda le silence.

– Ceux qui avaient la possibilité d'envoyer des lettres ne devaient pas avoir de contact en dehors des zones conquises. Or, si j'ai bien compris, tu étais en Suède. La Suède, c'était en dehors des zones conquises.

Inkeri le regarda et répondit à la question.

– Mais comment diable as-tu eu l'idée de chercher le nom de ton mari dans les registres de prisonniers ?

– Je sais bien que les registres remis par les nazis à la Croix-Rouge sont lacunaires, mais…

– Pourquoi chercher son nom là-dedans ? la coupa Koskela.

Il avait maintenant un regard différent. Ni chaleureux, ni aimable.

– Je connais quelqu'un qui était dans la section Paatsola. Cette personne a aperçu le nom sur une liste et… bredouilla Inkeri, sans savoir comment continuer.

Koskela la regardait comme il observait les oiseaux.

– Mais t'es-tu demandé *pourquoi* il veut t'aider, ton contact ? Tu ne trouves pas cela suspect ? demanda-t-il en prenant la photo sur la table. Cette femme s'appelle Saara Valva. Où elle est en ce moment, je n'en sais fichtrement rien. La dernière fois que je l'ai vue, c'était à Enontekiö. Fin août, elle convoyait des prisonniers avec moi. Quant à ton mari, je ne suis pas au courant.

– Je suis venue ici depuis Enontekiö. Non, depuis la *Suède*, pour élucider le sort de mon mari.

Inkeri s'efforçait de garder sa voix sous contrôle.

– J'ai besoin de savoir.

Koskela sortit une pipe et la bourra. L'odeur était différente de celle de la cigarette. Inkeri songea qu'il la fumait peut-être juste pour l'odeur.

– *Einsatzkommando Finnland*, soupira Koskela en se frottant le visage.

Il enleva sa casquette. Sa frange était humide.

– Voilà comment ça s'appelait. Ça a un nom encore plus long et compliqué, mais restons-en là.

Inkeri écarta de son visage ses cheveux électrisés ; elle voulut sortir crayon et papier de son sac, mais son interlocuteur leva la main.

– Non. Tout ceci est informel et il ne doit en rester aucune trace écrite. Tu comprends ?

Inkeri baissa la main et remit dans son sac le carnet à moitié sorti.

– C'était une unité spéciale de la sûreté, subordonnée à l'Allemagne nazie, pour laquelle on recrutait des interprètes au service de la Finlande. Un interprète était toujours accompagné d'un policier finlandais.

– D'accord.

– La mission de l'unité était explicitement de débusquer les ennemis idéologiques et raciaux.

– Qu'est-il arrivé aux prisonniers ?

– Nous avons dû les tuer, déclara Koskela du tac au tac.

Inkeri avait la bouche sèche.

– Tu étais dans un de ces camps, toi ? demanda Inkeri d'une voix à peine audible.

– Oui.

– C'est pour ça que tu as fait de la taule ?

Koskela ricana.

– Oui. L'*Einsatzkommando Finnland* exerçait dans des *Stalag* à Salla et à la frontière orientale. C'étaient les camps numéros 309 et 322. L'unité fut dissoute en 1942.

– Mais ?

– Pas de mais, coupa Koskela en souriant.

Inkeri tapotait sur la table comme elle le faisait toujours sous l'effet de la nervosité.

– Par ailleurs… reprit le commissaire.

Inkeri cessa de tapoter.

– Certains policiers et interprètes furent affectés à d'autres missions très similaires, dans des camps de prisonniers semblables.

– Comme à Inari ? demanda Inkeri en se redressant sur sa chaise.

– Oui.

Inkeri sentit ses narines se dilater.

– J'ignore ce qui est arrivé à ton mari Kaarlo Lindqvist, dit Koskela après un silence. Et je n'ai pas l'intention de retourner en prison. N'oublie pas que c'était la *guerre*… C'est une question de perspective. Et si les événements s'étaient conclus autrement, ces erreurs n'auraient pas été des erreurs.

– Ah, vous êtes tous victimes des circonstances, hein ? s'exclama Inkeri, frustrée, virulente. Vous n'auriez pas pu penser autrement ?

– Les gens ne sont pas construits pour penser autrement, madame Lindqvist, énonça Koskela avec un formalisme glaçant. Les gens *croient* être radicaux, mais leurs pensées sont rarement uniques. Même Hitler n'était pas unique par ses pensées, ni exceptionnellement doué. Il a seulement eu de la veine. Car les gens sont paresseux, oui. Et même s'ils croient penser autrement ou mener une vie « spéciale » – en s'adonnant à la photographie en Afrique, au hasard –, est-ce là « penser autrement » ? Vous faites de la photo, n'est-ce pas ?

Inkeri acquiesça, blême. Elle avait joint les mains sur les genoux. Ses paumes étaient en sueur.

– Alors vous savez tout sur les *illusions*. Même les meilleurs d'entre nous s'y laissent tromper.

Le cœur d'Inkeri battait fort. Elle suffoquait. Le vent soufflait dehors. Les oiseaux voletaient. Elle repensa aux paroles de Piera : « Les oiseaux deviennent gagas. »

– Il en va de même avec la guerre. La vraie guerre ne se déroule pas en première ligne mais complètement ailleurs. La vraie guerre, c'est tout autre chose, dit Koskela d'une voix forte, puis il marqua un long silence.

Inkeri scrutait le bord de la table.

– Je ne voulais pas dire… bégaya-t-elle en ravalant sa salive. Je… Mais je sais. Enfin, comprends-tu que je n'ai plus rien d'autre dans la vie ? À part ça. Savoir ce qui lui est arrivé !

Songeur, Koskela regardait par la fenêtre.

– Celui qui vous a parlé de Saara Valva avait raison : elle saurait certainement une chose ou deux. Malheureusement, je n'ai pas la moindre idée de l'endroit où Mlle Valva peut bien se cacher aujourd'hui. Sachez qu'elle fait l'objet d'un mandat d'arrêt, alors si vous la trouvez, je tiens à en être informé.

Inkeri cherchait désespérément à arracher encore un renseignement à Koskela. Elle eut alors une idée :

– Qui était l'interprète qui travaillait avec toi, dans ce camp ?

– Väinö, répondit Koskela. Väinö Remes.

Inkeri regarda par la fenêtre.

– Et ce Väinö, connaissait-il Saara ? demanda-t-elle.

Koskela lâcha une espèce de petit rire ; Inkeri tourna la tête et haussa les sourcils dans l'attente d'une réponse.

– Oui, confirma Koskela. Il la connaissait.

INARI

Juin 1944

Saara est revenue.

Juin 1944

Saara m'a rejoint immédiatement, désolée de ne pas avoir pu venir plus tôt. « Trop de travail », elle avait dû aller à Parkkina. Je ne sais pas qu'en penser. Est-ce qu'elle m'évite ?

Nous avons passé la nuit chez elle au centre-bourg et j'ai vu Koskela en chemin. D'après lui, elle dit la vérité. Il était aussi à Parkkina, pour gérer des affaires de justice avec elle. Interruptions de grossesse et autres.

Juin 1944

Ce matin, Saara avait une surprise pour moi. Elle l'avait cachée jusque-là. Tout enthousiaste, elle m'a montré un petit pot contenant une plante. Un rhododendron lapon !

– Où tu as trouvé ça ? je lui ai demandé, ébahi.

C'est une plante rare, et j'ai lu que sa floraison est extraordinairement belle. J'ai hâte qu'elle fleurisse.

– Un soldat avait apporté la petite plante d'Utsjoki et j'ai décidé de la lui acheter pour te l'offrir. Ça te plaît ? a-t-elle dit d'une voix douce qu'elle emploie rarement.

Je me suis exclamé que cette espèce n'est pas censée pousser ailleurs qu'en Käsivarsi : si on l'a rencontrée autre part, il faut en informer l'institut des sciences naturelles de l'université ! Saara a ri, et moi aussi. Voilà que je suis devenu botaniste, maintenant ? Non… J'ai dit que j'étais dans les études culturelles. C'était ma spécialité à l'université. Ça et les langues, jusqu'à ce que la guerre éclate et que je doive rentrer dans le Nord-Est pour répondre à l'appel.

Je garde cette fleur près de moi tout le temps. J'ai bien l'intention de la cultiver avec le plus grand soin. Je n'ai jamais rien reçu d'aussi beau. D'aussi personnel.

Juin 1944

Nous ne dormons pas du tout. La lumière est permanente. Les oiseaux chantent à longueur de nuit. Entre le soir et le matin, le rhododendron en pot s'est revêtu de petits bourgeons et on peut déjà y déceler une couleur naissante. Je lui dis que ses yeux ont exactement la teinte de ces fleurs. Elle rit et baisse les paupières en rougissant un peu. Elle vient se blottir contre moi, renifle la sueur sous mon bras, glisse sa langue entre les poils et me lèche de tous côtés, ce n'est pas la honte qui lui fait monter le rouge aux joues. Elle chuchote mon nom à mon oreille.

Juin 1944

Il faisait une chaleur moite, puis un orage a éclaté. Aujourd'hui, j'ai vu un éclair. Les boutons de fleurs se ferment et se rouvrent sous cette atmosphère électrique. La pluie tambourine sur les armes et sur les pelles. Nous continuons de travailler, quitte à affronter la tempête.

Il est maintenant notoire que le commandant Felde a engrossé une de ces ploucs lapones et qu'il essaie d'obtenir un permis de mariage. Il veut écrire une lettre à Hitler en personne. Ce type a perdu la tête. Heiskanen m'a regardé fixement en disant que ce sera sûrement mon tour, bientôt, d'écrire à Hitler. C'était la première chose qu'il me disait spontanément depuis des semaines, et j'ai failli le frapper, en plein dans sa sale gueule.

Juin 1944

La restauration des routes se poursuit. Même les prisonniers se demandent tout haut pourquoi c'est subitement une priorité majeure. On répare les défauts de voirie. Il faut d'abord enlever l'ancien matériau à la pioche, puis on le met dans une benne et on en utilise un nouveau pour la route. Les prisonniers creusent la terre à mains nues et travaillent nuit et jour.

Le théâtre est annulé cette semaine. Le moral des travailleurs s'en ressent nettement.

Hier, nous avons aperçu la fameuse lumière verte qui reluit brièvement et qui n'est visible que sous ces latitudes. On aurait dit que le soleil se couchait et qu'il se relevait aussitôt.

Juin 1944

Aujourd'hui, Koskela est passé au camp. Il a rendu une visite officielle au commandement puis s'est attardé avec moi autour d'un verre. On a fumé pendant une heure en parlant de futilités. De la construction de la route et des préparatifs auxquels il faudrait songer pour l'hiver. Il était nerveux. Il a raconté toutes sortes de choses, les villages sont apparemment en effervescence, ils appellent cela « l'été de la peur ». La guerre n'évolue plus comme elle devrait.

Peut-être est-ce pour cela qu'il m'a tiré plus près de lui et m'a raconté tout ce qu'il savait. Il est au courant pour les corps qu'on transporte à l'université de Helsinki pour faire des recherches. Ce n'est pas légal, et l'État investigue.

Il me conseille d'être prudent.

Parce que ça risque de mal se terminer.

Il a constaté ma surprise.

– Tu ne savais pas ? il m'a demandé, puis il a baissé la tête.

Il a dit que les corps sont disséqués ici avant d'être envoyés dans des instituts de recherche qui étudieront leurs caractéristiques raciales afin de récolter des données sur la race finnoise. Pour le futur programme de pureté raciale.

Juin 1944

J'ai commandé des pommes de terre. Les denrées commencent à se faire rares. Je n'ai pas vu Saara. Ce n'est peut-être pas plus mal. Je repense toujours à ce que m'a dit Koskela. Il faut absolument que je sache si c'est vrai.

D'autres prisonniers sont arrivés. J'ai d'abord cru que c'était peut-être un échange entre camps, mais ensuite j'ai vu leurs yeux. Ils n'ont pas ce regard-là, les vieux détenus. Ils ont encore une lueur d'espoir et de peur dans les yeux.

Juin 1944

Cette nuit, ils ont emmené des prisonniers. Des vivants et des morts.

Juin 1944

Heiskanen et moi passons en revue les nouveaux venus.

Je lui dis que je suis au courant de l'opération. Il ne réagit pas. Il n'a pas l'air surpris ou craintif. Rien.

Je demande pourquoi Kaarlo est dans le coup.

– Tu sais qu'il existe une catégorie encore plus basse que les Juifs ?

Je l'ignorais.

– Les éléments les plus vils de tous, carrément inhumains. Restés au stade anal de l'enfance. Ces créatures efféminées, difformes, marmonne Heiskanen entre deux bouffées de cigarette. Sur le front, il paraît qu'on ferme un peu les yeux là-dessus. Faute de grives… Dans les camps allemands, ces monstres portent un triangle rose, et ils seraient prêts à tuer un prisonnier juif pour obtenir un meilleur statut.

Sa voix a un écho de frustration, et d'autre chose. Danger, peut-être dégoût. Danger.

– Quand Kalle a été arrêté, il avait été pris en flagrant délit avec un autre évadé. Ça aurait été direct une balle dans le crâne, s'il n'avait pas été finlandais. Ils l'ont amené ici et il devait être exécuté. Mais nous avons conclu un marché. Kaarlo appose son nom sur tous les papiers officiels. Si jamais quelque chose vient à être découvert et si ce n'est pas vu d'un bon œil, c'est lui qui sera responsable de tout.

Je ne dis pas un mot.

– Saara est d'une efficacité redoutable. Tout passe par elle.

Juin 1944

Je viens de voir, dans le ciel bleu glace, deux couples d'oiseaux qui se rencontraient au milieu de l'horizon. On aurait dit qu'ils allaient entrer en collision, ils se sont un peu entremêlés, mais ils ont continué leur chemin dans des directions différentes. Je me suis demandé si les couples étaient restés identiques, ou si les oiseaux changeaient de compagnon : comment savoir ? Eux-mêmes, le savent-ils ?

III

INARI

Juin 1944

Aujourd'hui, Saara travaille. Je l'ai vue bavarder avec Heiskanen. Je me rendais à l'étable, et elle m'y a suivi au bout d'un moment. Elle m'a regardé avec une certaine réserve, comme pour demander pardon. À nouveau, elle s'est approchée de moi après avoir fermé la porte. Elle a voulu m'embrasser, mais j'ai détourné la tête. Elle m'a giflé, puis elle a déboutonné son chemisier et s'est offerte à moi ; je n'ai pas pu résister, bien sûr, j'ai tout de suite bandé et elle l'a senti. Elle m'a assis sur un tabouret et m'a enfourché sans me quitter des yeux. Ça n'a pas duré longtemps. Elle n'a pas émis un son. Elle a attendu que je mollisse, et quand j'ai fini par me retirer, elle s'est relevée, laissant entre mes bras un vide légèrement pesant.

Juin 1944

Aujourd'hui, lorsque nous nous sommes revus tous les deux en privé, nous étions prêts à parler.

J'ai dit à Saara que je suis au courant pour Kalle. Pour l'opération. C'est une voie dangereuse. Comment peut-elle faire une chose pareille ?

– On n'a pas une infinité de choix, ici, elle a dit doucement. Je ne veux pas avoir à me prostituer comme tant d'autres. Je n'y crois pas, je ne veux pas de ça. Mais qu'on puisse s'en sortir, oui, j'y crois.

Nous n'avons pas beaucoup parlé, nous nous sommes vite blottis dans le lit, mais il y avait autre chose. Saara a levé les yeux, la tête posée sur ma poitrine, cherchant soigneusement ses mots.

– Demain, il y a un nouveau départ de prisonniers, j'ai dit.

– Un convoi de prisonniers vivants, c'est un bon moyen de transporter des cadavres ni vu ni connu, elle a ajouté.

Puis nous sommes restés silencieux. Nous ne pouvions rien faire d'autre. C'est comme ça, à présent. Si seulement tout était différent… mais non.

Ce n'est qu'au bout de deux heures qu'elle s'est vraiment endormie, après avoir fait semblant. Je n'étais pas dupe, je la sentais grincer des dents contre ma poitrine.

Juin 1944

Je comprends maintenant pourquoi Felde veut se débarrasser de Heiskanen. Je comprends mieux pourquoi je suis ici. La guerre s'est retournée contre nous. Il veut se débarrasser de tout ce qui risque de causer des ennuis. Et comme Heiskanen est finlandais, on ne peut pas s'en débarrasser comme ça.

Voilà pourquoi il m'a chargé de l'espionner.

Juin 1944

J'ai du mal à me concentrer. Saara aussi est agitée. La nuit dernière, elle m'a demandé de lui faire des choses que je n'avais jamais faites. Après, elle est montée sur moi et s'est contorsionnée comme un serpent. J'ignore où elle a appris tout cela. Je n'ose pas lui poser la question.

Pour la première fois, en rêvant de la chambre de Saara, j'y vois littéralement une multitude de flacons bourrés de cœurs, d'yeux, de reins, de foies. Elle recoud un crâne avec une aiguille longue et forte. Elle arrache un cœur, le renifle, fait la moue et le jette à la poubelle.

Juin 1944

Je me sens mal. Heiskanen aussi est souffrant. La maladie nous a contaminés. J'ai l'impression de ne pas pouvoir respirer. J'ai des palpitations. Des sueurs. Je brûle et tout à coup je gèle. Ils m'ont prescrit un calmant.

Et si je disparais ici ? Et si personne ne se souvient de moi ? Moi seul saurai que j'ai existé.

Je sursaute au moindre bruit de pas. Au moindre heurt. Au club de théâtre, je suis sur mes gardes sans même savoir pourquoi. Je ne supporte pas de voir Kalle. Je ne supporte pas de voir Heiskanen. J'ai demandé à être affecté à d'autres tâches.

Felde m'a regardé par en dessous. Pour lui aussi, je ne suis qu'une marionnette.

Dans un demi-sommeil, j'entends les prisonniers qui sont emmenés, ainsi que Heiskanen et Saara qui se parlent. Ils ferment la porte à clef. Ils parlent de moi. J'en suis sûr. Ils sont de mèche. Complices.

Ou… Peut-être… Cette chaleur et la lumière éternelle, ça m'embrouille la tête.

Juin 1944

Saara doit partir pour le fjord de Varanger, dans la zone occupée. Je ne sais pas combien de temps elle y restera. Je fais des cauchemars. J'ai peur qu'elle ne revienne pas. Elle tripote son briquet avec nervosité. Quand je lui demande si elle va bien, elle ne répond pas.

Juin 1944

Certains prisonniers vont vraiment mal, ils ont la diarrhée et des coliques. Un jeune d'Europe de l'Est s'est vidé de ses intestins. Cela fait dix jours.

Il n'est toujours pas mort.

Juin 1944

Le rhododendron lapon fleurit.

ENONTEKIÖ, 1950

« *C'est un message de bienfaisance. C'est un message sur ce que les gens peuvent trouver les uns auprès des autres malgré la guerre, malgré les différences raciales.* » Inkeri lisait à voix haute le texte collé sur le tableau d'affichage de l'école. C'était un extrait, traduit en finnois, du discours du prix Nobel de la paix décerné aux quakers quelques années plus tôt. Comme la Finlande y était mentionnée, il n'avait jamais été enlevé, bien qu'il n'y eût plus de quakers dans la région. Curieusement, Inkeri n'avait pas remarqué ce texte plus tôt, pendant ces trois années. Elle prit une gorgée de café et reposa la petite tasse en porcelaine dans la soucoupe. L'école – ou plutôt un élève – avait remporté le concours national de dessin, et Inkeri avait souhaité célébrer ce succès par un goûter, en faire un événement majeur pour tout ce minuscule village. Jaugeant prudemment l'atmosphère, elle se faufila près de Bigga-Marja, de Piera et d'Olavi.

– Salut, Bigga-Marja.

– C’est Marja, siffla la fille avec morgue.

– Bigga-Marja, répéta Inkeri.

– Qui es-tu pour me dire comment je m’appelle ? C’est Marja. Que ce soit clair.

Olavi et Piera observaient la querelle. Inkeri et Bigga se disputaient de plus en plus souvent. Pour la journaliste, les expéditions photographiques étaient devenues un cauchemar ; en général, Bigga n’y participait plus. Après l’un de ces conflits, la fille avait utilisé une pellicule inadaptée à la situation, et avec une exposition trop forte, si bien que le film avait brûlé. Inkeri était sûre qu’elle l’avait fait exprès. Bigga affirmait qu’Inkeri ne tolérait pas les erreurs.

– Mon Dieu ! Tu recommences ? la rabroua Inkeri pendant qu’Olavi écoutait.

– Ovllá et papi, vous savez où elle m’a traînée la semaine dernière, Inkeri ?

– Où ? demanda Olavi, qui aurait préféré ne pas s’en mêler.

– On est allées interviewer le président de la Société culturelle de Laponie.

– J’écris un article sur l’éducation populaire en langue same !

– Tu m’as traînée là-bas pour m’exhiber ! J’étais une pièce d’exposition ! Et je n’ai pas pu prendre une seule photographie. Tu me demandais seulement ce que j’aimerais étudier, moi, et tu m’as plantée là pour que je bavarde avec ce bonhomme. Il croyait que j’étais venue parce que je m’intéressais aux études !

– Ben quoi, ce n’est pas le cas ? demanda Inkeri.

– Papi ! hurla Bigga en allant se placer à côté de Piera, qui observait la situation par-dessus sa tasse de café.

– Tu pourrais au moins envisager… commença Inkeri.

– Bah, arrête, Inkeri ! s'exclama Bigga. Ne m'implique pas dans tes affaires. Je ne suis pas ton… ton *cahier de devoirs* !

Elle s'échappa à la hâte. Déçue, Inkeri posa sa tasse.

Piera sirota la sienne, puis il dit :

– J'ignorais que tu t'étais révélée une ardente défenseuse de la langue same.

Inkeri lui fit les gros yeux.

– Je lui dis cela dans son intérêt.

– Vraiment ? demanda Piera. Les opinions divergent, au sujet de cet établissement.

– Mais enfin, tu y es favorable, non ? C'est une chose importante pour votre langue ! C'est politiquement important, le sujet est débattu dans les journaux d'État et au parlement !

– Tiens donc, ils n'en ont pas encore fait un timbre, grommela Piera.

– Quel est le rapport avec les timbres ? s'exclama Inkeri.

Piera souleva sa soucoupe et tourna le regard vers le présentoir sur lequel la cuisinière apportait des roulés à la cannelle encore fumants. Piera marmonna et se retira rapidement.

– Ce type devient sénile, soupira Inkeri avant de se tourner vers Olavi. Melander est en train de créer un nouveau magazine.

Olavi haussa les sourcils.

– Ah bon ?

– Oui. Il voudrait que j'y participe, dit Inkeri sous le regard d'Olavi qui la scrutait de la tête aux pieds. Il a dit qu'il publierait un article sur l'établissement d'éducation populaire same, d'ailleurs.

– Là où tu es allée exhiber Marja ?

Inkeri le foudroya du regard.

– Le journal actuel ne voulait pas le publier, rien que du blabla ! s'exclama-t-elle.

Quelqu'un cassa une assiette, et tout le monde se retourna pour regarder.

– Comment ça avance, tes recherches ? demanda Olavi.

– Ça n'avance pas, marmonna Inkeri.

Et ce n'était pas une façon de parler. Globalement, Lotta Niinistö était muette, Koskela était muet. La piste de Saara avait débouché dans une impasse. Quant au Väinö Remes mentionné par Koskela, Inkeri avait appris par Lotta Niinistö qu'il avait été recherché par la police à la fin de la guerre, mais rien d'autre. Tous ceux qu'elle cherchait semblaient s'être volatilisés telles les cendres sous le vent. D'un autre coté, en entendant le nom de Väinö Remes, Lotta avait commencé à témoigner un plus grand intérêt pour les recherches d'Inkeri. Au lieu de l'informer, elle s'était mise à lui demander régulièrement si elle avait des nouvelles de Remes, ou pourquoi elle avait réclamé des renseignements sur Olavi Heiskanen. Inkeri consulta Olavi : avait-il un rapport avec tout ça ? Il regardait dans la direction de l'assiette brisée comme les autres. Ses cheveux noirs étaient peignés. Il s'était fait faire des lunettes et paraissait d'ailleurs plus âgé. Elle n'avait pas parlé de lui à Lotta Niinistö, et quelque chose au fond d'elle lui disait qu'elle avait bien fait.

Pour la première fois, Inkeri subodorait que l'aide prodiguée par Lotta n'était peut-être pas tout à fait désintéressée, en fait. Elle repensa aux paroles de Koskela : « Tu ne trouves pas cela suspect ? » Lotta avait été agent pendant la guerre ; comment savoir pour quel camp elle travaillait maintenant ? À qui Inkeri pouvait-elle se fier, en fin de compte ?

– L'offre de Melander est alléchante. Je pourrais être correspondante en Europe.

– J'sais pas. Tu n'es pas un peu trop vieille pour ça ?

– Je suis plus endurcie que tu l'imagines ! rit Inkeri. Et toi ? À la croix près, l'église est quasiment achevée. Qu'est-ce que tu vas faire ensuite ? Rester ici ? Tu sais quoi ? Tu devrais te trouver une femme. Se marier, ça porte chance.

Elle ajouta froidement :

– Y a qu'à me regarder.

Olavi éclata de rire.

– Sais-tu quel était notre divertissement favori, en Afrique ? demanda Inkeri.

– Non.

– Fusiller des animaux. Moi aussi, j'y ai participé. Plusieurs fois.

– C'est comme ça que tu as eu ton morceau de lion, là ? Ton trophée ?

– Ce n'est pas un trophée. C'est un *souvenir*, nuance, plaisanta Inkeri. Bon, en tout cas. C'était une autre époque. Maintenant, avec le recul, ça me paraît pure vanité.

Inkeri fit tourner la cigarette dans sa bouche de la même façon qu'Olavi lorsqu'il était nerveux. Elle avait adopté ce geste par mimétisme.

– Près de chez nous, il y avait un jardin privé. Il n'était pas grand. Mais on y trouvait toutes sortes de choses. Des oiseaux exotiques. Des perroquets, des perruches, des crocodiles.

– Des lions ?

Inkeri rit.

– Non. Pas de lions. On ne peut pas capturer un lion. Ou on le tue, ou on le laisse tranquille. Là-bas, il y avait aussi des espèces européennes et indiennes. Même un éléphanteau ! Le petit avait été trouvé hagard dans les parages, et confié au vétérinaire en attendant de lui avoir une place dans un zoo. Le jardin était magnifique. Il y poussait les plantes et les fleurs les plus extraordinaires, entretenues par un horticulteur dédié. Ça t'aurait plu.

Inkeri continua rapidement, avec nervosité :

– Bon, comme on peut l'imaginer, entretenir un zoo, ça coûte cher… et ça demande des efforts. De temps en temps, le gérant avait des problèmes avec les tribus locales. Plusieurs années après mon installation, les travailleurs kikuyus fomentèrent une révolte. Une petite révolte. Il n'y eut pas beaucoup de blessés et, si je me souviens bien, aucun mort. Ou peut-être que si, mais pas parmi les hommes. J'étais une personne différente, à l'époque.

– Eh oui, comme nous tous, marmonna doucement Olavi.

Inkeri saisit la balle au bond :

– Ah oui ? Quelle personne étais-tu, toi ?

– Une personne différente, déclara Olavi.

– Bref, comme on peut le présumer, beaucoup n'approuvaient pas du tout que l'on garde ainsi les animaux en cage. Va savoir pourquoi, quelqu'un avait décidé d'attaquer le zoo. Tout flambait. Barreaux tordus, cages ouvertes… Animaux affolés… J'étais alors en visite chez les propriétaires ; j'entendis d'abord un grand bruit et la terre trembla sous mes pieds. Puis je vis les autruches et les singes qui s'échappaient de leur prison. Lorsque nous arrivâmes en courant pour voir ce qui se passait, nous découvrîmes au clair de lune, scintillants dans divers tons métalliques et cuivrés, les colibris et les toucans, les pigeons couronnés et les oiseaux de paradis, qui volaient tous de long en large, sans savoir où aller. Ils se cognaient dans les portes et vitrages, puis ils finirent par s'envoler par les carreaux cassés. Beaucoup moururent ainsi, entaillés. Les bêtes sauvages se battaient entre elles. La plupart des animaux moururent, et nous abattîmes les autres. Avec la viande de rhinocéros, on fit à manger pendant des semaines. Beaucoup de ces espèces sont éteintes, à présent.

Olavi regardait Inkeri. Ses cheveux défaits tombaient devant les épaules, à l'exception de la petite barrette qui retenait ses mèches blondes. Des traces grises y avaient fait leur apparition, ce qu'elle cherchait à estomper avec des agrumes importés clandestinement de Suède ou, en été, avec des pissenlits. Rien à faire. Impossible d'arrêter le cours du temps.

– Il aimait les animaux, Kaarlo, reprit Inkeri d'un ton triste.

Olavi sursauta. Même si son mari était toujours présent dans les esprits, entendre son nom restait surprenant.

– Il aimait bien passer de longues périodes au zoo, mais les animaux en liberté étaient son plus grand bonheur, et il ne participait pas à leur chasse. Moi si. Nous étions très différents, à cet égard.

Inkeri eut un rire mélancolique.

– Après cela, il n'a plus jamais chassé. Au contraire, il s'est mis à promouvoir l'interdiction de la chasse aux trophées.

Olavi regardait vers l'estrade. Il s'en élevait une délicate mélodie jouée au kantele.

– Par contre, la première fois que j'ai vu un paon, ce n'était pas en Afrique, tu savais ?

– C'était où ?

– À Helsinki !

– Sans blague ! s'esclaffa Olavi.

– Vrai de vrai ! Dans le port de Hietalahti. J'étais petite, nous nous étions échappées pour aller voir les marins, avec mon amie Lotta, et nous rêvions d'aventures. C'est là que cet oiseau déambulait, déployant ses plumes splendides, criant sur les passants et faisant peur aux ânes, jusqu'à ce que l'un des marins finisse par l'attraper. Dire qu'il y eut un temps où j'étais enfant ! Maintenant, je suis bientôt une vieille quinquagénaire !

– *Quand j'étais enfant...* commença Olavi sur un ton théâtral.

– Raconte, raconte, vas-y !

Olavi réfléchit.

– D'accord. Quand j'étais enfant. Tout petit. Avec mon père, on était à la cueillette. Ça se passait dans un vaste marais. Mon père est parti un peu plus loin, me laissant regarder tout seul autour de moi. J'avais peut-être cinq ans. Ou six. Et soudain, je l'ai perdu de vue. Je ne voyais plus mon père nulle part. J'ai eu peur qu'il m'ait abandonné. Là, en plein marais. C'était tellement vaste et plat qu'il était impossible d'y rester caché !

– Et ensuite ? demanda Inkeri, captivée.

– Je suis parti à sa recherche, bien sûr. Et je suis tombé dans le marais. Je suis tombé et je me suis enfoncé. Tu sais ce que c'est, de s'enfoncer dans un marais ? On essaye instinctivement de s'en extraire, mais plus on s'acharne, plus on s'enfonce. Et je n'avais que cinq ans. Ou six. J'étais tout petit.

La mélodie de kantele cessa. Quelqu'un applaudit.

– Alors j'ai eu peur. Je n'ai jamais eu aussi peur de ma vie. Jamais. Même pendant la guerre. J'ai fermé les yeux et j'ai prié : Seigneur, si quelqu'un vient me délivrer, je ferai tout pour me racheter. *N'importe quoi.*

– Et ? souffla Inkeri.

– Tout à coup, mon père est apparu et m'a soulevé. Je m'en souviendrai toujours. Il a fondu en larmes, je ne l'avais jamais vu pleurer. Ni avant, ni après. Jamais. Il a affirmé que c'était *moi* qui avais disparu – et nous n'avons jamais pu nous mettre d'accord à ce sujet. C'était très bizarre. Totalement bizarre.

– C'est pour ça que tu as commencé à croire en Dieu ?

– Je ne... Qu'est-ce que tu veux dire ? demanda Olavi en fronçant les sourcils.

– Pardon, je veux dire, tu as fait des études de théologie.

Olavi la regarda avec étonnement.

– Pardon, je… J'ai appris que tu avais fait des études de théologie, autrefois.

– En effet…

Il n'eut pas à chercher ses mots davantage, car Bigga-Marja arrivait auprès d'eux en dévorant des roulés à la cannelle.

– C'est délicieux. Vous avez goûté ?

Songeur, Olavi sortit le briquet de sa poche. Il alluma une cigarette. Personne ne répondit.

– Au fait, reprit Bigga, je me suis toujours demandé ce qui est écrit sur ce briquet. C'est du russe ?

– *Saara*, marmonna Olavi sans réfléchir. C'est écrit en alphabet cyrillique : Saara.

– *Saara* ? s'exclama Bigga-Marja. C'est Saara qui nous l'a laissé avant de partir ? Pourquoi tu ne l'as pas dit, qu'il est à Saara !

– Euh… à qui ? demanda Inkeri rapidement.

L'atmosphère se transforma en un clin d'œil.

– Ben, à la saigneuse, expliqua Bigga. Celle qui habitait chez nous avant Olavi.

Elle attrapa le briquet et le contempla comme un trésor longtemps disparu.

INARI

Juillet 1944

Aucun progrès sur le front. La frontière se replie vers l'intérieur. J'ai au ventre une douleur lancinante ! Même debout, je suis plié en deux.

Juillet 1944

Si mon ventre n'est pas rétabli demain, je serai obligé de consulter le médecin. Rien ne reste à l'intérieur. Kalle m'a apporté en cachette une espèce d'infusion. Heiskanen a repris mes tâches, bien que nous ne nous parlions pas.

Les hommes sont en proie à l'inquiétude, et quelque chose a changé. La maison leur manque, leurs femmes, leurs épouses. Partout où je vais, on parle de femmes, de qui a sauté qui pendant quelle permission, combien de fois et comment c'était, dans les moindres détails. Certains n'ont même pas perdu leur virginité, et ils commencent à avoir peur de ne jamais la perdre. Il y en a un qui dessine des femmes nues, sous des hommes nus, dessus, de coté, dans tous les sens.

Je suis sans nouvelles de Saara depuis deux semaines.

Juillet 1944

Deux attaques partisanes dans un camp du Nord, côté finlandais. Prisonniers et gardiens exécutés.

Juillet 1944

Je suis allé chez le médecin avant-hier, et j'y retourne aujourd'hui. Les médicaments précédents ne m'ont pas aidé. Il m'a regardé attentivement derrière ses lunettes. C'est là que j'ai vu qu'il avait les yeux au beurre noir, comme si on l'avait battu. Mais non.

C'est l'effet de la guerre.

Il paraît que les excréments peuvent se présenter sous sept formes différentes, la dernière étant un gaz vert.

– On n'en est pas encore là, a dit le médecin, et il m'a renvoyé au travail.

Juillet 1944

Heiskanen ne m'avait pas parlé depuis un moment, mais maintenant nous devons travailler en équipe, et nous nous sommes disputés. Notre cohabitation est une querelle permanente. Je pourrais encore supporter cela, mais aujourd'hui il a dépassé les bornes. Il a parlé de Saara. Lui aussi a sauté Saara en arrivant ici, paraît-il ; mais elle finit toujours par se lasser et aller voir ailleurs.

– Bientôt elle va se lasser de toi aussi, il a dit d'une voix dure, gorgée de mépris.

PALLASTUNTURI, 1950

– Saara Valva, la saigneuse, habitait la maison dont je suis propriétaire ! Tu ne trouves pas tout cela extraordinairement singulier ?

Faisant les cent pas avec impatience dans le restaurant, Inkeri s'adressait à Koskela, assis au bar. N'ayant rien obtenu d'utile de Piera ou Bigga – sans parler d'Olavi –, elle avait aussitôt pris contact avec le commissaire et fixé un rendez-vous pour la semaine suivante au Pallas. Il devait justement être en déplacement à l'hôtel.

– Et le nom que tu m'as indiqué n'a rien donné ! s'écria Inkeri.

– Non ?

– Rien de rien, rétorqua-t-elle agressivement. Väinö Remes était recherché par la police à la fin de la guerre, mais je ne sais pas pourquoi, ni où il a fini.

Elle s'affaissa sur un siège de bar.

Bigga avait parlé d'une saigneuse qui avait logé avec *áddjá* et elle pendant un mois. C'était donc la femme qui avait été dans le camp de prisonniers. Celle qui pouvait connaître le sort de Kaarlo. Bigga l'avait trouvée agréable, pleine de joie de vivre. Chaleureuse et douce. Piera avait seulement haussé les épaules. « Une personne tout à fait quelconque », avait-il marmonné : elle lui était complètement sortie de la tête.

Inkeri avait sorti la photographie ramassée dans les fondations et l'avait montrée à Piera et Bigga.

– C'est elle ?

Piera et Bigga s'étaient regardés.

– Oui.

– Reconnaissez-vous quelqu'un d'autre sur cette photo ?

– Non, avait répondu Piera. Personne.

Le fait que Saara avait habité dans leur maison pouvait expliquer que la photographie soit arrivée ici, mais pas qu'Olavi ait cherché à la faire disparaître. Piera se rappelait seulement que la carte d'immigration de Saara n'était plus valide à la fin de la guerre, et qu'elle s'en était inquiétée.

– Il aurait pourtant suffi d'aller réclamer un nouveau tampon ou je ne sais quoi. Mais non, elle a décidé de s'en aller. Le dernier jour de la guerre. Elle est partie. Les étrangers n'étaient pas regardés d'un bon œil.

– C'est tout ? avait demandé Inkeri en se levant, frustrée, et en claquant la main si fort sur la table que toutes les affaires avaient sauté. Vous êtes sûrs que vous n'en savez pas plus ?

– Ce n'est pas très étonnant, que Saara ait habité ici, avait protesté Bigga-Marja.

– Comment ça ?

– Ben, il y avait toutes sortes de gens qui vivaient chez *áddjá*. C'était une auberge, pendant la guerre, avait expliqué rapidement la fille en tripotant sa boule de *komsio*.

Inkeri ignorait cela. Malgré tout, elle avait dévisagé Piera et Bigga avec méfiance.

Le plus bizarre avait été sa discussion avec Olavi. Elle avait tenu à s'entretenir avec lui en tête-à-tête. Il en était resté à l'histoire du briquet. Cependant, il n'avait pas trouvé ce briquet dans la maison mais plus loin, à côté de l'actuelle église. Selon ses explications, on l'avait envoyé à la recherche de Saara lorsqu'elle avait disparu.

Inkeri lui avait demandé si c'était en rapport avec son éventuelle situation irrégulière. Il s'était empressé d'acquiescer. Elle n'avait pas mentionné la photo. Pas encore. S'il était bel et bien mandaté pour la chercher, il était logique qu'il fût en possession d'une photographie d'elle. Mais alors, pourquoi la cacher ensuite ?

Quelles embrouilles ! Subitement, tout le monde connaissait Saara, mais personne ne savait rien à son sujet.

– Je me suis résignée. À n'avoir trouvé aucun renseignement sur mon mari. Et tu sais quoi ? J'en ai assez. On m'a proposé de travailler pour un nouveau magazine. Peut-être que je vais saisir cette offre. Ça me sortira de ces confins du monde.

Koskela l'observait. Il ferma les paupières. Il sentait une odeur de fumée. Il rouvrit les yeux et regarda par la fenêtre. Le printemps n'allait pas tarder, c'était perceptible aux journées. Dehors, il ne restait plus qu'un sombre infini. Pas d'heure bleue. Pas d'étoiles. Pas d'aurores boréales. Aucune espèce de lumière. Pourquoi faisait-il toujours si noir ? Pourquoi toujours si noir, bon sang ?

– Toi qui as été en Afrique, la lune est-elle plus proche, là-bas ? demanda Koskela.

Derrière la fenêtre, il voyait une petite lueur de lune, mais pas l'astre lui-même.

– Non. Elle n'est pas plus proche.
– Ou plus lointaine ?
– Non.
– Pas plus proche, pas plus lointaine, répéta Koskela en hochant la tête. Parfois, on a l'impression d'être tellement loin de tout, ici…
Inkeri le regarda et fit claquer sa langue.
– Pendant la guerre, avec les prisonniers, on procédait à des échanges, dans une certaine mesure. C'était normal.
– On a essayé de livrer Kaarlo à un échange ?
Koskela sourit et hocha la tête tout seul, mais pas comme une réponse.
– C'était curieux, oui. Au début, ce Remes aussi, ça l'étonnait, il posait des questions : pourquoi Kalle était dans un de ces camps et non à Parkkina, par exemple, etc.
– Pourquoi aurait-il été à Parkkina ? coupa Inkeri.
Koskela la regarda en face.
– Ce que j'essaie de dire, c'est qu'il n'était pas traité comme un prisonnier, à ce que je sache. Mais vers la fin de la guerre, les nazis ont commencé à se méfier de nous, les Finlandais. Et pour cause. Il y avait un très grand risque que les Finlandais qui avaient connu les camps racontent ce qu'ils avaient vu, et cela faisait désordre. On avait commencé à construire des ouvrages défensifs en Laponie, non seulement en prévention d'une attaque soviétique, mais aussi contre les Finlandais. À la fin de la guerre, Kaarlo devait être conduit dans un camp différent. Il pouvait espérer avoir un autre sort qu'à Inari, là-bas.
Koskela s'appuya à son dossier. Inkeri l'écoutait avec concentration.
– Lorsque Kaarlo a été transféré, je suis parti convoyer les prisonniers. Cela relevait typiquement de mes missions. En

particulier s'il y avait lieu d'effectuer des contrôles. J'ai fait un crochet par cet hôtel, en fait… enfin, l'ancien hôtel, précisa-t-il avec un petit rire. Saara Valva est venue avec moi. Ça aussi, c'était une mesure parfaitement normale.

– Mais pourquoi ? s'écria Inkeri. Et pourquoi Saara Valva est-elle allée vivre dans la maison de Piera ? Dans la maison que j'occupe maintenant. Quelle coïncidence !

– Tu trouves ? nuança Koskela. Les maisons n'étaient pas très nombreuses, par ici, même avant la guerre. Comment va Piera, d'ailleurs ?

– Rien de neuf. L'âge commence à peser. Vous le connaissez ?

– Oui. Très bien. Nous nous sommes connus pendant la guerre. Il m'a rendu de grands services. Il avait une petite-fille, non ? Comment s'appelait-elle, déjà ?

– Bigga-Marja. Mais elle veut qu'on l'appelle *Marja*.

– Pourquoi ?

– Il paraît que ça fait plus finnois, grimaça Inkeri.

Koskela éclata de rire et bourra sa pipe.

– Tu sais quoi ? J'ai grandi dans les forêts vierges du Nord-Est. Tu savais qu'il y avait aussi des Lapons, autrefois, par chez nous ?

– Non. Je ne savais pas.

– Bon, personne n'y maîtrise plus vraiment la langue depuis des siècles. Elle s'est éteinte. *Mais*… l'élevage des rennes s'est perpétué.

– Qu'est-ce que tu essayes de me dire ? soupira Inkeri, lassée.

– Quand j'étais jeune, tout petit garçon, j'ai vu une fois une femelle qui venait de mettre bas. Le faon avait un problème. Je ne sais pas lequel, mais il n'avait pas une motricité normale. Il était couché là, dans son placenta, et il se débattait avec cette force dont seul est capable un nouveau-né. Parfois, il me semble que c'est à ce moment-là que nous avons le plus de courage et de force. Ensuite, la vie ne cesse de nous pomper au fil des années, dit Koskela en posant ses mains sur la table. Bref. Le faon doit apprendre à se tenir sur ses pattes et à se déplacer très vite. Mais la mère peut l'abandonner. Ce faon ne tenait pas debout. Et il était né loin du troupeau. Se séparer de la communauté peut être fatal, sous ce climat imprévisible. La mère a dû faire un choix. Le troupeau ou le faon.

– Qu'est-ce qu'elle a choisi ?

– Le troupeau, répondit Koskela avec le plus grand sérieux.

Inkeri regarda les nervures de la table.

– Qu'est-il arrivé au faon ?

– Une demi-journée plus tard, il rattrapait sa mère au trot.

Inkeri sourit. Alba lui revint à l'esprit. La lionne blanche qui faisait son possible pour survivre en ce monde. Tout à coup, elle se souvint de la photographie cachée dans sa poche.

– Tiens. Tu reconnais quelqu'un, là, toi ?

Koskela tendit la main vers la photographie noir et blanc.

C'est d'une voix neutre qu'il prit la parole.

– Où as-tu trouvé cela ?

– Ici, c'est Saara, expliqua Inkeri avant de montrer l'homme en uniforme finlandais.

Puis elle fut prise d'une idée subite.

– Et là, ça ne pourrait pas être Väinö Remes ?

Comment n'avait-elle pas pensé plus tôt à cette hypothèse ? Koskela examina la photo en silence, puis il répéta, d'une voix maintenant métallique :

– *Où as-tu trouvé cela ?*

– C'est mon locataire qui l'a laissée dans les fondations de l'église. Il essayait de la faire disparaître.

– *Ton locataire ?*

– Oui. Un certain Olavi. Olavi Heiskanen.

Koskela s'enfonça lentement dans son fauteuil. Il était livide.

– Pourrais-je éventuellement garder cette photographie ? demanda-t-il.

– Non. Tu ne peux pas.

– Pourquoi ?

– Pourquoi la voudrais-tu ? demanda Inkeri, méfiante.

Elle songeait à Lotta Niinistö. Elle songeait à elle-même. Elle songeait qu'on ne pouvait faire confiance à personne.

Koskela regardait toujours l'image.

– Pour rien. Tu as raison. Elle est à toi, bien sûr, s'empressa-t-il de déclarer sous son regard scrutateur. Mais… Il se pourrait que j'aie quelque chose qui ne manquera pas de t'intéresser. Je peux te l'apporter quand je passerai à Enontekiö vers le printemps.

– Tu vas venir à Enontekiö ? demanda Inkeri, surprise.

– Oui. Je viens de le décider.

– Pourquoi ?

– J'ai un détail à élucider.

– Et tu as quelque chose pour moi ?

– Oui, dit pensivement Koskela. Tu savais que beaucoup de soldats tenaient un journal ? Même s'ils savaient à peine écrire, ils écrivaient. Ne serait-ce que pour ne pas perdre la raison. Pour avoir quelqu'un à qui parler. Dans un sens. Oui…

Inkeri le regardait, ahurie. Puis il coiffa sa casquette. Dehors, l'obscurité s'épaississait de plus en plus. Il devait encore se rendre à Rovaniemi ce jour-là.

– Tu passeras quand ?

– Plus tard dans le cours du printemps, marmonna Koskela. Peut-être dans quelques semaines. Ou en début d'été. Promis, je te dirai tout.

INARI

Juillet 1944

Saara est revenue. J'étais libre pour le week-end. Ma colique s'est tout de suite apaisée. Elle a dit que cela venait de la mauvaise conscience, mais à mon avis c'est plutôt à cause de la nourriture avariée et de l'hygiène qui laisse à désirer. Je m'abstiens d'aborder l'affirmation de Heiskanen. J'essaie de faire comme si de rien n'était.

Tant de choses qui ne sont pas, et pourtant si.

Juillet 1944

On commence à évoquer ce qu'on fera quand la guerre sera finie. On caresse l'idée que je pourrais emmener Saara dans les forêts vierges du Kainuu. Je voudrais lui montrer le monde. L'Angleterre. L'Amérique.

Tout à coup, de but en blanc, elle a soupiré contre mon cou et déclaré sur un ton froid :

– En fait, tu ne m'emmèneras nulle part.

J'ai demandé pourquoi.

– Je vous connais, les hommes. Vous promettez tous la lune pour tirer un coup.

Elle m'a pris de court. Je l'ai sentie se raidir dans mes bras, puis elle m'a tourné le dos. Sans doute était-elle déçue que je ne réponde pas. Mais je ne trouvais rien à dire. Au bout d'un petit moment, je l'ai reprise dans mes bras. Ses cheveux sentaient la fumée et le tabac.

Juillet 1944

Nous sommes allés en expédition dans la toundra. L'astragale des Alpes pullule comme une mauvaise herbe, ici. À quelques kilomètres à peine, il ne pousse plus rien au-dessus du sol. Les sommets sont couverts de myrtilles et d'airelles, de diapensias lapons et de phyllodoces, ou encore d'azalée rampante, tout cela formant un véritable tapis moelleux sur lequel s'allonger. C'est exactement comme je l'imaginais.

Je me suis étendu avec Saara au bord d'un petit lac. Comme l'eau miroitait sur les feuilles des bouleaux nains !

– Le cours de l'eau porte vers toi, a-t-elle déclamé tout bas, me croyant assoupi.

Elle n'a pas osé s'approcher davantage.

Juillet 1944

Avec la saison des baies qui commence, on a prévu d'aller sur les îles du lac d'Inari en bateau. Comme le canot à moteur est en panne et nécessite des réparations, nous avons décidé d'en fabriquer un nouveau. Cette sacrée indigène same, Biret-Ánne, nous est encore d'un grand secours ! Je ne comprends pas comment elle fait pour avoir toutes les compétences imaginables. Felde aussi, jusque-là, il se méfiait de cette bonne femme à toque rouge usée par la vie, sans autre compagnie que son vieux chien berger de rennes dont elle attend la mort. Visiblement, il aura tout de même donné son accord. Ces derniers temps, les moteurs compliquent les choses au lieu de les simplifier : les voitures ont eu des ennuis après l'hiver, et deux motos ont fini au fond du lac. Certains véhicules ne démarrent plus. Comme si la saison glaciale les avait sucés à sec. Biret-Ánne dit qu'on ne peut pas faire confiance aux machines. Elle est déjà à pied d'œuvre, on la voit arpenter les jardins avec ses bottes en peau de renne qu'elle n'accepterait de retirer pour rien au monde. D'après Saara, ces chaussures ont été fabriquées avec la peau du crâne de son renne favori.

Juillet 1944

On est très occupés avec la fabrication du bateau. J'y participe volontiers, ça me dispense de voir Heiskanen et Kalle. Maintenant que je sais tout, je risque d'être sollicité pour charger les corps, moi aussi, à l'occasion d'un prochain transport nocturne.

Biret-Ánne façonne l'embarcation à l'aide de techniques traditionnelles. Du bois a été mis à notre disposition à cet effet. Les meilleurs matériaux pour un bateau se trouvent dans les arbres femelles de terrain plat, ceux qui poussent ailleurs étant trop fragiles ; mais la situation étant ce qu'elle est, il faudra bien se contenter de ce qu'on trouvera. En revanche, le bouleau de toundra a le mérite d'être dur : il fournira une bonne quille.

Juillet 1944

Kalle s'est joint à une mission dans un camp de travail vers la frontière ; ils ont rapporté du bois pour le bateau. Ces arbres-là, il faut peler toute leur écorce, délicatement et minutieusement. Ils sont pleins d'éclats d'obus et de balles. De ferraille. On doit les passer au détecteur de métaux avant de les attaquer à la scie.

Ce soir, il y a un bal. Les prisonniers ont monté une pièce. On va voir ce que ça donne.

Juillet 1944

Il y a des rennes partout. Ils sont fous de champignons ! Tout excités quand ils gambadent parmi les champignons, ils n'ont plus d'yeux ni d'oreilles, ils bousculent les gens et les soldats. Pourtant, ils ont un bon instinct, par ailleurs, puisqu'ils marchent toujours contre le vent pour ne pas être surpris par les loups, les ours ou les gloutons. C'est aux mines et autres explosifs qu'ils devraient prendre garde, mais les malheureux en sont incapables.

Juillet 1944

On a passé la journée à fabriquer le bateau. Mes vêtements puent le goudron. Je me suis fait aider par des prisonniers. D'après Biret-Ánne, les bêtes commencent à se comporter comme les humains. Elles sont avachies sur les routes et ne se donnent pas la peine de se frotter aux autres, même en rut.

À propos, un renne de somme s'est blessé à la patte avec une mine, et personne ne l'aurait remarqué sans Biret-Ánne. Il ne boitait même pas. Mais elle avait repéré le mouvement de son oreille.

ENONTEKIÖ, 1950

Debout les yeux fermés, Inkeri reniflait l'air du grenier chauffé par le soleil d'avril. Le printemps était venu très vite. La lumière accrue faisait déjà mal aux yeux. Les semaines précédentes, pendant les vacances scolaires, Bigga-Marja avait logé avec son oncle et son papi. Inkeri avait écouté d'une oreille pendant que Piera se plaignait auprès d'Olavi. Bigga devenait insupportable, apparemment, et cette période de congé avait été grosso modo une grande série de disputes. Ils étaient tout de même allés près des glaces, un jour, et ils avaient contemplé les cygnes sous le crépitement des icebergs quasiment fondus. Lorsque le devoir à faire, au premier cours après les vacances, avait consisté à peindre « une impression joyeuse », Bigga avait représenté à l'aquarelle deux personnages sur un lever de soleil jaune, l'un en costume same bleu, l'autre rouge, et deux cygnes volaient dans le ciel. En passant sur le chantier de l'église, Inkeri avait parlé de ce dessin à Piera, qui s'était figé pendant un petit moment ; le reste de la journée, selon Olavi, il avait siffloté des mélodies joyeuses, certaines connues pour êtres des chansons à succès diffusées à la radio.

Inkeri ouvrit les yeux. Des poussières voletaient dans le grenier. En les refermant, elle vit la silhouette sombre de Kaarlo se détacher sur un horizon où se dressait le mont Kenya. Un ciel éclaté. Des taches de soleil. Des oiseaux se dessinaient en forme de M. Cette image ne la quittait pas. Bien d'autres si, mais pas celle-là.

Inkeri pensait à Alba. Une fois, la femelle s'était éloignée des autres pour aller mettre bas. Pendant plusieurs jours, elle était restée dans sa tanière. Elle avait déjà eu des petits auparavant, mais jamais un lionceau blanc. Au bout d'une semaine, enfin, Alba était ressortie pour venir présenter les nouveau-nés au mâle alpha de sa troupe : ainsi les petits devaient-ils être approuvés par leur père. Si le mâle les soupçonnait de ne pas être les siens, il risquait de tuer la femelle avec toute sa portée. En l'occurrence, l'inquiétude n'était pas totalement injustifiée : à l'époque du rut, Inkeri avait vu Alba s'accoupler aussi avec un autre mâle. Mais les petits furent tout de même acceptés. Et l'un d'eux était exactement comme sa mère. Blanc.

Inkeri rouvrit les yeux. Pour aller plus loin dans la chambre d'Olavi, il fallait faire attention aux planches et aux clous qui dépassaient. Elle y allait parfois. Pour s'amuser. Voir si elle pouvait y déceler quelque chose de personnel. Un détail intéressant, inédit, qui en dirait plus long sur lui qu'il ne voulait bien en révéler.

Mais chaque fois, elle savait qu'il n'y avait strictement rien. Le couloir face à la pièce était percé d'une petite fenêtre, sur le rebord de laquelle se trouvait une plante en pot. Celle-ci était toujours placée à des endroits différents. Tantôt devant la fenêtre, tantôt à l'autre bout du grenier, sous une lumière directe ou volontairement à l'ombre. Inkeri souleva le petit pot, examina les branches, huma la terre. Une fleur était déjà éclose. Petite et délicate. Ses pétales d'un rare violet frémirent lorsque Inkeri s'assit par terre. La fleur s'abreuvait de lumière. Comme d'espoir.

Par un jour de printemps relativement doux, on avait retrouvé Kaarlo lacéré. Apparemment, il était allé à la chasse aux papillons : son matériel était dispersé au bord du chemin, le filet, la loupe et le fameux guide des lépidoptères qu'il étudiait toujours assidûment. On l'avait ramené chez elle, alors qu'en pratique ils ne vivaient plus ensemble. Il était au seuil de la mort. Elle avait veillé à son chevet pendant des nuits entières. Changeant les compresses froides sur ses plaies. Écoutant ses gémissements. Effectuant les injections intramusculaires de morphine. Tenant sa main, priant. Jouant au gramophone les musiques qu'il aimait, faisant la lecture.

Regrettant.

Inkeri s'était alors tournée vers les travailleurs de la plantation, qui avaient aperçu une vieille lionne dans les parages. Tout ensanglantée. Impossible d'en savoir plus, car personne ne voulait parler. Cependant, grâce à sa capacité de persuasion, elle avait fini par apprendre que la bête féroce en question était une lionne blanche. Kikuyus et Somalis étaient terrorisés. Ils croyaient à un fantôme. Mais Inkeri avait compris. C'était Alba.

Elle n'aurait pas su dire ce qui était le plus douloureux. Qu'une personne chère fût au seuil de la mort, ou que la cause du drame fût une créature à laquelle elle tenait aussi. À un certain moment de son chagrin, Inkeri se rendit compte que, malgré tous les amants qu'elle avait eus, seul Kaarlo avait tenu ses promesses. Il lui avait toujours offert soutien et réconfort. Il était un ami. Malgré les nombreux autres hommes, personne en ce monde ne la connaissait aussi bien que lui. Sous le poids du chagrin, elle comprenait enfin ce qui était superflu et ce qui comptait vraiment, au bout du compte. Deux compagnons. L'amitié. Leur amitié.

– Un penni pour tes pensées, l'interpella Olavi.

– Tu ne veux pas savoir, le rabroua Inkeri en se levant d'un bond.

– Qu'est-ce que tu fais ici ?

– Je ne sais pas.

Olavi considéra la plante qu'elle tenait à la main. Il caressa les petits pétales. Inkeri se frotta les paupières.

– Comment vont tes yeux ? demanda tout à coup Olavi.

Inkeri tressaillit.

– Que veux-tu dire ?

– Ce que je viens de te demander. Tu portes de plus en plus tes lunettes de soleil. Bigga dit que tu souffres d'un truc aux yeux.

Inkeri regarda ses mains.

– Oui, marmonna-t-elle. Elle arracha un pétale fané et songea à la boule de poils de lionne qu'elle portait dans sa poche.

Kaarlo avait guéri tout doucement au cours de l'été. Ils s'étaient remis à parler de choses et d'autres comme jadis. Littérature, philatélie, photographie. Beaux-arts. Inkeri avait repris le pinceau. L'appareil photographique. Kaarlo commentait ses travaux, la conseillait, lui donnait son avis. Il avait dû procéder à une rééducation progressive pour recouvrer l'usage de ses jambes. La confiance en soi. Finalement, il avait pu marcher comme avant, mais il était un peu abattu. Mélancolique. Il avait perdu sa jovialité, et Inkeri le trouva plus d'une fois en train de regarder vers le lointain avec une expression souffrante.

Un matin de septembre, Inkeri était partie à la recherche d'Alba. Elle disait à qui voulait l'entendre que la lionne était devenue un danger pour la sécurité de toute la plantation, mais chacun percevait au fond d'elle une colère refoulée qui demandait à s'exprimer. Même Kaarlo n'essaya pas de la dissuader, alors que la pauvre bête n'avait fait qu'obéir à sa nature.

Alba avait vieilli, peut-être était-elle un peu recroquevillée et amaigrie, mais elle n'avait pas trop changé. Elle fréquentait maintenant une troupe différente, composée exclusivement de femelles, sans doute ses filles, sœurs et cousines. Alba était la femelle alpha du troupeau. Après avoir planté sa tente dans les environs, Inkeri avait passé deux jours à les observer avec des jumelles.

La lionne avait une meilleure amie. Une *compagne.* Une compagne vers laquelle, après ses longues expéditions de chasse, elle se précipitait toujours en premier. Une compagne sans laquelle elle ne pouvait pas vivre. Que la lionne protégeait au prix de sa vie.

Combien de fois Inkeri n'avait-elle pas vu Alba revenir dans la troupe auprès de sa semblable ! Alba poussait la tête, faisait sentir son odeur et s'imprégnait de celle de l'autre, se soumettait, jouait et rivalisait à la course au point que le terrain tremblait. Ses intenses ronronnements résonnaient jusqu'à la cachette.

Cette meilleure amie d'Alba était une lionne de quatre ans de moins qu'elle. Et Inkeri connaissait parfaitement cet animal.

C'était l'enfant d'Alba.

– Tu crois en Dieu ? demanda doucement Inkeri.

Olavi la regarda par en dessous mais garda le silence.

– Moi oui, reprit-elle. Je crois en Dieu parce que j'ai reçu le châtiment que je méritais. J'étais un monstre, vis-à-vis de Kaarlo. Je cherchais sans cesse un mot ou un acte pour le piquer. Pour me moquer de lui. De ses erreurs, de sa personne. Tout. Qui se comporte de cette façon ? Une mauvaise personne. Mauvaise. En réalité, je l'enviais. J'étais jalouse. De lui qui était libre, qui était spécial et unique.

Ils regardèrent les oiseaux, derrière la vitre, sillonnant le ciel les uns vers les autres et en sens inverse. La lumière filtrée par la fenêtre se déplaçait vers la droite.

– La photographie est l'unique chose qui ait jamais été importante pour moi. La lumière… dit-elle avec un rire triste. Tu sais, je ne tenais pas spécialement à aller en Afrique, moi. J'ai eu peur des sauvages pendant des années avant de m'y habituer. Ils parlaient des langues absolument incroyables. Le swahili, la langue bantoue des Kikuyus, parmi tant d'autres. Kaarlo les connaissait, bien sûr.

Inkeri regarda ses mains et repensa aux enfants de l'école kenyane auxquels elle enseignait l'anglais. Au fil des années, ils s'étaient révélés si doués qu'on aurait vraiment cru, pour certains, que c'était leur langue maternelle. « C'est comme ça qu'on se débrouille, *msabu*, dans ce monde ! »

– Avant de quitter le Kenya, chuchota Inkeri, j'ai consulté les meilleurs médecins du pays. L'un d'eux m'a dit que j'avais une maladie héréditaire. C'était au niveau de la rétine. Il a dit que c'était comme si on tendait un tissu devant la lentille de l'appareil photo. Et dans le pire des cas, un jour, je risquais de ne plus y voir du tout. La lumière… Elle me fait mal. Ce que j'aime par-dessus tout me fait mal. Je crois que j'ai reçu le châtiment que je méritais.

Sa voix n'était plus qu'un murmure. Elle caressa la touffe de poils dans sa poche, toujours aussi lisse après tant d'années. Les gens croyaient qu'il s'agissait d'un souvenir commémorant un acte grandiose, que c'était un *trophée*. Qu'elle avait traqué et abattu le grand animal mythique. Elle l'aurait empalé, puis elle aurait exposé sa tête et fait un tapis avec sa peau. Ô qu'ils étaient loin de la vérité !

Un matin, Inkeri avait rencontré la petite d'Alba qui allait s'abreuver. Elle était sur la rive opposée. La brume se levait sur les champs. Les joncs remuaient dans le vent. Les oiseaux. Eux aussi dormaient encore. La tête cachée sous les plumes. La bête blanche l'avait longuement observée. Avec confiance. Mais Inkeri n'avait éprouvé aucune pitié. Sa première balle avait fait mouche.

Le lendemain, la guerre avait éclaté.

Et elle n'avait plus jamais revu Kaarlo.

Inkeri arrachait de plus en plus passionnément les branches mortes de la plante :

– Elle fleurit.

– En effet, constata Olavi non sans surprise alors qu'il voyait la plante tous les jours. Écoute, Inkeri. Bigga m'a dit que tu avais une photographie. Une photographie qui m'appartient, en fait.

Inkeri le dévisagea. Elle haussa les sourcils comme si elle n'était pas au courant.

– Que veux-tu dire ?

– Je… Quand je disais qu'on m'avait envoyé ici pour chercher Saara… Ce n'était pas tout à fait exact. Je suis venu la chercher, mais de ma propre initiative.

– Sais-tu ce qui lui est arrivé ?

– À vrai dire, je comptais sur toi pour le découvrir.

Inkeri regarda devant elle et se mordit la lèvre.

– Saara… reprit Olavi en bégayant. Elle m'a laissé quelque chose, ici. Quelque chose d'important.

– Quoi ? demanda Inkeri en fronçant les sourcils. C'est pour ça que tu la cherches ?

Baissant les yeux, il chuchota :

– Elle a laissé une preuve que je pourrais utiliser, éventuellement, si on venait m'arrêter.

– Pourquoi viendrait-on t'arrêter ?

– Inkeri. Cette photographie. Il me la faut. Si elle tombe entre de mauvaises mains…

Sa voix devenait insistante. Inkeri vit que rien ne le ferait renoncer. Il serait prêt à mettre toute la maison sens dessus dessous pour trouver la photo.

– Mais… commença Inkeri. Et si je te disais que je ne l'ai plus ?

– Que veux-tu dire ? Comment ça, tu ne l'as plus ?

– Peut-être que je l'ai donnée.

– Donnée ? À qui ? demanda Olavi, livide.

Inkeri vit qu'il était en proie à une terreur profonde. Elle se mordit la lèvre.

– Et si je te disais que je l'ai donnée à Koskela ? Je l'ai donnée au commissaire de police Tapani Koskela, déclara-t-elle en levant le menton.

INARI

Juillet 1944

– D'où viens-tu, toi qui parles toutes les langues ? ai-je enfin demandé à Saara.

Elle a penché la tête en arrière contre l'oreiller.

– Ben j'suis d'Akkala, moi, a-t-elle avoué avec un rire triste. Au bout du compte, elle s'est tout de même décidée à me faire confiance.

J'ai regardé le plafond en essayant de visualiser la carte. Derrière la frontière…

– J'suis une Same d'Akkala. Des environs d'Alakurtti et de Salla, en fait, comme j'ai bougé ensuite. Mais j'étais toute petite quand on nous a forcés à nous établir au sovkhoze de Juonni. Dans ce village, y avait beaucoup de Finnois. À la mort de mes parents, je suis allée vivre chez la voisine Maija. C'est pour ça que j'cause si bien finnois. Russe, bien sûr. Le same d'Inari et le skolt, je les connaissais depuis toute petite.

Je l'observais. Elle paraissait plus libre.

– L'été, on vivait dans les parages du lac Imandra, et l'hiver on se rabattait sur le village d'Akkala. Je n'avais pas le droit de porter mon costume, mais je le gardais en lieu sûr, même au sovkhoze.

– Il était comment ? j'ai demandé doucement.

D'une caresse, j'ai écarté les mèches foncées pour qu'elle puisse parler sans gêne. Elle a marqué un long silence avant de répondre.

– Je me rappelle plus, a-t-elle finalement déclaré tout bas, d'une voix que je sentais se briser dans l'obscurité. Mais ma mère avait un robuste couvre-chef en drap rouge. Je l'ai caché sous terre dans une boîte métallique, quand elle est morte. Pour qu'ils n'aillent pas aussi confisquer ça.

– Comment t'es-tu retrouvée ici ?

– Lorsque la guerre a éclaté, je me suis fait passer pour une Finlandaise du Petsamo, afin d'être évacuée du côté finlandais. Biret-Ánne m'a prise auprès d'elle quand on est arrivés ici, à *Aanaar*. C'était un pari risqué. Je ne savais pas où on nous emmenait. Un autre camion allait à Luujärvi, sur la péninsule de Kola. Plus tard, j'ai appris que ceux-là avaient fini directement dans des camps de prisonniers. Enfin, ici aussi, reste à voir où ça nous mènera…

– Je n'ai jamais entendu le same d'Akkala. Ça ressemble à quoi ?

Saara m'a regardé avant de me répondre sur un ton plus fort.

– À vrai dire, ce parler est presque éteint. Au fait, a-t-elle ajouté en riant, un prisonnier à vous en parle quelques mots, tu ne savais pas ?

– Ah bon ? Qui ?

– Ben, Kaarlo, là. Kalle.

– Kalle ?

Je me suis redressé sur les coudes. Elle a hoché la tête en riant.

– Oui, moi aussi, ça m'a étonnée. Pourtant, il n'a jamais été dans la région. Mais il paraît qu'au début du siècle il appartenait à une organisation qui recopiait des tracts de propagande, a-t-elle expliqué en riant de plus belle. Ils les lançaient sur les populations frontalières du Nord.

– Des tracts ?

– Oui. À l'époque de l'indépendance de la Finlande. On en a reçu, nous aussi. Son idée était sans doute que tous les habitants de la zone frontalière devaient être éduqués pour redevenir finnois avant de risquer d'être russifiés, norvégisés ou suédifiés. Il en est allé autrement. La propagande en a effrayé plus d'un ; en Norvège aussi, les petits Kvènes avaient l'interdiction de parler finnois à l'école.

– Au début du siècle... ? Mais quel âge as-tu, en fait ? j'ai soudain demandé en faisant la moue.

Saara a ri et m'a jeté l'oreiller à la figure.

– Plus que toi, a-t-elle déclaré ensuite en baissant la tête.

J'ai ri. Puis j'ai songé à Kalle.

– Je te dérange ? a-t-elle demandé.

– Pourquoi ?

Curieusement, je pensais d'abord à son âge. Elle me regardait.

– Non, pas du tout. Pourquoi tu me dérangerais ? j'ai bredouillé, tout étonné.

J'ai vite pris une cigarette. Je l'ai fait tourner sur mes lèvres. Je ne savais pas quoi dire. Finalement, j'ai susurré :

– Je ne pense pas comme les nazis, enfin tu sais bien.

– Je sais bien ? a-t-elle relevé d'une voix glaciale. Alors qu'est-ce que tu fiches ici ?

– Je... ai-je bredouillé. De toute façon, tu n'as pas à t'affoler. Il faut savoir que les nazis accordent le statut d'aryen d'honneur aux individus supérieurs qui ne sont pas génétiquement de véritables aryens.

J'ai débité cela comme si je lisais un livre… et tout a basculé.

Saara m'a lancé un regard glacial. Elle s'est écartée. Elle était livide.

– Aryen d'honneur ?!

Elle m'a poussé du lit et m'a ordonné de déguerpir.

– Ce n'est pas ce que je voulais dire…

Mais elle a brandi le poignard qu'elle garde sous sa table de chevet, et elle a juré de me lacérer depuis la gorge jusqu'à la verge, si je ne partais pas immédiatement. Qu'est-ce que j'aurais pu faire ? Que sa colère était grande !

ENONTEKIÖ, 1950

Avant la mort vient un pressentiment. Un présage funèbre. Une corneille noire, un renne blanc. Olavi ne croyait pas aux présages. Il ne croyait en rien, d'ailleurs. Pourtant, ce qu'il vit par un matin de fin de printemps faillit arrêter son cœur. Il crut avoir aperçu un fantôme dans le reflet de la vitre. Son ventre fut dévoré aussitôt par une sensation familière, celle de la peur : le sang s'échappait de ses doigts et de ses orteils, son cœur palpitait.

Olavi s'approcha du reflet, qui disparut aussitôt. À la place, il ne vit qu'une volée de moineaux et un durbec des sapins qui, comme effrayés par son regard, prirent immédiatement leur envol. Sans cela, il n'aurait pas été amené à regarder par la fenêtre à gauche, en direction du vieux tronc d'arbre qui ne faisait plus ni branches ni feuilles depuis des années et qui ne produisait plus de graines. Un oiseau solitaire s'y était posé.

Sans penser à rien de spécial, Olavi plongea la main dans la pochette pendue au coin de la fenêtre pour en sortir les jumelles d'Inkeri, destinées à l'observation des oiseaux. Il les plaça devant ses yeux et regarda vers le sud-ouest. L'animal posé sur une branche du vieil arbre était un mésangeai imitateur. Il avait déjà vu des mésangeais, mais un détail en l'occurrence retint son attention. Il regarda l'oiseau longuement, jusqu'à ce que son attention soit captée par un détail du paysage qui lui avait échappé. Dans le ciel, au-dessus de l'arbre, trois étoiles étaient restées dans le ciel. *Les Pléiades.*

Les anciens croyaient que l'homme avait une durée de vie prédéterminée, calculable en comptant les étoiles des Pléiades qu'on distinguait à l'œil nu. Une fois, Olavi avait essayé de les regarder, mais sans vraiment parvenir à les séparer les unes des autres. Piera racontait en avoir vu tellement qu'il serait centenaire. Et il avait survécu à toutes sortes de choses. Il ne pouvait plus mourir à l'improviste, comme les autres, normalement. Pour couronner une vie aussi trépidante, la mort doit être une apothéose, un événement grandiose.

Et pourtant. Pendant qu'Olavi voyait le mésangeai et les Pléiades ce matin-là, Piera avait déjà poussé son dernier soupir. Lorsqu'il l'apprit un peu plus tard dans la journée, le tableau lui revint tout de suite à l'esprit. En effet, certains croyaient que l'âme d'un éleveur de rennes se réincarnait dans un mésangeai.

Piera avait eu beau fanfaronner, sa mort était survenue bêtement, en toute banalité. De la façon dont les morts survenaient avant. Quand on l'avait trouvé sur sa couchette, sa peau était déjà contractée. Il ne semblait pas dormir tranquillement, mais pas non plus avoir souffert. Il paraissait tout simplement sans vie. Mort.

Olavi fut appelé immédiatement pour aider à conduire le corps à l'église afin de l'y conserver. Inkeri se chargea d'annoncer le décès à Bigga-Marja et de l'amener chez eux ou chez son oncle. En arrivant dans la demeure, Olavi flaira la mort. Piera avait été porté à l'intérieur mais n'avait pas été lavé. Les hommes de l'église devaient s'en occuper. Son pantalon était raidi d'excréments. Ses yeux étaient révulsés vers le plafond, l'un de travers, un peu vers le lac. Olavi alla les fermer. Cela semblait mal de regarder des yeux inanimés.

On attacha Piera à un traîneau hippomobile. Avant le départ, Olavi fuma une cigarette sur le rivage. Le lac chatoyait. Des peaux de cuisses de renne séchaient contre le mur de la remise. Des bandelettes en écorce de bouleau étaient fixées à l'intérieur pour empêcher le cuir de se recroqueviller. Olavi en déduisit que la maîtresse de maison comptait fabriquer des chaussures. La saison était incongrue : en général, on s'y prenait en début d'hiver. Peut-être le besoin se présentait-il maintenant, ou bien le triage avait fait ressortir un excédent de rennes à abattre, qui sait.

Piera n'était pas mort dans la maison mais dans son espèce de tente dressée à côté du bâtiment. C'était là qu'il vivait. Olavi jeta un œil à l'intérieur. Ça sentait la fumée de genièvre, et de la chair de renne séchait sur des branches de bouleau. Dans le *possu*, le coin cuisine, il y avait une cafetière et une tasse. De la viande séchée. Il reconnut l'éternelle odeur de Piera. Elle venait donc de là !

Olavi sortit de la tente, se redressa et contempla le lointain. En se déployant dans le ciel, l'aurore naissante avait saupoudré l'horizon de soufre. C'était une belle journée. Trop belle pour mourir.

À la guerre, Olavi avait vu plus souvent la mort que la vie. Il se souvenait d'un matin semblable, des années auparavant, où un prisonnier à moitié mort avait été torturé pour le plaisir. Un gardien était accouru au secours du malheureux pour lui sauver la vie *in extremis*. Le commandant Felde était ivre, encore depuis la veille, ou à nouveau. Peut-être drogué. Selon Saara, beaucoup d'Allemands avaient déjà pris goût à l'usage récréatif de la cocaïne avant la guerre. Au début du conflit, la consommation de cocaïne et d'amphétamines avait grimpé en flèche, et la vie dans les camps s'en ressentait. Un jour de défonce, Felde avait offert des stimulants aux détenus. Il faut croire que tout le monde s'était bien amusé : on faisait des paris sur l'endurance de chacun, et les plus fragiles furent nombreux à mourir d'overdose.

Mais le gardien bienveillant était devenu la bête noire de Felde. Le commandant lui avait ordonné, avec l'aide d'un collègue, de ligoter le prisonnier aux barbelés. Nu. Insectes, morve, mouches et moustiques n'avaient pas tardé à recouvrir son corps. Olavi avait cru voir des mouches du renne, un parasite qu'il n'aurait pas cru susceptible de s'intéresser à l'humain. Les animaux dévoraient les yeux, le sang coulait chaque fois que le prisonnier essayait de les chasser, car au moindre mouvement les barbelés s'enfonçaient davantage dans sa chair. Les détenus et les gardiens, et même le commandement suprême, durent assister à ce spectacle pendant un certain temps avant d'être autorisés à se retirer.

Le type avait survécu jusqu'au lendemain. Le matin, on l'avait décroché. Il puait la merde et la pisse, les œufs pondus par les moustiques commençaient à éclore. Sa peau était couverte de bosses, de sang, rongée, sucée. Sa bouche ruisselante d'un rouge brillant était le seul élément encore identifiable sur son visage défiguré. Il fut envoyé au chantier à pied, à cinq kilomètres de là. Il avait beaucoup de difficulté à marcher et, avant d'avoir parcouru péniblement une vingtaine de mètres, il s'était affaissé définitivement. L'un des gardiens avait poussé le corps du bout de sa botte. Pas de mouvement. Il avait pris le pouls. Mort.

Fumant une cigarette et contemplant le soleil, Olavi songeait à la vie. À la mort. Avant la guerre, il ne s'était jamais rendu compte qu'il y avait tant de façons de mourir. Avant la guerre, la mort avait été relativement simple et facile. Banale. On pouvait mourir comme ça, n'importe quand. Il y avait la vie, et puis la mort. Mais dans les camps… Là, on avait du mal à distinguer les deux. Le dernier souffle semblait attendre que tout espoir fût vraiment perdu. Entre la vie et la mort, il y avait une longue voie multicolore, teintée de peur et de douleur. L'espoir était l'ultime chose à quoi les gens se raccrochaient. Peut-être était-ce un phénomène comparable à l'hypothermie, songea Olavi : au dernier moment avant de geler, le mourant ressentait une chaleur douce et profonde.

Olavi pensa à Saara. Comment elle aidait les prisonnières adolescentes à accoucher dans un seau, jetait aux ordures les tendons, placentas et cordons ombilicaux gluants, puis brûlait tout cela pour que la puanteur n'attire pas les loups, les ours ou d'autres bêtes sauvages. « Ou les nazis », avait-elle marmonné, les cheveux dissimulés sous son foulard, les yeux violet vif. Si grands !

Et puis il y avait eu l'opération à laquelle, au bout du compte, ils avaient tous dû participer. Saara qui disséquait les corps aux heures les plus sombres de la nuit. Elle notait l'âge, la race, le sexe, la religion, les problèmes génétiques. Parfois, aussi, elle les emballait et les chargeait pour le transport, mais en général quelqu'un d'autre s'en occupait : Kaarlo, Olavi lui-même, ou l'autre Finnois… celui auquel il s'efforçait de ne pas penser. Par la même occasion, on pouvait expédier divers organes conservés dans des bocaux : des cœurs, des foies, des yeux. Il ne voulait pas imaginer à quoi tout cela était destiné.

Tout à coup, Olavi entendit un grognement. Perplexe, il regarda autour de lui.

– Matilda ?

En allant voir derrière le bâtiment, il trouva le cochon boueux, couché par terre, qui essayait laborieusement de se mettre debout. Il attendit patiemment, car la terre était très molle, mouillée et bourbeuse. Puis la truie s'approcha. Elle s'assit devant lui. Comme il ne faisait pas un geste, elle se mit à produire de petits sons stridents en balançant son groin sur les côtés.

– Qu'est-ce qu'on va faire de toi ? marmonna Olavi en s'accroupissant pour lui gratter la laine.

Des touffes de poil s'accrochèrent à sa main. Il se releva et s'en alla, puis se retourna au coin de la clôture pour voir si la truie le suivait. Oui. En chemin, elle passa renifler sous la tente et, constatant qu'elle était vide, continua de trottiner derrière lui.

Lasse, le fils de Piera, attendait Olavi près du cheval emprunté à l'église. Olavi alla au pied du vieil arbre pour détacher sa corde.

– Cet arbre mort, dit Lasse en montrant le bois dégarni de son écorce. Il est là depuis trois cents ans.

Olavi se tourna pour observer le robuste tronc gris.

– Les savants qui se baladent dans le coin ont réussi à déterminer qu'il est né en 1333. À en juger par les cernes, il est mort relativement jeune, en 1666. Mais il est toujours là. Bien qu'il soit mort. Et c'est l'arbre le plus important de la région, dit Lasse en regardant vers le nord-est, là où la toundra commençait à deux kilomètres environ. Après, il ne poussait strictement plus rien. Pas d'arbres. Rien.

Olavi caressa le tronc. Le ciel rougeoya bientôt sur le lac. Un soir, Saara et lui avaient regardé en silence le soleil déclinant, rouge, qui flottait encore haut. Elle avait ajouté des branches dans le feu, peut-être pour repousser les moustiques, ou l'odeur de mort qui émanait de son corps. Les boches soûls lui criaient dessus et demandaient en finnois comment ça faisait de lui mettre la main dans le con. Elle avait craché par terre et crié : « Pareil que d'extraire les entrailles de m'sieur Hilleri par le cul ! Tiède et gluant, et c'est le cœur qui sort en premier passqu'il est logé dans la raie des fesses ! » Levant les mains en l'air en signe qu'ils ne voulaient pas d'embrouille, les Allemands avaient continué leur route.

Un peu plus tard, Olavi avait emmené Saara derrière la baraque, où il lui avait écarté les cuisses pour palper sa fente et se glisser sans peine entre ses lèvres. Il avait joui rapidement, sans un bruit. Elle s'était essuyé la cuisse avec sa jupe, puis l'avait regardé droit dans les yeux et s'était encore frottée contre lui. Finalement, elle avait mis sa main entre eux, pour comprimer sa cuisse et sa vulve, en tremblant vigoureusement. Après, elle l'avait embrassé sur la bouche, s'était écartée et avait hoché la tête en signe de départ, mais il l'avait attirée à nouveau contre lui. Pour la tenir dans ses bras, lui caresser les cheveux. Sentir son souffle et sa bouche ouverte dans le creux de son cou. Ils ne s'étaient pas parlé. Ils n'avaient plus rien à se dire.

Olavi tâta encore un moment le bois poli par la pluie. Puis il s'assura que le cercueil qu'il avait installé et encordé resterait en place. Il avait cloué le couvercle de manière à laisser une légère ouverture. Il ne voulait pas emmener Piera complètement étouffé pour son dernier voyage.

– Qu'est-ce qu'on fait de la truie ? demanda Lasse.

Matilda les examinait tous deux avec ses petits yeux.

– Elle vient avec nous, répondit Olavi.

Il souleva la bête pour la placer dans la charrette à côté du cercueil. Puis il regarda Lasse.

Ensuite, il lança le cheval, salua de la main et ne se retourna plus. Après un moment, il sentit tomber sur sa lèvre quelque chose de mouillé. Il l'essuya. C'était chaud.

Une fois, Saara lui avait raconté que l'hiver était parfois si froid, là d'où elle venait, que le souffle formait des cristaux de glace dès que l'on respirait. Ou lorsqu'on parlait. Finalement, les mots gelés dans l'air tombaient tout doucement. En touchant terre, ils produisaient un son cristallin. Les villageois appelaient cela le murmure des étoiles.

INARI

Juillet 1944

Je suis nerveux, incapable de dormir. Mes mains tremblent. Impossible de me concentrer. Je suis à la fois inquiet pour tout et pour rien. Heiskanen me demande sans cesse ce qui me tracasse. J'ai parfois des crises où je n'arrive plus à respirer. Rien ne se passe, et pourtant j'ai l'impression de me battre en permanence contre le temps qui s'écoule. Comme si mon corps attendait une chose dont j'ignore l'arrivée imminente.

– Qu'est-ce que tu as ? me demande Heiskanen.

Il s'approche et me tend une tasse de café. Quel arôme réconfortant ! Assis sur le rebord de la fenêtre, je regarde dehors. Le récipient est orné d'une hirondelle peinte en bleu, et d'une fleur dont le nom ne me revient pas mais que je connais bien.

Peut-être une hépatique.

Une campanule ?

J'ai aussi perdu la mémoire.

Juillet 1944

J'ai rêvé que nous nous fiancions. Saara et moi. Nous faisions part de nos fiançailles dans le journal *Lapin Kansa*. Nous remplissions toutes sortes de formulaires et de coupons au bureau de l'état civil et j'avais même droit à dix jours de congé pour célébrer les noces.

Les origines de Saara faisaient l'objet d'une enquête approfondie. Ils allaient chercher les pères et les mères, les grands-mères maternelles, les photos et mensurations crâniennes, etc. Puis je recevais une lettre du quartier général comme tant d'hommes ici en ont reçu. Je les ai vues. C'était l'attestation raciale de Saara. Race : same. Mariage impossible, pour le motif suivant : le mélange avec cet élément dégénéré est formellement interdit par la loi et passible de poursuites pénales.

La lettre contenait aussi une phrase sur la trahison à la race.

Je me suis réveillé en suffoquant.

Août 1944

Tout est sens dessus dessous. Deux journalistes finlandais ont été dépêchés ici, ainsi qu'un Allemand et un Américain qui couvre l'actualité pour un journal australien. Le commandant nous a fait libérer deux prisonniers. Ils ont reçu l'ordre de jouer une évasion tandis que deux gardiens feignaient de leur courir après. Cette grande mise en scène a duré deux heures. Les photographes voulaient tous des prises de vue sous des angles divers et variés, à tel ou tel endroit, avec différentes lumières.

ENONTEKIÖ, 1950

Vêtu d'un costume bleu, Tapani Koskela examinait l'église d'un air pensif en fumant une cigarette. Cela faisait une dizaine d'années qu'il n'avait pas arpenté ces routes. Bien des choses avaient changé. L'église était différente, notamment. L'ancienne était en bois, et plus proche du rivage. Ce nouvel édifice se dressait sur la colline dominant les lacs et la toundra. En face de l'école, les internats ; à un kilomètre, il devait y avoir la maison qui était sa destination. L'église lui paraissait à peu près achevée. Elle était grise et grande. Solide mais encore en attente d'une croix, d'un retable et d'un orgue, à ce qu'on disait. Pour les fonts baptismaux, une collecte circulait dans la compagnie des gardes-frontières. L'orgue à venir était cadeau d'Allemagne de l'Ouest. *D'Allemagne.* Du mucus se colla tout à coup dans sa gorge, provoquant une puissante quinte de toux. Il racla longuement les sécrétions avant de pouvoir cracher par terre.

Koskela avait laissé sa voiture dans la cour du poste de police provisoire. Mais évidemment il n'y avait pas de policiers. Non. Eh non… Le commissaire Koskela avait entendu parler d'opérations visant à prévenir la contrebande en provenance des pays nordiques, oui, mais où étaient les résultats ? Voilà. Nulle part. Non. La sauvage Laponie était indomptable. La ruée vers l'or était un épisode qui avait causé des troubles, mais ce n'était ni le premier ni le dernier. Le Petsamo avait été le Klondike finlandais. Ici, on ne convoitait pas le pouvoir. On n'avait besoin de personne. Ces montagnes avaient leur propre loi. Où le voyageur n'était gouverné que par le froid et par la faim. Koskela soupira et regarda le crachat tombé par terre. *Le froid et la faim.* Dans un sens, on pouvait dire que les choses n'allaient pas si mal.

Dans un sens.

Koskela remonta son pantalon de la hauteur d'un pouce. Il avait maigri, en prison, et il n'avait pas retrouvé son poids depuis. C'était indéniable. Il repensa inévitablement aux vieillards moribonds qui se ratatinaient avant de casser leur pipe. Il n'avait ni appétit, ni soif de vivre. À présent, il comprenait mieux ces personnes âgées. Dans la vie quotidienne, le pas le plus infime était si pesant qu'il exigeait de francs efforts. Fatalement, on en venait à se demander à quoi bon.

Outre l'appétit, Koskela avait perdu le sommeil. Il passait la majeure partie de ses nuits à tourner dans son lit, puis finissait par renoncer à 4 heures du matin. Parfois avant, parfois après, mais en moyenne il pouvait dire 4 heures. Il s'asseyait alors à la table de cuisine de son logement de fonction. Il regardait par la petite fenêtre crasseuse. Et il attendait. Il attendait que le jour se lève, que quelque chose se passe. Que la vie esquisse un mouvement dans une direction ou une autre. Chaque satané matin. Et elle n'esquissait jamais le moindre mouvement.

Sauf maintenant. Maintenant, elle prenait une direction dont il ne savait pas encore très bien où elle allait conduire. Mais elle devait bien conduire quelque part. Il voulait penser que le moment était enfin venu d'achever une chose commencée jadis. Olavi Heiskanen… Repensant aux paroles d'Inkeri, Koskela se gratta derrière l'oreille.

Les messages qu'elle lui avait envoyés, en prison puis à son domicile, ne lui avaient d'abord inspiré aucun intérêt. Il en recevait à la pelle, des lettres de femmes. De femmes désespérées qui écrivaient aux détenus pour recevoir de l'attention, du soutien ou tout ce qu'elles pouvaient bien chercher. Et nombreuses étaient celles qui trouvaient ainsi un mari. C'était très curieux. Ou bien il recevait des lettres de folles du village ou autres hystériques qui crachaient leur venin sur les policiers. Il n'était pas inhabituel non plus de recevoir des missives relatives à de vieilles affaires déjà résolues ou, au contraire, à des crimes non élucidés. Mais lorsque Inkeri l'avait appelé et que, portant le téléphone à son oreille, il avait ressorti sa lettre, Koskela, en la lisant, avait commencé à envisager l'éventualité que cette femme disait peut-être la vérité. Et si c'était le cas, quelles pouvaient être les conséquences ? Il n'avait pas tardé à découvrir à quel genre de femme il avait affaire, en l'occurrence. Et en commençant à percevoir les tenants et aboutissants de toute cette situation, il n'avait pas su comment réagir.

Koskela devait-il avouer des faits qui risquaient de le plonger dans des ennuis encore plus graves ? Devait-il se taire et nier en bloc tout ce qui risquait de pousser Inkeri à se tourner vers des instances qu'il ne voulait surtout pas voir se saisir de l'affaire ? Il ne savait pas. Vraiment pas. Décidant de se fier à son instinct, il choisit de regarder ce que l'avenir lui réservait. Il s'était toujours comporté ainsi, dans sa vie. Il tâchait de remplir sa mission, d'accomplir son devoir et d'agir pour le mieux. Il se voyait comme un homme juste dans un monde cruel.

Parfois, il envisageait de partir honorablement. Il n'avait plus personne. Sa femme avait succombé à un cancer plus de dix ans auparavant. Nessa était morte pendant la guerre. *Nessa.* Une spitz brun rougeâtre, le plus grand bonheur de sa vie. Il aurait encore pu comprendre que la chienne mourût de vieillesse. Ou qu'elle fût abattue par accident, mais non. Victime d'un cancer, elle aussi. On lui avait trouvé un petit nodule sur la nuque. Et il était malin. Fichu cancer… Pourquoi ne laissait-il pas tranquilles les braves animaux, au moins ? Les humains méritaient cela. Les bons chiens, comme Nessa, non. Si Koskela était mort en premier, Nessa aurait été le genre de bête à rester assise sur sa tombe jusqu'à y mourir à son tour.

La fidélité.

Oui. La fidélité, c'était là qu'on pouvait mesurer la relation d'un humain vis-à-vis d'un autre. Non pas dans l'amour ou la haine qu'on lui portait. Ni dans le fait d'être du même sang ou sculpté dans un même bois. Non. Mais dans le fait que l'autre était prêt à honorer toutes ses promesses. À affronter la mort à vos côtés, à vous soutenir dans le moment le plus noir. À tuer, s'il le fallait. Des gens pareils, il y en avait peu, dans le monde. Par expérience, Koskela pouvait les compter sur les doigts de la main.

Il regarda vers le nord puis se tourna vers le sud. Il rangea sa montre dans sa poche. Il pensait toujours à Nessa, chaque jour. Elle avait été avec lui à Alakurtti, dans le camp où il travaillait avec Väinö Remes. Et un jour, elle avait disparu. Elle avait traversé la frontière en suivant la piste d'un animal. Évidemment, les autres, ça ne leur avait fait ni chaud ni froid. Les gens tombaient comme des mouches. Alors à quoi bon sauver un chien ?

Mais ce Remes… Koskela était devenu une espèce de figure paternelle, pour ce garçon qui avait perdu son père. Lui-même n'ayant pas d'enfant, il ne savait pas dire s'il était attaché à Remes comme un père à son fils, mais en tout cas il voulait veiller sur lui. Au début, le garçon avait été très délicat. En général, une telle féminité agaçait Koskela, mais ce garçon pâlichon était finalement devenu son meilleur ami. Pendant son temps libre, Koskela le voyait écrire dans ses cahiers. Contempler le coucher ou le lever du soleil avec le plus grand sérieux, méditant sur la vie et la mort. Pour sa part, Koskela ne voyait pas ce qu'il y avait là à méditer.

Peut-être que la guerre était trop dure pour ces gens-là.

Mais il était vrai que la guerre unissait, aussi. Quand on partage des expériences pareilles avec autrui, il en résulte une proximité incomparable, pour ainsi dire. Une proximité qu'on ne peut atteindre ni dans la joie, ni dans le chagrin.

Väinö avait compris sa peine. Pour l'évasion du chien. Et il était parti chercher Nessa. Un petit animal solitaire en plein cœur des éclats de la guerre. En terre inconnue. Dans des contrées sauvages et inhospitalières. Au bout d'une semaine, le gars était revenu. Avec Nessa. Il l'avait trouvée blottie dans la carcasse d'un animal mort. En sécurité. Elle n'était pas bête, Nessa.

Deux mois plus tard, on avait diagnostiqué son cancer, puis le moment était venu où il fallait l'achever. Elle souffrait trop. Là encore, Remes avait proposé son aide. Pour abattre Nessa à sa place. Mais il n'était pas le genre d'homme à laisser faire ça, Koskela. Il l'aurait regretté pour le restant de ses jours. C'était lui et nul autre qui devait la tuer.

Elle avait émis un petit gémissement, Nessa, en mourant. Ce gémissement, Koskela ne l'oublierait jamais. Il y repensait souvent, à 4 heures du matin, en regardant par la fenêtre.

Avec l'aide de Remes, Koskela avait enterré Nessa à l'ombre d'un petit arbre. À l'abri. Remes avait sculpté une croix de bois.

Pour tout cela, Koskela avait éprouvé une immense gratitude à l'égard de Remes. Mais ensuite, l'*Einsatzkommando Finnland* fut dissous ; il ne le vit plus pendant longtemps et ne savait pas où il pouvait bien être. Koskela fut alors retransféré à Rovaniemi ; mais par un matin d'hiver – ou était-ce le printemps ? qui se souvenait encore des saisons ? –, il était tombé sur Remes à Inari. Si pâle qu'il avait d'abord cru voir un fantôme. Et dans un sens, c'en était un. Ce n'était plus le garçon qu'il avait trouvé au fin fond du Kainuu, dans un club du Mouvement patriotique, et qu'il avait pris sous son aile. Quelque chose en lui avait changé, entre-temps. Des yeux noirs, des pommettes sournoises. Il était devenu particulièrement taciturne, aussi. Autrefois, il disait au moins « bonjour », « au revoir ».

Et puis il y avait eu Saara.

Saara.

Au croisement, Koskela s'engagea sur le petit chemin transversal. La maison avait le même aspect que lors de sa dernière visite. La dernière fois qu'il avait vu Väinö Remes. À l'époque, tout était enveloppé de fumées et de cendres. Le sol était jonché d'oiseaux brûlés à mort en plein vol. Les volatiles calcinés ne laissaient à terre que des traînées noires.

Koskela secoua la tête devant ces souvenirs et réfléchit au cliché que détenait Inkeri. *Aucune* photographie de cette époque ne devait exister. Au pire, une erreur pareille risquait de lancer quelqu'un à ses trousses. Il ne voulait pas retourner en maison de correction. S'il jouait bien ses cartes, Inkeri lui remettrait le document sans se douter de rien. Malheureusement, elle n'était pas bête. Mais il avait un plan. Tout d'abord, il avait un détail à élucider. Ce qu'elle lui avait dit… Se pouvait-il que ce soit exact ?

Arrivé à destination, Koskela ouvrit la porte d'entrée et ne frappa qu'au battant intérieur. Une forte odeur de produits chimiques flottait dans le vestibule. Il devina que cela venait de la pièce adjacente, qui devait être la chambre noire. Derrière la porte du séjour, il entendit gémir. Lorsqu'il tourna la poignée, Inkeri leva les yeux. Assise à table, elle était affairée devant un tas de papiers. La pièce avait changé, en six ans. À présent, les fenêtres étaient garnies de grands rideaux à la mode, un gramophone jouait de la musique et un petit objet en forme de boîte, que Koskela reconnut comme étant un appareil photographique, était vissé sur un pied. Il toussota, et son regard tomba sur une grande plante dont la présence ne l'étonna même pas. Elle prouvait que ses soupçons étaient justifiés. Il ferma la porte.

– Tu dois vraiment avoir la main verte, pour faire survivre une plante pareille, rit-il en composant une voix enjouée.

Inkeri regarda Koskela, puis le ficus avachi, puis à nouveau Koskela.

– Bof. Je n'y comprends pas grand-chose, moi. C'est surtout mon locataire.

– Ah. Alors ton locataire a la main verte, reprit Koskela en ôtant son chapeau. Qu'est-ce que tu fais ?

– Des préparatifs.

– Des préparatifs ?

– Demain il y a un enterrement.

– Un enterrement ? De qui ?

– D'*áddjá*, dit une voix à la porte du vestibule.

Koskela se tourna. Il s'étonna de voir Bigga-Marja alors que cela n'aurait pas dû être une surprise.

– Bigga-Marja. C'est toi ? demanda-t-il en faisant la moue. C'est pas vrai. Tu as… *grandi.*

Il avait rencontré la petite-fille de Piera à plusieurs reprises pendant la guerre, mais le dernier et plus intense souvenir qu'il avait d'elle était précisément celui du jour auquel il venait de repenser dehors. Bigga-Marja s'était précipitée vers eux en larmes, crasseuse. Le camp voisin était en feu. Elle avait dit qu'il y avait eu une explosion. *Une explosion.*

– Eh bien, commença Koskela. Se pourrait-il que tu te souviennes de moi ? Je suis…

– Je me souviens. Je me souviens de toi, l'interrompit Bigga.

Elle alla droit au canapé et s'y ensevelit.

Tout à coup, Koskela ne savait que faire. Ces moments-là étaient rares. Peut-être était-ce à cause de l'endroit. Cet endroit lui rappelait trop la guerre. Avant le déclenchement proprement dit du conflit en Laponie, Koskela et son équipe avaient passé en revue les villages au contact de la frontière orientale. Les partisans avaient attaqué pendant tout l'été. « L'été de la peur. » Et puis il y avait eu un cas. Les tout derniers jours de la guerre. Ou plutôt après. En septembre, lorsqu'il était revenu d'Enontekiö. La patrouille avait trouvé un petit village. Par hasard. Totalement détruit. Vingt-trois corps. Femmes fusillées, et violées, avant et après. Ligotées aux arbres. Abandonnées dans des positions grotesques. Les plaies étaient bourrées d'œufs de mouches. Enfants tués par-derrière à la baïonnette. Même rengaine pendant tout l'hiver. On avait beau avoir donné l'ordre d'évacuer, on n'avait pas eu le temps de repasser partout. Dans ces recoins non desservis par la route, les gens étaient restés livrés à leur sort. De tels villages, on en avait trouvé beaucoup. Violentés, incendiés, détruits.

Les cendres flottaient au-dessus des corps.

Mais à l'époque, Koskela savait tout de même ce qu'il devait faire. Pendant la guerre, il y avait davantage de lois, de routines et de règles. En temps de paix, il y avait la liberté. *La liberté.* Il n'y avait pas de règles pour cela. La liberté n'était que chaos. Comment vivre dans ces conditions ?

– Condoléances, dit Koskela, si bas que ce n'était presque qu'un chuchotis.

Puis il se retourna vers Inkeri.

– Je te sers du café ? demanda-t-elle.

Il observa autour de lui. Il se demanda ce qui se passerait si le fameux locataire entrait à cet instant. Que ferait-il ? Et lui-même, que ferait-il ?

– Non. Ce n'est peut-être pas le bon moment. Je reviendrai. Je… J'ai quelque chose pour toi, Inkeri. Mais je ne peux pas te le remettre dans de telles circonstances. Ce que j'apporte réclame des explications, et je souhaite que tu puisses alors être totalement concentrée.

Inkeri se leva.

– Après l'enterrement, j'aurai tout le temps devant moi.

– Je te l'apporterai donc après l'enterrement.

Koskela se tourna vers la porte, mais se ravisa. Inkeri lui adressa un regard interrogatif. Bigga-Marja semblait feuilleter l'album de timbres.

– Ton locataire n'est pas à la maison ? demanda Koskela tout en examinant Bigga.

Celle-ci leva la tête. Ils se dévisagèrent un moment. Bigga se mordit la lèvre et baissa les yeux.

– Non. Il n'est pas là. Pourquoi ?

– Comme ça. Histoire d'en savoir plus sur cette plante. Comment il s'y prend pour l'entretenir.

– Je pourrai lui poser la question.

– Non, laisse, dit Koskela avec précipitation. Ce n'est pas nécessaire. En fait, il vaut mieux que tu ne mentionnes rien du tout. Et si ce n'est pas trop demander, j'aimerais bien venir à l'enterrement. Ton locataire aussi… Il y sera, hein ?

Inkeri pencha la tête, perplexe.

– Oui.

– Bien.

Koskela opina du chef et sortit. Refermant la porte derrière lui, il songea à l'expression de satisfaction qu'avait Nessa lorsqu'il la grattouillait dans le cou, à l'endroit où le collier avait laissé son empreinte.

INARI

Août 1944

Saara ne me pardonne pas. Ne me parle pas. Ne me regarde pas.

Août 1944

On a cousu la carène du bateau, on l'a bien goudronnée, huilée à l'intérieur comme à l'extérieur, et la voici achevée. Je lui ai fait faire un tour inaugural sur une île voisine, avec Biret-Ánne. Là-bas, il y a une grotte qui contient des glaces éternelles. Elles n'ont jamais fondu, elles sont là depuis la formation du lac.

Mais dès que j'ai pénétré dans la grotte, la glace s'est mise à fondre.

Août 1944

Ce soir, les journalistes ont fait la fête. Ils partent demain. Ils ont voulu nous prendre en photo. Heiskanen et deux prisonniers sont venus poser, ainsi que quelques autres gardiens, et même le commandant Felde. Saara aussi a bien voulu. Biret-Ánne s'est également prêtée au jeu, avec un grand plaisir. Elle s'est placée devant le médecin.

Alors que je les regardais de loin, on m'a demandé de me joindre au groupe. Saara m'a lancé un regard glacial, rempli de haine. À un moment, Heiskanen l'a touchée à l'épaule. Il a chuchoté à son oreille. Puis elle a dirigé les yeux vers l'objectif, et j'ai cru que son regard allait détruire l'appareil.

Août 1944

Je n'arrive pas à me sortir Saara et Heiskanen de la tête. Impossible de dormir, et même éveillé je suis incapable de faire quoi que ce soit. Le lien qui existe entre eux deux, je ne pourrai jamais y accéder. Qu'est-ce qu'il peut bien avoir de plus que moi, Heiskanen ? Il faut que je réagisse. Je dois reconquérir ma place, me débarrasser de lui.

Août 1944

Kalle a été emmené de nuit. C'est moi qui l'ai livré. À la prison communale, aux mains de Koskela. Et sur ordre du commandant. Heiskanen n'était pas au courant. Affolé, il est allé faire un scandale chez Felde.

Allongé sans dormir, je serre dans mes mains la boule de *komsio* fabriquée par Biret-Ánne, et je voudrais être ailleurs.

Août 1944

Aujourd'hui, on nous a chargés de construire une voie ferrée pour le fort. Felde a ordonné que Heiskanen y participe.

Tout à coup, j'ai entendu sortir de ma bouche que Felde avait raison depuis le début. Les mensonges m'asséchaient la langue, pourtant j'ai continué. J'ai dit que Heiskanen devait être éliminé. J'ai prétendu savoir qu'il transmettait des renseignements à la Valpo.

Felde a donné l'ordre de le tuer.

Août 1944

Ce matin, il y avait du brouillard. De la brume. Avec Heiskanen, on prépare les prisonniers pour le départ. Il ne m'adresse pas la parole. Il se doute de quelque chose. Quand il fait un pas, j'en fais deux. On se rapproche, on s'éloigne, comme au bal. Ou face à un reflet. Cette fois, je le devance.

Août 1944

Il fait chaud, mais ce n'est qu'une nouvelle forme de fraîcheur. C'est un temps qui brouille le caractère étouffant de l'été passé. La terre sent, elle sent presque pareil qu'au printemps, mais il y a autre chose dans l'air. J'attends, je ne sais pas quoi.

J'attends la mort.
J'attends la vie.

Août 1944

Nous sommes passés devant la maison de Saara, en centre-bourg. J'ai glissé une enveloppe dans sa boîte. J'ai joint à ma lettre la boule de *komsio* argentée et une petite bouture du rhododendron lapon.

ENONTEKIÖ, 1950

Bigga-Marja avait du mal à cacher ses pleurs. Le cimetière se trouvait à environ cinq cents mètres au nord de l'église, où il formait une vaste mer de lichen. Les croix des vieilles tombes étaient battues par le vent. Les pierres portaient des noms qu'Olavi n'avait jamais entendus. Un peu plus loin résonnait un bruit de chantier : l'achèvement de la mairie ne connaissait ni jour ni heure.

Olavi entendit un hennissement. Tournant la tête, il vit un cheval indigène alezan. Dans un sens, c'était une chance que les chevaux de guerre réquisitionnés par l'État fussent toujours disponibles à la location, autrement les chantiers auraient dû faire face à une pénurie de chevaux. La besogne était onéreuse, et le prix n'avait pas baissé depuis les pires années de reconstruction.

L'éloge funèbre débuta. La voix du pasteur portait loin. Les habitants de Laponie s'étaient mis sur leur trente-et-un. Tout en sachant qu'il était d'usage de porter un costume lapon plus discret aux enterrements, Olavi ne voyait autour de lui qu'un grand scintillement de couleurs vives. Foulards argentés et rubans de chapeau, bijoux dorés et argentés à la poitrine et aux oreilles rivalisaient d'éclat avec le soleil. Bigga-Marja portait une vieille robe de sa mère, reprisée pour elle par la femme de Lasse. Les rubans ornant l'ourlet de la robe aussi bien que les épaules et le devant indiquaient la lignée à laquelle elle appartenait. Des lacets enroulés recouvraient sa cheville jusqu'en haut, et des pompons se balançaient sur ses chaussures à chaque pas. Olavi trouvait étrange de voir la jeune fille dans cet accoutrement. En la regardant, il comprit qu'il n'avait pas vu autant de couleurs au village depuis un bout de temps, peut-être des années. Tout bien réfléchi, depuis la pose de la première pierre sur le chantier de l'église. Les choses avaient changé, entre-temps, les gens avaient changé. Cela semblait faire une éternité.

Olavi se redressa et rajusta son veston. Il avait enfilé un costume sombre, avec un chapeau approprié aux circonstances, à ôter et remettre sur sa tête. Il lui semblait que le chapeau ne servait qu'à cela : à l'enlever quand venait le moment de se recueillir devant la mise en terre. Inkeri avait un chapeau fait essentiellement de résille sombre, hérissé d'une brillante plume noire et verte qui flottait dans le vent. Leurs tenues étaient comme une évocation d'un ancien temps. Un temps avant la guerre, avant tout. De plus, Inkeri portait autour du cou un diamant bleu profond qui en intrigua plus d'un. Olavi n'aurait pas cru qu'elle possédait de tels bijoux. En même temps, il devait reconnaître qu'il savait très peu de choses sur elle.

Les yeux d'Inkeri sautillaient de-ci de-là sur la foule comme si elle cherchait quelque chose. Elle avait toujours des lunettes de soleil dans son sac à main, et Olavi comprit qu'elle essayait de cacher ses maux de tête. Elle avait les mains jaunies par le tabac.

« *Car tu es poussière, et tu retourneras à la poussière* », déclamait le pasteur. Épitaphe sur la croix de fer : *Aimé dans la vie, pleuré dans la mort.* Les gens étaient venus nombreux : la notoriété de Piera était grande. Tous avaient un air impuissant et soumis. Apeuré. C'est cela, le chagrin. Une muette résignation.

Amen résonna au-dessus des arbres, Olavi remit son chapeau.

Inkeri marcha vers lui.

Olavi ne reconnut pas tout de suite l'homme qui était à côté d'elle. Il le regarda, droit dans les yeux – il allait bientôt se demander comment il avait pu voir si mal et si peu. Ou le temps avait-il tellement transformé Koskela ? Non. Pourtant non, constata-t-il. Koskela était toujours le même, malgré son amaigrissement léger mais visible. Olavi dut alors se rendre à l'évidence : c'était lui que le temps avait transformé.

Les deux hommes se serrèrent la main. Inkeri observait leurs gestes attentivement. Mais ils n'échangèrent aucune autre parole que leurs noms. Comme s'ils ne se connaissaient pas. Comme il convenait. Aucun d'eux n'était censé avoir été là où il avait été pendant la guerre.

– Koskela. Tapani Koskela.

– Olavi. Olavi Heiskanen.

Ils regardèrent en silence les gens qui passaient. Comme quelqu'un venait la tirer par la manche, Inkeri fut visiblement contrariée de devoir s'écarter d'eux. Bigga-Marja les examinait également avec intérêt, et Olavi savait pourquoi. Elle savait qu'ils se connaissaient, tous les deux.

– Tu pêches ? demanda Koskela à l'improviste.

Olavi le regarda avec étonnement.

– Non. Pas vraiment.

– Dommage. J'aurais pu te vendre un bateau.
– Un bateau ?
– 30 000 marks. C'est une bonne affaire.
Olavi mit la cigarette dans sa bouche. Il l'alluma. Ses mains tremblaient. Bigga-Marja tripotait les rubans de son foulard ; au même moment, une personne vint se présenter à elle et lui demanda qui elle pouvait bien être.
– *Mu namma lea Hágas-Bierá Biggá-Márjá*, rétorqua Bigga.
– *Leago Hágas-Bierá du áddjá ?*
Bigga hocha la tête pour confirmer cette précision, puis elle se détourna et l'autre disparut.
– De quelle couleur ? demanda Olavi.
– Vert, répondit Koskela tout en fumant. Il est vert. Fabriqué pendant la guerre, en août 1944. C'est les prisonniers qui l'ont peint.
Olavi se sentit sombrer dans une brume silencieuse. Dans un marécage.
– Motorisé ?
– Après coup.
– Par les temps qui courent, monsieur le commissaire sait bien qu'il serait imprudent d'acheter un bateau pour le simple plaisir de la pêche, non ? s'immisça Bigga-Marja, les bras croisés. On pourrait avoir des ennuis.
Les deux hommes la dévisagèrent avec surprise, et Olavi eut un spasme au coin des lèvres.
– Je te ferai un mot que tu pourras montrer à la police si on te pose des questions.
– Dans le doute, il vaut encore mieux s'assurer de ne pas s'exposer à des questions, fit remarquer Olavi.
– Tant pis, dit Koskela avec un sourire placide. Je t'aurais fait un prix.

Au loin, à l'horizon, de grands nuages se profilaient au-dessus de la toundra. Pluie. Orage. Ici, le soleil brillait. C'était bizarre, comme le temps était si différent à si peu de distance.

– Bon. On se reverra, tous les deux. À bientôt, lança Koskela avant de s'éclipser en direction du buffet.

Bigga et Olavi le suivirent des yeux tandis qu'il s'approchait d'Inkeri pour bavarder avec elle.

– De quoi ils parlent, hein ? demanda Bigga à Olavi avec curiosité.

– Sûrement de la pluie et du beau temps, répliqua-t-il en prenant une cigarette.

Il l'alluma.

La jeune fille tendit la main. Il lui donna le paquet et le briquet. Ils écoutèrent le bruissement du vent. Contemplèrent le cimetière couvert de mousse et les herbes qui touchaient presque le ciel. Les gens prenaient congé. La route s'empoussiérait de voitures, de chevaux et de rennes, le soleil se déplaçait vers la droite. Les nuages passaient sur la toundra.

INARI

Août 1944

La crue fait remonter des charognes humaines, blanches, des yeux à moitié dévorés aux couleurs diverses et variées. Les boyaux déféqués par les prisonniers flottent sur la terre détrempée comme des vipères en été sur le sable ou sur un rocher. En marchant dessus, on a l'impression d'écraser des vers.

Il pleut et tout est inondé. La terre est bourbeuse, impossible de faire un pas sans être trempé, et partout il n'y a que du noir. Du vide. Rien que du vide et du noir. Du silence. Je suis peut-être tombé. Je ne suis pas sûr, mais je suis couvert de boue et de saletés. Je me suis cogné la tête. Ou bien on m'aura tiré dessus.

En me relevant, je me demande : les oiseaux ont-ils toujours chanté ?

Je saigne de la narine gauche. Ça coule sans interruption depuis près de deux heures. J'ai la figure ensanglantée. Il n'y a plus d'oiseaux. La nuit, j'ai de fortes poussées de fièvre. Mes os cherchent à quitter mon corps. Des guêpes me piquent les yeux, je les entends bourdonner et j'essaie de les chasser. J'ai une fièvre de cheval et je n'ai pas dormi, mais pourtant si, forcément, car quelqu'un est venu apporter une gamelle d'eau à mon chevet, comme pour un chien, et me couvrir d'un haillon, or je n'en ai aucun souvenir. Je ne sais pas qui c'était. Peut-être personne. Peut-être que j'imagine tout. Peut-être que c'est moi qui l'ai fait. Ou peut-être Saara. Mais non, je sais que ce n'est pas elle. Elle n'est plus là. Elle est partie. Si ça se trouve, je l'ai imaginée, elle aussi. Olavi n'est pas là. Kaarlo est absent. Il n'y a personne. Je ne suis plus là. Tout le monde est mort. Tous. « Je ne suis pas un meurtrier ! » je crie dans mon sommeil.

Je suis allé chez le médecin, paraît-il, c'est ce qu'on m'a dit. Qui ? Je ne sais pas. J'ai entendu. Mes anciens médicaments ne sont plus disponibles. J'ai eu soixante pilules d'autre chose. Je ne sais pas quoi. Je viens d'en prendre une poignée. Légère vague moelleuse. Sursaut. Je plonge dans le vide et j'y résiste au point d'en avoir mal au ventre. Je me réveille en vomissant. La dernière fois que j'ai entendu un oiseau chanter, c'était il y a deux jours. Ce devait être une mésange.

Non, cela fait cinq jours et c'était une gélinotte.

Cela fait une semaine.

La jument s'est échappée et a emmené les oiseaux. Sur son dos, des oiseaux, comme sur une branche.

Personne ne m'a parlé. Personne ne me dit rien. Le souvenir de moi s'estompe et je disparais. Le reflet est vide comme une maison déserte. Pour la première fois, je me rends compte : j'ai titubé jusqu'au potager. J'y suis depuis plusieurs jours.

Je mange de la terre, au lieu de carottes ou de patates. Il n'y en a plus.

Je vomis.

J'ai la diarrhée.

Un gaz vert, je me dis, mais il n'y a plus de médecin pour le vérifier.

Je dors sans doute dans l'étable.

Je ne suis pas sûr, mais je crois.

Je mange du foin comme un cheval.

Je ne sais pas. Je ne peux pas me fier à moi-même.

Je mange de la terre. La terre sent le fer entre mes doigts. Le sucre et le fer. Le sang.

« Y a quelqu'un ? » je crie à en faire tomber les arbres.

J'ai marché sur des restes de corps morts. Un ours en avait éventré un. Il ne m'a pas remarqué, parce que moi aussi je suis mort. J'ai quelque chose sous la semelle. Ça brille et ça glisse.

Je reste étendu sans fin à l'endroit où elle m'a embrassé pour la première fois.

Il pleut et il vente.

Sans arrêt.

Tout le temps.

Les jours. Ils affluent dans l'étable.

Les oiseaux sont morts.

ENONTEKIÖ, 1950

Olavi dressa l'oreille. Il entendait distinctement marcher vers lui.

– Salut, fit une voix sourde.

C'était un homme essoufflé. Autrement, son ton était posé.

– Salut, répondit Olavi sans tourner la tête. Tu savais que cette région est pleine de pièges à rennes lapons ancestraux ?

– Non, je l'ignorais.

L'homme avança, s'assit à côté d'Olavi, se dégourdit les jambes et sortit une pipe de sa poche. C'était Koskela.

– Tu as choisi un endroit fameux, dit-il.

Il inspira profondément, toussa et reprit son souffle. Le silence de fin de nuit était enivrant.

– Bigga a remis le message ?

– Bigga a remis le message.

– Tu aurais cru que ça se passerait comme ça ? demanda Olavi lorsque Koskela eut repris son souffle. Entre tous les gens au monde, c'est nous deux qui restons…

– Non. Je ne peux pas dire que j'aurais cru cela.

– À ton avis, à vue de nez, quelle probabilité, en pourcentage ?

– Je ne sais pas. Pas beaucoup. Peut-être dix ?

– Dix… répéta Olavi en regardant la flasque dans sa main. *Dix…*

– Ou huit. Je dirais huit.

– En tout cas, peu. Sacrément peu.

– Une éventualité franchement infime, confirma Koskela. Moi, je croyais que tu étais en Amérique.

– Tu as fait de la maison de correction.

– Oui. Ainsi en ont décidé les plus avisés.

Olavi déglutit.

– J'avais peur que tu me dénonces aussi.

– Je ne l'ai pas fait.

– Non.

– L'idée m'a effleuré. À l'époque, hein. Plus maintenant. Je me disais que ça n'aurait pas d'importance. Personne ne t'aurait retrouvé, puisque tu devais partir en Amérique. Mais quelque chose m'intimait de ne pas piper mot, et je n'ai pas pipé mot.

– Ils t'ont interrogé ?

– À quel propos ?

Olavi fuma.

– Tu sais bien.

– Plus ou moins. Ils ont abordé le sujet. Mais ils étaient mal renseignés, ce n'était pas très convaincant. Ce sont les anciens de la section Paatsola qui s'occupaient de l'enquête. Et certains agents sont encore à mes trousses, mais bon, ils n'ont pas de certitudes. Ils ne peuvent pas.

– Ah. Moi qui croyais que tu étais de leur côté…

– Oui. J'y étais, oui. Et j'y suis toujours. Mais certaines choses ne valent pas la peine d'être révélées.

– Nous avons mal agi.

– Oui. *Vous*. Mais ça se joue à une autre échelle. Ils traquent le menu fretin : ils essayent d'en attraper beaucoup pour faire croire à tout le monde qu'il n'y a pas besoin de capturer les gros poissons. Voilà ce qu'ils visent.

Olavi dessinait des motifs par terre avec le bout d'un bâton. Le soleil brillait sur les crêtes de la toundra. Les nuages s'étaient dissipés. Le parfum des fleurs se répandait.

– Tu savais que le nom de Kaarlo figurait dans le registre des prisonniers tenu par la Croix-Rouge ?

– Oui, répondit Koskela. C'est moi qui l'y ai inscrit.

Olavi agita les orteils et ouvrit un sachet à côté de lui.

– J'ai apporté à manger, dit doucement Olavi en déballant un bout de pain qu'il donna à Koskela. Et voilà du café.

Il indiqua le feu, où chuintait une petite cafetière. Il servit Koskela dans une tasse en bois évidé. De même pour lui.

– Il y a des gens qui empruntent ces sentiers de randonnée, raconta Olavi. Ce sont surtout de vieux itinéraires d'élevage de rennes, mais certains les empruntent sans raison. Pour s'amuser. C'est bizarre. Vu d'ici, on dirait que ce ne sont que des cailloux et des rochers. Mais quand on redescend dans les vallées, c'est une véritable jungle. À ce moment de l'année, ça verdoie de nénuphars, de boutons-d'or et de toutes sortes de fleurs qu'on ne voit pas franchement partout dans les parages.

– Toi et tes plantes… murmura Koskela en riant. Il faut dire que j'étais sacrément content de te voir, malgré la surprise.

Il éclata d'un rire joyeux et le tapota sur l'épaule.

– Oui. Moi aussi, reconnut Olavi en souriant.

– Bon sang, mais pourquoi es-tu encore ici ? As-tu découvert si Bigga-Marja a dit la vérité ?

Olavi baissa la tête en s'efforçant de chasser les souvenirs. La fumée. Les animaux carbonisés.

– Oui, elle a sûrement dit la vérité, Bigga.

– Et pourtant, tu es resté ?

– Oui, dit doucement Olavi, tête baissée. Peut-être que je me suis dit : mais quand même ? Bigga aurait pu mal voir. Elle aurait pu mentir. Elle était petite, à l'époque. Les enfants inventent des histoires. Et c'est sans doute pour la même raison que j'ai confié à Inkeri le nom de Saara, aussi. Je voulais me raccrocher à cette illusion.

– Ah. Tu le penses encore ?

– Je suis sûr que Bigga avait raison.

– Sûr sûr ?

– Pas loin de cent pour cent.

Koskela fit claquer sa langue.

– Inkeri sait-elle ce qui est arrivé à Kaarlo ? demanda Olavi.

– Aucun de nous ne sait ce qui est arrivé à Kalle, lui rappela Koskela.

– Pourquoi as-tu aidé Inkeri ? demanda Olavi d'un ton un peu accusateur.

Koskela eut un grand éclat de rire.

– Et toi, pourquoi tu es resté vivre avec elle, sous le même toit ?

– Les ennemis… Qu'est-ce qu'on dit d'eux, déjà ? demanda Olavi avec un rire involontaire.

– Qu'il vaut mieux les garder près de soi.

– Oui.

– Mais cette Inkeri n'est peut-être pas une ennemie, en fait, suggéra Koskela.

– Non. Ce n'est pas une ennemie, admit Olavi.

Il flaira la fumée et raviva le feu, car les insectes devenaient trop nombreux. Les deux hommes partagèrent un bon moment de silence. Chacun dans ses pensées. À moitié les mêmes.

– À la capitale, ils envisagent de constituer un genre de registre des Sames, dit soudain Koskela.

– Quoi ?

– Ils envisagent de créer un registre des Sames.

– C'est quoi ?

– Ils recensent la population. Qui sont les Sames. Combien ils sont. Où ils habitent.

– Ah.

– L'État veut s'approprier ces forêts, cette tourbe, ces marais, et tout le reste, déclara Koskela, mais ça pose un problème juridique avec ces ploucs lapons. Pour savoir quels sont leurs droits sur les terres, et comment les contourner.

– Ah. Et sur quel critère ?

– Ça n'a pas encore été décidé. Mais vraisemblablement ceux qui parlent same comme langue maternelle.

– Ah bon. À ce rythme, il n'y en aura bientôt plus. Même Bigga ne parle plus same.

– J'en ai touché deux mots à Inkeri. Histoire qu'elle fasse un reportage là-dessus. Le nouveau magazine dont elle parlait, il accepterait peut-être un article à ce sujet. Ça la changerait un peu des camps de prisonniers.

– C'est grâce à toi qu'elle se passionne tellement pour ce nouveau thème ? se moqua Olavi en repensant au reportage sur l'éducation populaire dans lequel Inkeri avait mis beaucoup d'efforts et qui avait donné lieu à une dispute avec Bigga. Mais je ne sais pas. Peut-être serait-il bon d'écrire sur les camps, aussi. Ça fait un certain temps, maintenant. Tout le monde est mort.

– Tu n'es pas mort, toi, dit Koskela à voix forte.

Loin, très loin, un oiseau poussa un cri perçant. Koskela avait une mine grave.

– Ça te tracasse encore ? N'aie plus de regrets.

Olavi regarda le feu. Il cligna des yeux, une fois, mais demeura incapable de répondre.

– J'ai appris que celui à qui on livrait les corps a été incarcéré. Pour profanation de cadavres. Quelque chose comme ça.

– C'est exact. Et tu ne tarderas pas à rencontrer le bonhomme, si tu restes ici.

– Qui se chargera de ça ? Toi ?

– Ça doit être un coup de pot, que ce ne se soit pas déjà le cas.

Koskela regarda le ciel, palpa sa poche, réfléchit un moment, mais n'en sortit rien.

– La photographie qu'a Inkeri, dit Koskela. La photographie prise à la toute fin de la guerre. Celle où figuraient tous ceux qui étaient en charge de l'opération. Saara, le médecin…

– Inkeri ? s'exclama Olavi. Elle a dit que c'était toi qui l'avais !

Koskela le dévisagea. Il éclata de rire.

– Ah, c'est ce qu'elle t'a dit ? Non. Justement. Elle n'a pas voulu me la donner.

– Pourquoi a-t-elle menti ? demanda Olavi en fronçant les sourcils.

Koskela regarda par terre.

– Pourquoi, en effet… marmonna-t-il. Peut-être voulait-elle te pousser à dévoiler tes cartes, elle essayait de te manipuler ? Bref, cette photo. Nous étions censés brûler et détruire *tous* les documents. Cette photo est un témoignage d'une valeur exceptionnelle, déclara doucement Koskela.

Olavi cessa de dessiner avec son bout de bois.

– Pourquoi existe-t-elle toujours ? Comment Inkeri l'a-t-elle eue ?

– Bigga-Marja… soupira Olavi. Tu étais déjà parti, à l'époque, mais elle m'a dit que Saara avait apporté un objet au camp. Et que je le trouverais. Au début, je ne savais pas ce que c'était. Et bien sûr je pensais que tout avait été détruit au départ des Allemands, *mais*… je l'ai trouvé. C'était cette photo, conservée sous verre dans un coffret métallique. Tout d'abord, je n'ai pas compris ce que cela voulait dire, mais je savais que Saara l'avait laissée là. Et puis je me suis rendu compte que c'était un sauf-conduit.

– Un sauf-conduit ?

– Oui. Mon sauf-conduit. Je détenais la preuve des personnes impliquées dans l'opération. Ça pouvait être monnayable, si l'on m'arrêtait. Comme tu disais. Si jamais on faisait des recherches, on apprendrait par exemple que le soldat finlandais avait bien été rapatrié dès 1942. Et pourtant. Le voilà. À côté des nazis, au milieu des prisonniers. Mais moi, je n'y suis pas, sur cette photo.

Koskela hocha la tête. Il baissa les yeux.

– Et je pensais…

Olavi déglutit sans bruit.

– Bon. Je pensais laisser courir, sans doute. La guerre était finie depuis trois ans. Il fallait bien lâcher prise, tôt ou tard. Mais je n'arrivais pas à me résigner. Je ne pouvais pas détruire cette photographie, mais je ne pouvais pas non plus vivre avec. L'idée qu'elle soit ensevelie dans les fondations de l'église me procurait un certain réconfort. La vérité serait là-dessous, devant nos yeux, pourvu que nous sachions où la chercher.

– C'était le médecin, le lien, dit soudain Koskela.

– Quoi ?

– C'était par le *médecin* que tout passait. Il avait des relations à l'université et ailleurs. Pas Saara, contrairement à ce que beaucoup prétendaient. Par pure médisance. Le médecin était réputé pour son idéologie, il avait fait des recherches suspectes, et il avait des contacts au comité d'amélioration de la race, mais on n'a rien pu prouver d'autre. Il s'est enfui en Suède après la guerre. Et il y est encore.

Koskela regardait par terre avec mélancolie.

– Et eux, ils ne savent rien à ton sujet ?

– Non, dit Olavi. Rien.

– Sauf Piera ?

– Piera savait ce qu'il savait. Il ignorait ma véritable identité.

– Et Bigga-Marja ?

Olavi ne répondit pas, il regardait le vent emporter les motifs dessinés dans les cendres. Comme s'ils n'avaient jamais existé.

– Que faut-il faire, maintenant ? demanda-t-il doucement.

– Tu sais très bien ce qu'il faut faire, répondit calmement Koskela sous la brise. Il n'y a pas beaucoup d'options. Les interrogations d'Inkeri ont réveillé des instances que tu ne veux pas avoir à tes trousses.

Olavi sortit une cigarette et la fit tourner un long moment entre ses lèvres.

– Peut-être que tu ferais bien de songer à acheter ce bateau, grogna Koskela. Ça te permettrait de passer la frontière. Allez, je te le fais gratis. Après tout, c'est toi qui l'as fabriqué, Väinö.

Olavi baissa la tête. Le soleil sortit sous un nuage. Les ombres se déplacèrent devant eux. Les oiseaux entamèrent leur chant matinal. Quelque part, les gens s'éveillaient. Se lavaient. S'habillaient. Traversaient la cour et commençaient à vivre.

INARI

Septembre 1944

Je reviens à moi dans une odeur douceâtre. Ça sent mauvais, le sale et le renfermé, j'en ai plein les narines, la bouche et les oreilles. J'entends vaguement pisser dans un récipient métallique, ça doit être ce bruit qui vient de me réveiller.

Je suis à l'hôpital.

J'ai attrapé l'infirmière et récupéré mes affaires. Elle ne veut pas me laisser partir. Elle dit que c'est le commissaire Tapani Koskela qui m'a amené. « Quel jour sommes-nous ? » je demande, et elle me le dit. Nous sommes en septembre.

Je suis inquiet. Je n'ai aucun souvenir des semaines passées. J'ai peur qu'il veuille me dénoncer. Il va dire ce que j'ai fait, on m'exécutera dans l'arrière-cour du poste de police, et je serai mort.

ENONTEKIÖ, 1950

Rails rouillés, frottements du fer. Le sol jonché de branches mortes. Panneau décomposé en terre. Nom effacé, mais on le sait.

Olavi émergea de ses pensées. Il regarda le soleil et l'horizon par la fenêtre du séjour. Koskela avait regagné ses quartiers provisoires à l'auberge des Kolehmainen, où il attendrait sa décision pendant un jour ou deux. Maximum trois. Olavi savait ce qu'il avait à faire. Tout d'abord, s'habituer à l'idée. Il entendit Inkeri qui fredonnait, sans s'en rendre compte, comme toujours. Elle était affairée devant sa machine à écrire, mais elle ne tapait pas. Elle examinait un album photographique constitué par Bigga. Apparemment, celle-ci l'avait élaboré au cours de l'année. Ou, en tout cas, depuis qu'elle disposait de son propre appareil. Elle avait dû tirer les images dans les locaux de l'école, ou à la maison mais en cachette, car ni Olavi ni Inkeri ne s'en étaient doutés.

Bigga, quant à elle, était allongée sur le canapé, silencieuse et morose, comme c'était souvent le cas ces derniers temps. Dans le reflet sur la vitre, Olavi remarqua qu'elle tenait la boule de poils de lionne. Elle la tripotait nerveusement. C'était lui qui avait vu le classeur en premier. Elle était venue le lui montrer non sans fierté, mais un peu honteuse aussi. Il l'avait trouvé magnifique. En toute sincérité. C'était un ouvrage en trois parties. Au début, sur chaque page de gauche, Bigga avait collé des fleurs séchées, qu'Olavi avait reconnues car c'étaient celles qui auraient dû décorer le potager, sans succès, et qu'elle avait cueillies au fil des années. En vis-à-vis, il y avait une photographie où la même fleur figurait dans la nature. Par la suite, les images prenaient plus d'importance dans l'album et les fleurs devenaient plus rares. Les photographies représentaient alors des campements et des gens en costume lapon. Des gorges étroites, des rivières encaissées, des isthmes marécageux. De hautes cascades et de profonds canyons. Des endroits parsemés de fleurs, d'autres où rien ne poussait.

Et puis, subrepticement, des portraits faisaient leur apparition. C'était la troisième partie du classeur. Des photos d'Olavi. D'Inkeri. D'Olavi sur le chantier de l'église. Des instants volés où il bavardait avec Piera. La clope au bec. Rires. Joie.

Inkeri. Inkeri qui photographiait la toundra. Inkeri qui rédigeait des articles. Inkeri qui montrait aux Lapons comment prendre la pose. Des quakers, une partie de volley.

C'était *eux* qu'elle avait photographiés. Eux à leur travail. Tout à coup, ils étaient partout. De tous côtés. Le plus étrange était qu'Olavi ne l'avait jamais vue avec l'appareil entre les mains. Pas une fois. Comment avait-elle pu échapper à son attention ? Il se gratta la tête et se tourna vers le paysage verdoyant par la fenêtre. L'eau était calme.

– Mais quand as-tu pris celles-là ? demanda Inkeri, livide.

Olavi devina qu'elle se faisait la même réflexion que lui. Comment Bigga avait-elle pu passer inaperçue ?

– Je me disais... Je me disais que si je postule pour une école...

Olavi continuait d'observer le reflet dans la vitre.

– Une école ? *Quelle* école ?

– Je ne sais pas. Une école des beaux-arts ?

– Tu as quatorze ans. Où pourrais-tu postuler ?

– À l'école de dessin de l'Association des arts de Finlande, par exemple ! s'exclama Bigga en se levant pour lui arracher l'album des mains et le glisser sous son bras. En plus, j'ai bientôt quinze ans.

– Mais Bigga-Marja, est-ce que tu crois que c'est... ?

Le regard tranchant, Bigga-Marja serra le classeur contre sa poitrine. Elle avait espéré une autre réaction.

– Tu te souviens, Inkeri, de la pose de la première pierre, à l'église ?

– Oui. Tu ne voulais pas t'habiller en costume lapon et tu aurais préféré envoyer balader le chapeau.

– Exactement !

– Mais il n'y a pas de quoi avoir honte !

– C'est pas du tout la question !

– Alors quoi ?

Bigga-Marja se mordit la lèvre. Elle regarda vers Olavi. Leurs regards se rencontrèrent sur la vitre. Elle refit face à Inkeri.

– Si tu as voulu que je figure dans le journal, c'était seulement pour ce que tu voyais.

– Que veux-tu dire ?

– Tu avais une idée préconçue de ce que je suis ! C'est pareil maintenant. Tu commences par prêcher que nous devons tous nous « civiliser » et aller à l'école, mais une fois que nous sommes à l'école, tout à coup voilà que tu veux qu'on soit seulement comme ci ou comme ça. Voilà pourquoi tu tiens à ce que j'aille dans cette école populaire same à Inari. Tu n'admets pas que je puisse être aussi merveilleuse et exotique que tes Africains, là ! cria Bigga en jetant le classeur par terre. Des images s'en détachèrent, leurs fonds blancs désolés dépassaient en dessous.

Inkeri se leva d'un bond.

– Qu'est-ce que tu racontes ?

– Laisse tomber, grogna Bigga.

Elle retourna sur le canapé pour se plonger dans l'album de timbres. Elle ouvrit la page où Piera avait collectionné les exemplaires représentant la Laponie. Affolée, Inkeri regarda Olavi. Celui-ci haussa les épaules. Il se taisait. Redevenu sinistre, il se tourna vers le lac. Vers la toundra qui se dressait au-delà.

Il vit un reflet dans la vitre. Rails rouillés, frottements du fer. Des feuilles mortes. Les plumes planant délicatement tombaient doucement sur le cadavre. C'est bizarre, comme on sent la mort avant même de respirer l'air environnant. Olavi ferma un œil.

Il avait été rapide.

Le premier coup de feu avait manqué sa cible.

Il avait touché un oiseau.

L'oiseau était tombé. Il avait fait un bruit étonnamment fort en touchant terre. Il battait des ailes en vain, étendu dans le marais. Sa gorge avait émis un son encore inouï. Ce son-là, on ne le produit qu'une fois dans sa vie. C'est le son de la mort.

À ce moment-là, même sans se douter du danger qui le guettait, Heiskanen aurait dû porter la main à son arme, mais il n'avait pas fait un geste.

L'air ambiant avait encore une nuance d'été. La journée allait être belle. Tous deux avaient considéré l'oiseau avec perplexité. L'homme avait ouvert la bouche. Coup de feu suivi d'un noir. Silence. Tellement assourdissant.

Il avait tué un être humain. Il avait tué son ami, Heiskanen. *Quelle est donc la personne qui tue son ami ?* Il revoyait le lédon des marais qui remuait dans le vent, à côté, telle une aile de cygne. Que voulait-il dire, cet homme ? Peut-être implorait-il grâce ? Son dernier mot aurait-il pu tout changer ?

Le seul son qu'avait fait l'homme était le craquement de sa nuque lorsque la balle l'avait traversé.

Le sang avait coulé sur la motte, mais pas longtemps. Dernier regard vitreux.

En creusant la fosse, Olavi avait fermé les yeux et tâché de penser à autre chose. À la toilette des prisonniers. On les rassemblait une fois par semaine par groupes de dix, et on les douchait au tuyau, de la même façon qu'on lavait le cheval après les semailles de l'orge.

Au moment de partir, il avait eu un besoin pressant pour la première fois de la journée. Il avait dû s'y reprendre à deux fois avant de faire sortir quelque chose.

Ça brûlait.

D'où cela pouvait-il bien venir ? Peut-être de la déshydratation. La peau du gland était râpeuse autour du trou, et Olavi l'avait tirée sur le côté. Nouvelle tentative. Toujours pas. Il avait compté jusqu'à dix. Un poids planait sur les chiffres. Un poids beaucoup trop lourd.

Il n'était arrivé au camp que tard dans la soirée. Au portail, le gardien voulait savoir d'où il venait, car il fallait donner une explication au commandement, mais il s'était rendu directement dans la tente sans rien voir ni entendre. En arrivant, il avait une fièvre de cheval et il grelottait de froid, alors qu'il était brûlant comme un poêle russe.

Écroulé sur le lit, il avait sombré aussitôt dans une sorte de léthargie où se croisaient rennes, moustiques, sang, coups de feu. Tout son corps était trempé de sueur. Il essayait d'inspirer à fond, puis d'expirer. Les matelas grinçaient, les sommiers dessous. Olavi s'était glissé sous la couverture, sur le côté gauche, la jambe droite par-dessus l'autre. Vu d'en haut, il devait avoir l'air de courir. Il avait mis une main sous l'oreiller pour rehausser un peu sa tête. L'autre tremblait à côté de son crâne.

« Tout doux », s'était-il murmuré, comme à un cheval, ou à un renne, à un animal apeuré. *Tout doux.* Il avait roulé la couverture en boule et l'avait placée contre lui, serrée comme dans son enfance, et pourtant non.

Tout à coup, Inkeri fit tomber quelque chose et Olavi sauta littéralement en l'air. Inkeri et Bigga le lorgnèrent, un peu étonnées, puis échangèrent un coup d'œil.

– Tout va bien, tout va bien, marmonna-t-il en regardant Bigga.

Ils n'avaient pas vraiment échangé un mot depuis le cimetière. Pendant des années, Olavi lui avait posé toutes sortes de questions. Il devait reconnaître qu'il l'avait utilisée à des fins d'espionnage. Elle l'avait toujours informé lorsque Inkeri recevait des renseignements ou rencontrait Koskela. Elle s'était rangée dans son camp à lui, or il ne le méritait pas. Il avait voulu savoir si Inkeri progressait dans ses recherches.

– Marja ? demanda Olavi en s'asseyant à côté de Bigga sur le canapé.

Avant leur séparation dans la toundra, Koskela lui avait montré un objet. Un journal intime. Son journal à lui. Il le lui avait montré en lui demandant s'il pouvait le remettre à Inkeri.

– Comment es-tu encore en possession de cela ? avait soufflé Olavi en caressant la couverture bleue du cahier. Il lui avait presque manqué.

Ce journal avait été l'unique chose à laquelle il pouvait se fier. À aucun moment on ne le lui avait pris. Tout le reste, si. Pas ça. Cependant, il avait fini par le remettre à Koskela. Tout ce qu'il contenait était trop lourd. Plus lourd que sa mémoire ne pouvait le supporter. Et une fois de plus : aucun témoignage du camp ne devait exister.

– Je croyais que tu l'avais détruit. Comme tu comptais le faire.

– Non, avait avoué Koskela. Je ne l'ai pas détruit. Väinö… J'ai l'intention de l'échanger contre la photo. Et Inkeri mérite de connaître la vérité, tu ne crois pas ?

Il le regardait dans les yeux.

– Lorsque je l'aurai fait, tu sais ce que cela impliquera. Tu dois partir, si tu ne veux pas finir en prison.

Les yeux d'Olavi tombèrent sur les pages de timbres. Sur l'un, une petite femme se tenait devant un tipi, avec des cheveux foncés et des habits colorés. Bigga leva la tête.

– Quoi ?

– Tu l'as encore, la boule, hein ?

Bigga regarda Inkeri, puis Olavi.

– Quelle boule ?

– La boule de *komsio*.

– Oui. Pourquoi ?

– Bien. Pour rien. C'est bien, marmonna-t-il doucement.

Il se baissa, ramassa le classeur et contempla les photos. Un instant, il songea qu'ils avaient une allure différente, vus sous cet angle. Il le referma. Le posa sur la table. Tira la porte derrière lui.

Rails rouillés, frottements du fer. Panneau décomposé en terre. Nom effacé, mais on le sait.

Il avait franchi la dernière frontière.

INARI

Septembre 1944

Koskela m'a rendu visite ce matin, il a dit qu'il y a des émeutes partout.

– La frontière va bientôt passer derrière nous, il a ajouté en emballant mes vêtements.

Puis il m'a aidé à me lever. Il a promis que j'allais pouvoir m'échapper grâce à lui.

– Bon sang, mais tu as une fièvre de feu !

Il n'adresse la parole à personne. Il ouvre les portes et exhibe ses insignes. Il me soulève dans ses bras comme un mort et m'emporte dehors sans regarder en arrière. Nous ne reviendrons plus jamais.

Septembre 1944

Koskela m'a remis une lettre de Saara, il paraît que le bon ami qui l'héberge est le forgeron du village. Piera, celui qui possède la forge en centre-bourg. Je répète son nom : Piera… C'est chez lui que Koskela va m'emmener. Très bientôt. J'y serai incessamment.

Dans les champs, à l'aube, chantent des oiseaux noirs. Lorsqu'ils prennent leur envol, le ciel tout entier est pareil aux ténèbres.

Septembre 1944

Nous avons dépassé Rovaniemi. Agitation générale. Je relis la lettre de Saara, encore et encore, à en crever. Si je tiens toujours à elle, échappons-nous ensemble de cet enfer, m'écrit-elle. Elle me pardonnera.

Saara parle d'une fillette. *Hágas-Bierá Biggá-Márjá.* Son père est le fils du forgeron ; elle vit chez son papi. Elles s'entendent bien, toutes les deux ; si elle pouvait, elle l'emmènerait aussi.

Elle dit qu'elle va peut-être devoir partir avant que j'arrive, car sa carte d'immigration expire bientôt. Je regarde le billet qu'elle m'a fait remettre par Koskela. Un billet pour l'Amérique.

ENONTEKIÖ, 1950

C'était une chaude matinée lorsque Inkeri entendit frapper à la porte du vestibule. Koskela entra. Avec lui s'engouffra une odeur d'été. Les moustiques se faufilèrent aussi avant qu'il ait refermé la porte. Inkeri le regarda, étonnée, derrière son livre. Sur le canapé, Bigga-Marja tourna les yeux aussi, apparemment intéressée.

– Tu es resté encore un peu après l'enterrement ? demanda Inkeri.

Les funérailles remontaient à cinq jours.

– Tu voulais en savoir plus sur ce Väinö Remes. On dirait que c'est ton jour de chance.

Allant droit au fait, Koskela s'assit et posa sa casquette bleue sur la table verte. Inkeri se leva.

– Café ? demanda-t-elle en commençant, gênée, à chercher la cafetière.

Elle fit un signe à Bigga, qui vint à la rescousse. Koskela inspectait l'habitation. Les rideaux étaient tirés. La pièce était sombre, presque noire. Étonné, il se demanda pourquoi elle occultait la fenêtre par un si beau temps, mais il laissa courir. Cela ne le regardait pas. Il alluma sa pipe.

Inkeri servit le café, dans de jolies tasses, pour trois, et elle posa le pichet de lait sur la table.

– Tu te rappelles quand je t'ai parlé des prisonniers ? Je disais qu'on procédait à des échanges avec eux… Bon. De Finlande, on en envoyait en Pologne, de temps en temps.

– Ah ?

– Beaucoup de prisonniers nous arrivaient de là-bas. C'était censé avoir l'air d'un échange standard. Les Finlandais échangeaient des prisonniers soviétiques contre des Finno-Ougriens capturés par les nazis. Ces derniers prenaient des Juifs, des homosexuels, des Serbes, des Tsiganes, que sais-je encore.

Inkeri s'assit. Elle mit un doigt devant sa bouche et se frotta les lèvres. Elle tripota le paquet de cigarettes. L'arôme savoureux du café emplissait le séjour. Elle avait mal à la tête. L'orage. Elle se persuada que ça devait venir de là. De l'orage. Quand elle fermait les yeux et les rouvrait, elle ne voyait rien pendant un moment.

– Continue.

– Par ailleurs, les prisonniers faisaient aussi l'objet de transactions un peu différentes.

– Qu'est-ce que tu veux dire ?

– Avant la guerre. Et pendant aussi, les Finlandais avaient un projet… Celui de fonder un institut de biologie raciale.

– Comme en Allemagne ?

– Comme en Allemagne.

– Pour étudier… ?

– Les caractéristiques raciales. La principale mission de l'institut aurait été de conduire la politique démographique de la Grande-Finlande d'après-guerre et d'empêcher l'augmentation d'une population indésirable. Le concepteur du projet, Niilo Pesonen, était très apprécié en Allemagne nazie. De même, il se lia d'amitié avec pas mal de commandants de camp finlandais.

Koskela se lécha les lèvres et chercha ses mots. Il tenait un cahier entre ses mains. *Un journal intime.*

– Le fait est qu'un comité d'amélioration de la race fut créé afin de faire avancer la question. En outre, des subventions étaient allouées pour des recherches d'anthropologie physique, qui consistaient à étudier des corps finnois et finno-ougriens. La guerre offrait des conditions idéales pour cela. À cette occasion, le Dr Pesonen se procura des corps pour le département d'anatomie de l'université de Helsinki. C'étaient majoritairement des Caréliens ou des Ingriens. Peut-être quelques autres.

– N'est-ce pas illégal ? souffla Inkeri.

– Si. Bien sûr. Et Pesonen a été jugé pour profanation de cadavres, ou incitation à profanation de cadavres, un truc dans le genre. Avant la fin de la guerre, le comité d'amélioration de la race a détruit l'intégralité des documents. Tous ceux qui avaient notoirement participé à l'opération ont brûlé leur correspondance avec les raciologues allemands. Même les notes personnelles et les journaux intimes ont disparu subitement. C'est pour cette raison que l'enquête n'a pas pu aller plus loin. La photographie que tu avais... C'est un document rare qui pourrait servir de preuve.

– Mais pourquoi... ? soupira Inkeri. Pourquoi faisait-on cela ?

– Eh bien... Nous connaissons tous deux la raison, non ? dit Koskela sur un ton malicieux. Pour collecter des données sur la race finnoise.

Inkeri baissa les yeux.

– Tu affirmes donc que ces camps expédiaient des cadavres dans des laboratoires de recherche ? demanda Inkeri.

– Non. Je n'affirme rien. Tout ce que je dis n'est que suppositions, informations officieuses, et je ne suis au courant de rien de tout cela. *Je répète : je ne suis au courant de rien.* Mais… si c'était le cas, la charge d'obtenir des cadavres aura été confiée à un Finlandais qui travaillait au camp d'Inari. C'était très commode, en fait. Les nazis approuvaient la démarche, sachant que les camps finlandais auraient eu plus de mal à fournir les corps en raison de considérations éthiques.

– Quel est le rapport avec mon mari ?

Koskela soupira. Inkeri le regardait avec impatience, puis elle se tourna vers Bigga, qui haussait les sourcils et semblait se concentrer sur leur dialogue.

– Si j'ai bien compris, ton mari effectuait des tâches d'organisation, dans le camp. Il est possible qu'il ait aidé l'institut à obtenir ces corps, en échange de meilleures conditions de détention. Je peux témoigner que Kaarlo, au camp d'Inari, vivait dans de bonnes conditions. Exceptionnellement bonnes.

Inkeri n'arrivait plus à prononcer un mot. Elle pensait à son mari. Elle pensait à elle. Elle n'arrivait pas à croire Kalle capable de cela. Impossible.

– Les gens changent, sous l'effet de la panique, déclara doucement Koskela comme s'il lisait dans ses pensées. Aucun d'entre nous ne peut prévoir comment il agira le moment venu. Aucun d'entre nous ne connaît les limites de ce qu'il peut endurer. Ne sait quand il craquera, et comment. Mais chacun de nous craquera tôt ou tard, ce n'est qu'une question de temps.

Sa voix était calme et posée. Inkeri se sentit soudain très triste. Elle serra ses mains devant son ventre. Elle n'arrivait pas à parler.

– Vers la fin de la guerre, les nazis ont commencé à se méfier de nous, les Finlandais. Et pour cause. En Laponie, on construisait aussi des ouvrages défensifs en prévision d'une attaque finlandaise. De plus, il existait un très grand risque que les Finnois qui avaient vécu dans les camps aillent colporter ce qu'ils avaient vu. Je crois que c'est la raison pour laquelle ton mari devait être transféré dans un autre camp, où il aurait probablement été exécuté.

Koskela cherchait les mots justes pour continuer.

– *Väinö Remes*… commença-t-il.

Inkeri se redressa.

– Väinö Remes a été hospitalisé à la fin du mois d'août. D'abord, je l'ai cru victime d'une attaque partisane. Mais non, figure-toi que Väinö, en fait, avait dû fusiller une certaine personne. Son collègue. Sur ordre du commandant du camp. Remes en avait complètement perdu la raison. Il se peut aussi que son sens de la réalité ait déjà commencé à s'effriter auparavant. À l'hôpital, cependant, il a recouvré ses esprits.

Koskela marqua une pause. Il sortit sa pipe et la bourra avec des gestes calmes.

– À ce stade, chacun savait que cette guerre touchait à sa fin. Et qu'elle ne se conclurait pas en notre faveur. Nous étions tous en danger. Moi, Väinö, Saara et Kaarlo. Il était encore sous les verrous, Kalle. Il était mon captif et ma croix. Finalement, pour leur sécurité, j'ai préféré les emmener ici, et Saara, et lui. C'était plus facile pour passer la frontière vers la Suède ou vers les côtes de Norvège, et ensuite gagner l'Amérique sur un navire de la Croix-Rouge. Justement, je connaissais un homme qui cachait des fugitifs dans la toundra. Cet homme, tu l'auras compris, c'était Piera.

Koskela regarda Bigga-Marja, qui ne bronchait pas. Elle savait déjà tout cela, sans doute.

– Que s'est-il passé ensuite ? demanda Inkeri.

– Kaarlo a été amené ici. Piera est allé le cacher dans la toundra avec un petit groupe. Officiellement, j'ai inscrit dans le registre l'arrivée de Kaarlo au camp d'Enontekiö… mais qui comptait encore les prisonniers, au point où on en était ? Ironiquement, c'est cette inscription qui t'a collé toute cette idée dans la tête, dit-il en regardant sa casquette. Ou plutôt, tu n'as pas trouvé cette inscription, n'est-ce pas ? C'est *quelqu'un d'autre* qui l'a trouvée, hein ?

Koskela regardait maintenant Inkeri dans les yeux. Elle rougit.

– Piera ? Donc c'est *Piera* qui a aidé Kaarlo à s'enfuir ? Pourquoi personne ne m'a rien dit plus tôt ?

– Il n'y avait rien à dire, trancha Koskela en haussant les épaules. Piera aidait beaucoup de gens à s'enfuir. Je doute qu'il ait connu le nom de ton mari ; si ça se trouve, il ne se rappelait même pas l'avoir vu. Et Piera ne se livrait certainement pas qu'à des activités tout à fait légales. Pendant la guerre de Laponie, il n'a pas obéi à l'ordre d'évacuation, il est resté dans la toundra pour accomplir des choses qui pouvaient rendre service aussi bien aux Finlandais qu'aux nazis. Si ces choses-là avaient été découvertes, il aurait pu aller au tribunal. Ou au moins être interrogé, et il aurait pu tous nous trahir.

– *Áddjá* n'aurait trahi personne ! s'exclama Bigga-Marja.

Leurs regards se tournèrent vers elle.

– Tu as raison, Bigga-Marja, rit tendrement Koskela. Je ne veux pas dire qu'il nous aurait trahis nominativement. Non. Mais les gens peuvent trahir de bien des façons. Un simple signe particulier peut tout révéler, il suffit d'un rien… comme la façon de faire tourner une cigarette sur sa lèvre.

Il alla chercher la cafetière. Il remplit la tasse d'Inkeri et la sienne. Inkeri fronça les sourcils.

– Kaarlo a-t-il réussi à fuir ? demanda-t-elle. S'il est en vie, pourquoi ne… pourquoi ne m'a-t-il pas contactée ?

Elle déglutit. Elle essayait de cacher sa consternation. Sa déception. Koskela se rassit. Il sortit de sa poche une liasse de papiers pliés.

– Je t'ai déjà posé la question, mais je la répète : quand quelqu'un t'aide, tu ne te demandes jamais pourquoi ?

– Ah, par exemple toi ? Pourquoi, tu m'aides, toi ?

Koskela rit tout bas.

– Bonne question, aussi. Mais l'instance qui t'a fourni ces renseignements… As-tu jamais songé que d'autres personnes pouvaient rechercher ton mari ?

– Que veux-tu dire ?

– Encore une fois, il avait des conditions de vie exceptionnellement bonnes, dans le camp. Une telle position, ça se paye, ça ne tombe pas du ciel. Il a acheté sa position en acceptant de signer certains papiers en échange. Des papiers qui, s'ils refaisaient surface sous un mauvais jour au mauvais moment, risquaient de poser des problèmes à beaucoup de gens. Par conséquent, leur signataire devait être une personne qui n'avait rien à perdre. Dont l'existence n'avait aucune importance.

Inkeri regarda Koskela sans rien comprendre. Il soupira. Il fit glisser les documents vers elle sur la table.

– Là. Tu vois ?

Il lui montra un papier qui avait l'air d'un tableau où des noms étaient inscrits. *Sujet, poids, âge, race.* Ce n'était apparemment qu'un fragment, mais en bas, à l'endroit de la signature, l'écriture était sans équivoque : *Kaarlo Lindqvist.*

– Je… suffoqua Inkeri.

– Est-ce l'écriture de ton mari ? demanda Koskela d'un ton pénétrant.

– Oui. C'est…

Inkeri prit la feuille et plissa les yeux pour voir mieux.

– Non. Tu ne dois pas y toucher. Et tu n'as jamais vu ces papiers. Mais tu comprends, maintenant ? *Voilà* pourquoi il veut t'aider, ton contact. Ils cherchent ton mari. Ils savent qu'il a signé cela. Je devine qu'ils ont trouvé des copies partielles avant que le comité d'amélioration de la race ait eu le temps de tout brûler. Et la personne qui t'aide était agent dans la section Paatsola pendant la guerre.

Inkeri tressaillit.

– Absolument. Certains ont continué leurs recherches. Pour eux, tu n'es qu'une marionnette, dit Koskela tout bas en la regardant droit dans les yeux.

Inkeri se rassit, abasourdie.

– Par conséquent, si Kaarlo est en vie, il ne pourra pas te contacter. Cela te mettrait même en danger.

Inkeri ferma les yeux.

– J'ai besoin de cette photo, dit Koskela.

– Quoi ?

– La photo. Celle que tu m'as montrée. J'en ai besoin. Si elle tombe entre de mauvaises mains, beaucoup de gens souffriront. Des innocents. Y compris ton mari, Kaarlo.

Inkeri ne répondit pas. Koskela penchait la tête.

– Je suis prêt à t'offrir quelque chose en compensation. Quelque chose qui en dit plus long sur ton mari que tu ne veux savoir. Tu te rappelles quand j'ai dit que les soldats tenaient des journaux ?

Inkeri acquiesça.

– J'en ai un pour toi. Le journal de Väinö Remes. Penses-tu que l'échange serait acceptable ? Inkeri ?

Inkeri était perplexe. Elle était vraiment embarrassée. Et elle avait de plus en plus mal aux yeux. Une sensation de décharges électriques. Des palpitations dans la tête.

– Mais Olavi, en quoi ça le concerne, tout cela ? bredouilla-t-elle rapidement.

Koskela regarda le plafond en souriant. La bouche de Bigga était horizontale. Le commissaire but la dernière gorgée de café. Il remit sa casquette.

– Si tu te rappelles, j'ai dit que la gestion des corps était confiée à un Finlandais.

– Oui. N'était-ce pas ce Väinö Remes ?

– Non. Pas lui. C'était Olavi Heiskanen.

L'expression d'Inkeri était difficile à interpréter. Bigga était immobile dans le fauteuil. Koskela se leva et posa sur la table le cahier intitulé : *Väinö Remes, journal*. Il le regarda longuement.

– J'ai discuté avec Olavi, dit-il doucement. Il m'a permis de te remettre ceci. Peut-être que tu y trouveras du réconfort. Je ne peux rien te donner de plus. Après cela, je t'en prie... Pour toi. Pour Olavi. Pour Kaarlo. *Ne fais plus de recherches à ce sujet.* Cesse de parler de tout cela. Avec ces questions, tu ne peux faire confiance à personne. Pas même à tes amis d'enfance. Donc je le répète : ne fais plus de recherches à ce sujet. Plus jamais.

Il laissa le cahier sur la table et saisit la photographie qu'Inkeri poussait humblement devant lui.

ROVANIEMI-MUONIO

Septembre 1944

Les affaires que Koskela est allé chercher ne sont pas les miennes. Je le lui ai signalé. J'ai dit que ce n'est pas le bon sac : ce sont les affaires d'Olavi Heiskanen. Et Olavi Heiskanen gît au bord de la route d'hiver pour Hyljelahti.

– Désormais, ce sont les tiennes, il a répondu.

Comme je lui demandais où était mon passeport, il m'a répondu qu'il l'avait brûlé.

– On ne peut pas chercher un mort. On ne peut pas capturer un mort, il a dit. Tu n'as fait qu'obéir à un ordre de Felde, mais je crains que ses ordres n'aient bientôt plus aucune valeur.

Livret militaire et passeport à la main, je regardais la photographie de Heiskanen, visiblement découpée dans un cliché plus grand.

– Mais ça ne me ressemble pas, j'ai dit.

– Cette photographie est vieille et mauvaise, a reconnu Koskela, mais elle fera bien l'affaire le temps qu'il faut. Désormais, tu es Olavi Heiskanen, et personne d'autre. N'oublie pas. Seuls les morts sont libres.

Il a répété :

– On ne peut pas capturer un mort. Dis-le. Commence une nouvelle vie. Dis ton nom !

– Olavi Heiskanen, j'ai dit.

Septembre 1944

Il y a des incendies. Koskela dit que bientôt, quand la guerre se retournera contre nous, les nazis brûleront tout.

– Ça c'est sûr, il a déclaré. Et dans ces flammes, il y a au moins une espèce qui disparaîtra.

Il a regardé le rhododendron que je tenais entre les mains.

Saara disait que nous vivons entre la vie et la mort, et que nous attendons seulement un mouvement, au moins quelque chose qui nous pousserait dans une direction. En avant. Vers la mort ou vers la vie.

ENONTEKIÖ, 1950

Inkeri regardait la croix de l'église. La semaine précédente, le retable avait été installé, apporté en trois morceaux et représentant un paysage de Laponie en hiver : un vaste troupeau de rennes était représenté devant les collines de la toundra, avec un couple same au premier plan. Inkeri tourna les yeux vers Bigga-Marja. Celle-ci se tenait à quelques mètres à peine. Matilda la truie était couchée à ses pieds, indifférente au cours du monde. La jeune fille tripotait la boule de *komsio* avec des mains terreuses.

– Comme ça, c'est bien ? demanda Inkeri.

Bigga avait creusé un trou, et elles avaient décidé d'y planter le rhododendron lapon trouvé dans la chambre d'Olavi pour lui permettre de s'épanouir. C'était un bel endroit. Oui, c'était le bon. Elles avaient choisi le coin le plus ombragé possible dans la zone adjacente au terrain de l'église, à l'emplacement exact du camp de prisonniers. Bigga regarda Inkeri. Elle acquiesça. Toutes deux baissèrent la tête et gardèrent le silence.

Les derniers temps, dans l'ensemble, chacune avait vaqué à ses occupations respectives. La jeune fille avait emménagé dans la maison et, à l'occasion de son quinzième anniversaire au début du mois de juillet, elle avait rappelé à Inkeri que le rédacteur en chef Melander avait promis de l'embaucher comme salariée. Inkeri avait adressé à son patron quelques photographies du fameux classeur constitué au printemps. Cela avait fait forte impression. Ou pas. En tout cas, la reporter en herbe touchait un salaire pour ses articles. Elle était maintenant l'assistante officielle d'Inkeri. À vrai dire, celle-ci avait de plus en plus de mal à pratiquer encore la photographie. C'était Bigga qui prenait presque toutes les vues et les développait, pendant qu'elle-même passait de plus en plus de temps alitée avec les yeux endoloris. Inkeri sortit deux cigarettes de son paquet, en tendit une à Bigga et garda l'autre. Elle l'alluma. Sa main tremblait un peu. Elle se faisait vieille.

– Alors c'était ici ? demanda Inkeri.

– Oui. C'était ici, confirma Bigga en hochant la tête.

Tout de suite après la visite de Koskela, Olavi s'était volatilisé sans un mot. Au bout d'un mois, on pouvait présumer qu'il ne reviendrait pas. Tout d'abord, cela faisait bizarre. Qu'Olavi ne soit plus là. Elles ignoraient où il était parti et quel serait son sort. Inkeri avait demandé à Koskela s'il avait été arrêté. Incarcéré. D'après lui, non ; mais d'un autre côté, nul ne pouvait en être certain. Olavi avait laissé à Bigga-Marja une grosse somme d'argent, mais pas de lettre explicative. Rien d'autre qu'un rouleau de billets sur la table de sa chambre, avec un mot très bref : *C'est ce qui reste de Piera.* Bigga-Marja avait pris l'argent, contemplé la chambre d'Olavi et, s'asseyant sur le lit, elle avait fini par raconter à Inkeri tout ce qu'elle savait.

Fin août 1944, tandis que Piera emmenait Kaarlo dans la toundra, Saara était restée dans leur maison. « Dans cette pièce », avait précisé Bigga. Au bout d'une quinzaine de jours, Saara avait fait l'objet d'un mandat d'arrêt. Piera venait de rentrer la veille avec Matilda lorsque Bigga-Marja avait eu la surprise de la voir empaqueter ses quelques affaires dans ce même grenier. Bigga n'oublierait jamais ces sons, celui du plancher qui grinçait sous les pas de Saara. À l'aube, un petit sac sur le dos, elle lui avait dit qu'un soldat finlandais allait venir. Un homme qui viendrait la chercher.

– *Bahás olmmái ?* avait demandé Bigga.

Saara avait souri chaleureusement. Elles étaient devenues comme des sœurs malgré la brièveté du temps passé ensemble.

– Non. Pas un méchant, avait répondu Saara.

Elle s'était approchée pour la serrer dans ses bras. Comme la fillette lui demandait où elle allait, elle l'avait regardée avec un petit sourire.

– Là où fleurit le rhododendron lapon, avait-elle répondu en riant. Elle avait fait un geste de la main comme pour balayer une futilité.

– Sur la côte de l'océan Arctique, il y a un navire de la Croix-Rouge qui va partir. Il va en Amérique du Nord.

Et elle avait souri, comme sourient les gens qui détiennent d'heureux secrets.

– Mais avant que je m'en aille, voici pour toi. C'est ce que j'ai de plus cher. Elle te protégera, comme elle m'a protégée ici.

Saara avait lâché un objet tintinnabulant dans la main de la fillette.

– Et dis à celui qui viendra que j'ai un colis pour lui, et que je l'ai déposé dans le camp de prisonniers. Dis-lui d'aller l'y chercher. Dis-lui que ce sera un sauf-conduit, si jamais il décidait de rester ici au lieu de me suivre.

– Un sauf-conduit pour aller où ? Pourquoi pas ici ?

– Parce qu'ici, il risque d'y avoir des descentes de police, répondit gravement Saara. Là-bas, il sera en sûreté.

Machinalement, Bigga avait accompagné Saara, et elle tenait absolument à savoir ce que contenait le colis.

– C'est une image. Une photographie. Certaines personnes feraient n'importe quoi, en possession de tels renseignements. Si l'on sait bien la déchiffrer, elle raconte beaucoup de choses.

– Quoi, par exemple ? insista Bigga.

Elles avaient dépassé le puits et l'arbre mort. Le croisement, l'ancienne église. Saara avait regardé la fillette en souriant.

– Tu es trop petite pour comprendre.

– Vous dites toujours ça, les adultes ! C'est énervant !

Saara avait ri tendrement.

– Les photographies, ce ne sont que des images. Mais elles peuvent raconter beaucoup de choses, lorsqu'on sait les déchiffrer. Prendre des photographies, c'est le meilleur moyen de transmettre des renseignements qui peuvent changer le monde, avait déclaré Saara en brandissant un coffret métallique. Ce coffret contient justement une telle photographie.

Bigga ne se rappelait pas pourquoi, mais elle avait fait demi-tour à mi-chemin. Ou plutôt si, elle se rappelait. Matilda les suivait en grognant bruyamment, et elle avait fini par mordre la fillette. Celle-ci avait dû ramener l'animal à la maison. Elles s'étaient donné rendez-vous à l'extérieur du camp avant le départ.

Et au bout de cinq ou dix minutes, Bigga avait entendu une explosion.

Ni l'une ni l'autre ne pouvaient se douter que les Allemands commençaient à évacuer ou à exécuter les prisonniers. Et qu'ils allaient dynamiter le camp. Que tout serait en feu et qu'il y aurait partout des animaux brûlés, des gens morts. Le goût et l'odeur du fer.

Bigga-Marja était tombée sous le souffle de l'explosion. Le cochon terrorisé poussait des cris si perçants qu'elle avait dû se boucher les oreilles. Tout fumait. L'explosion était chaude, comme une étreinte. Tout était en feu. Elle sentait dans sa bouche le goût du sang et de la vie. De la mort.

Comment un humain peut-il être si proche et, l'instant d'après, complètement disparaître ? Complètement.

Deux ou trois jours plus tard, Olavi était arrivé. Dans la voiture de Koskela.

Il n'avait pas cru le sort de Saara, quand Bigga le lui avait rapporté. Ovllá ne pouvait pas admettre ce qui s'était passé. Mais il s'était rendu au camp immédiatement. Le corps de Saara ne fut jamais retrouvé, pas même ses restes calcinés. Bigga-Marja n'était alors qu'une enfant, aussi se rappelait-elle peut-être mal, peut-être avait-elle mal vu, voilà ce qu'affirmait Olavi.

Mais il avait trouvé la boîte contenant la photographie. À côté, par terre, il y avait un petit briquet argenté. Un briquet qui portait le nom de Saara.

Et les oiseaux. Ils disparurent. Ils disparurent complètement. Ils ne revinrent qu'avec l'hiver suivant. Les oiseaux semi-migrateurs d'Afrique du Nord étaient arrivés en premier, c'était *áddjá* qui l'avait dit. Il savait beaucoup de choses, *áddjá*. Il avait vu le monde.

Puis les autres oiseaux migrateurs étaient arrivés à leur tour.

Et l'année suivante, ces derniers étaient revenus, et restés.

Inkeri avait ruminé le récit de Bigga presque tous les jours dans sa tête. Peut-être l'absence de Saara était-elle ce qui avait retenu Olavi ici pendant toutes ces années. Inkeri et Olavi devaient avoir quelque chose en commun, en fin de compte.

Inkeri contempla les gouttes de rosée qui scintillaient sur le cimetière comme des diamants ou des étoiles. Inkeri et

Bigga-Marja se regardèrent dans les yeux. Elles demeurèrent encore un moment devant la fleur en se tenant par la main, puis elles se détournèrent. Matilda resta là. Elles avaient décidé que la truie pouvait désormais vivre en liberté, mais elle revenait toujours près de la maison à la tombée de la nuit, et l'une ou l'autre l'enfermait alors dans la stalle. Par habitude, tout simplement.

Inkeri sentit un vent doux sur son visage. La lumière se promena pendant un moment sur leurs cheveux, sur leur peau, jusqu'au moment où les nuages masquèrent le soleil. En fermant les yeux, Inkeri vit des oiseaux en forme de M. Elle les rouvrit et vit la toundra. Elle pensait de moins en moins à Kaarlo. Elle pensait à lui différemment. Elle décida qu'il avait pu embarquer à bord du navire. Et qu'il était arrivé au Brésil ou ailleurs en Amérique du Sud. Il allait voir des endroits et pays exotiques. Oublier le passé. Elle n'en aurait peut-être jamais la certitude, mais elle en décidait ainsi. C'était le seul moyen de continuer sa vie à elle. Et elle choisissait la vie. Elle entendit un oiseau et sentit une odeur de terre fraîche. L'air matinal de fin d'été se changeait en vapeur, comme de coutume dans le Nord. Le soleil de plus en plus haut perça un nuage et le fit étinceler. La lumière était belle. Réconfortante malgré la douleur.

Au cours de l'été, Bigga-Marja avait demandé avec insistance ce qu'Inkeri comptait faire de la maison. Elle avait enfin pris une résolution. Elle allait y fonder une librairie. Une librairie où l'on pourrait acheter la littérature qu'on voulait lire ici. Dans toutes les langues. En same, en finnois, en norvégien. Et parallèlement, elle voulait fonder un studio photographique. Bigga voulait-elle être photographe ? Réponse affirmative.

En arrivant dans le jardin, Inkeri s'assit sur les marches, et Bigga alla puiser de l'eau. Inkeri était arrivée à la fin du journal de Väinö Remes. De-ci de-là, il y avait des pages arrachées et des mots barrés. « La censure », avait dit Koskela un jour où il leur rendait visite, apportant des fleurs pour le vase et chuchotant avec Bigga devant la remise avec un air soucieux. Oui, Inkeri leur avait trouvé un air soucieux. Elle regarda le ciel. Bigga s'approcha. Ce fut peut-être un oiseau, autre chose, ou peut-être rien, qui finit par briser le silence qui régnait entre elles.

– Les oiseaux vont bientôt partir, dit Inkeri.

Un bouvreuil et un choucas se chamaillaient. Les mésanges chantaient. Les oiseaux prenaient un bain de fourmis. Sous la fenêtre, un lédon des marais à fleurs blanches se balançait sous le vent.

– *Áddjá* disait souvent que partir en voyage est la chose la plus importante au monde.

– Oui, approuva Inkeri en riant. Mais je crois que ton papi pensait à une autre forme de voyage.

Bigga était pensive. Inkeri leva les yeux.

– J'ai fait réparer l'appareil couleurs, annonça-t-elle. On pourra essayer de s'en servir pour la prochaine photographie de passeport ou de journal.

Bigga-Marja sourit et vint s'asseoir à côté d'elle. Inkeri sortit une cigarette de sa poche, ainsi que le briquet argenté. Elle le tendit à Bigga.

– Marja, chuchota Inkeri. Le vent emporta presque toute sa voix.

Pendant l'été, elle avait compris que ces dernières années lui avaient appris à voir le monde autrement. À apprécier sa richesse et sa complexité. Et le fait que sa vie, ses espoirs et ses rêves n'avaient pas toujours été exposés à la lumière. Elle n'avait fait qu'en décider ainsi.

Inkeri ôta enfin ses lunettes de soleil et regarda Bigga-Marja droit dans les yeux.

– Quoi, Inkeri ?

– Parle-moi de ta Laponie.

ENONTEKIÖ

Septembre 1944

La guerre est finie.

L'auteur souhaite remercier les personnes et institutions suivantes : Aleksi Pöyry, Suvi Vaarla, Pirita Näkkäläjärvi, Oula-Antti Labba, Pirita Palismaa, Oula Seitsonen, Anna Louhensalo, Iiris Aaltonen et vous tous qui m'avez aidée ou encouragée. Vous êtes irremplaçables. Merci à Otava pour le soutien et la confiance. L'écriture de ce roman a également bénéficié de subventions de la Fondation Otava pour le livre, de l'Association Nuori Voima (résidence Villa Sarkia) et de la Fondation culturelle finlandaise (région Savo du Nord).

RÉALISATION : NORD COMPO À VILLENEUVE-D'ASCQ
ACHEVÉ D'IMPRIMER SUR ROTO-PAGE
PAR L'IMPRIMERIE FLOCH À MAYENNE
DÉPÔT LÉGAL : MARS 2022. N° 148465 (99721)
Imprimé en France